Kreuzwege – Gefährliche Liebschaften

Rohna Buehler

KREUZWEGE
–
GEFÄRLICHE LIEBSCHAFTEN

Roman

Für Enno

Protagonisten und Handlung sind frei erfunden

Die Tat

Es war einfach gewesen. Die aufgeschüttete Erde. Das Loch. Ihr aufgerissener Mund, gefüllt mit Erde. Dieser Mund, so schön – böse Worte hatte er ausgespuckt. Der überraschte Schrei, mit dem sie hinuntergestürzt war, die Augen, die spöttischen, ihr Blick nun ins Leere gehend. Seine Hände hatten blind nach der Schaufel gegriffen, und die Schaufel hatte zugeschlagen. Und Erde in das Loch gestoßen. Schneller, schneller, nichts mehr sehen von ihr, nicht dieses Gesicht, nicht diese Haare, nicht den kleinsten Rest von Farbe in der Dunkelheit. Etwas war in ihm, das seine Hände angetrieben hatte, seine zärtlichen Hände.

Und dann aufatmen.

Die Schaufel in den lockeren Boden stoßen, da stehen und hinunter blicken. Wut und Trauer. Keine Angst. Er würde es überleben.

Den Rest würden andere besorgen.

Der Fund

Er kippte den Rest des Kaffees hinunter und sah aus dem Fenster. Niesel und leichter Nebel. Nicht ungewöhnlich für Ende Oktober. Kein Wetter für sein Joggingprogramm, eher für einen ruhigen Bürotag. Bericht schreiben über die gestrige Zeugenvernehmung – ein Unfall kurz vor der Autobahnausfahrt Woltersheim mit zwei Toten.

Lutz Grübert ging in die Diele und griff nach seinem Trenchcoat. Bis zur Dienststelle in der Hauptstraße brauchte er fünfzehn Minuten. Er war nicht der erste, Klopp saß schon an seinem PC und hieb auf die Tastatur ein.

„Bericht von eurer Vermisstenfahndung? Habt ihr die Frau endlich gefunden?", sagte Grübert und hängte seinen Mantel an den Garderobenständer, ein schönes Möbel aus Bugholz, das einzige alte Stück im Büro, das ihm gefiel. Der andere schüttelte den Kopf und knurrte: „Heilmann sitzt mir im Nacken, der nervt mal wieder."

Grübert nickte. Das kannte er. Heilmann wollte immer schnellstens schriftlichen Bericht haben, es hätte ja sein können, dass die Presse was wissen wollte, und da mussten alle auf Zack sein. Er blieb gelassen, hatte sich schon daran gewöhnt, wie er sich auch an dieses Büro gewöhnt hatte. Zu Anfang, nach seinem Wechsel von Tuttlingen zuerst nach Köln und dann in das dörfliche Woltersheim, war es ihm wie ein umfunktioniertes Wohnzimmer vorgekommen. Zwei Räume mit einer doppelflügeligen braunen Falttür, die immer offen gestanden hatte, bis sie ganz entfernt wurde.

Er setzte sich an seinen Schreibtisch und fuhr den PC hoch. Der ließ sich Zeit, war wohl auch in die Jahre gekommen wie die schweren Schreibtische aus hellbraunem Holz mit seitlichen Schubfächern. Jüngeren Datums waren die beiden Stahlregale mit Aktenordnern und natürlich der große Drucker zwischen den beiden Fenstern, vor deren Scheiben eine Orchidee vor sich hinblühte. Er seufzte. Immerhin: Sie blühte, was sie wohl ihrer Pflegeleichtigkeit verdankte.

In seine Betrachtungen hinein schrillte das Telefon. Er griff zum Hörer. „Hauptkommissar Grübert, Woltersheim."

„Sven Henseler hier." Der Klang der Stimme verhieß nichts Gutes. „Ich arbeite hier auf dem Friedhof mit meinem Kollegen, dem Piet. Wir sollten heute ein Vierergrab abräumen, da sollen neue Tote rein, übermorgen. Aber das geht nicht. Wir haben gerade was gefunden, was da nicht reingehört. Das müssen Sie sich mal ansehen, am besten sofort."

„Was haben Sie gefunden?"

„Na ja, was man so im Grab findet: Knochen. Aber ohne Sarg."

„Komme. Bin in zehn Minuten da."

Grübert fuhr den PC wieder herunter und stand auf. Während er den Mantel anzog, trat Benno Krassinger ein, frisch gebackener Polizeianwärter, ein langer Schlacks mit angesagtem blonden Bürstenhaarschnitt.

„Du kommst mit", sagte Grübert und tippte mit dem Zeigefinger gegen seine Brust, „es gibt Arbeit. Wir nehmen den Dienstwagen rauf zum Friedhof."

„Zum Friedhof? Da gibt's doch nur Tote!", flaxte Krassinger.

„Eben deshalb, du Witzbold."

Kaum im Auto, wollte Krassinger zum Blaulicht greifen.

„Nicht doch", meinte Grübert und warf ihm einen amüsierten Blick zu, „keine Dramatik, da gibt´s nichts mehr zu retten."

Sie nahmen die seitliche Treppe, die an Kirche und Pastorat vorbei nach oben führte. Das Nieseln hatte sich inzwischen in einen gleichmäßig rinnenden Landregen gewandelt. Grübert hustete, sein Asthma machte sich bei diesem Wetter unangenehm bemerkbar. Er sollte endlich zum Arzt gehen. Die jährliche Routine …

Oben erwarteten sie die beiden Friedhofsarbeiter neben einem teilweise ausgehobenen Grab: Ein Viereck, einsachtzig mal zwei Meter, schwarz glänzende Erde mit Trittspuren, auf die der Regen herunter troff, ein umgestürzter Grabstein auf dem Zufahrtsweg, daneben der Bagger mit herab hängender Schaufel.

„Na, was haben wir denn?" Er schaute in die Grube. Mit ausgestrecktem Zeigefinger wies er auf das, was da lag, Knochen und Kleidungsreste, durchmischt mit Erde. „Das da …?" Er kratzte sich hinter dem Ohr und blickte suchend umher. Dann bückte er sich nach einem Stöckchen und schob die Reste auseinander, sie rochen nach Modder und faulen Lagerkartoffeln. Lederreste und vermoderte Stoffstücke, um die Reste eines Schuhs gewickelt, fielen zu Boden, dazwischen etwas Metallenes. Es sah aus wie der Metallkern eines High Heels.

„Liegt alles so wie vorgefunden?"

Piet nickte. „Na klar, Original!"

„Wegen dem Durcheinander“, ergänzte Sven und wies mit dem Kinn auf den Fund, „das sind Wildtiere, die buddeln auf Friedhöfen, wenn was dicht unter der Erde liegt. Die riechen das."

„Und wo ist der Schädel?“

„Vermutlich noch da drin.“ Sven wies auf das Loch. „Aber bevor wir weitermachen, fanden wir es richtig, die Polizei zu informieren.“

„Schon gut. Aber jetzt erst mal absperren, Benno.“

Grüberts Blick zuckte zu Krassinger, der sich sofort umwandte und zur Treppe eilte.

Er beugte sich über den Grabstein und wischte mit dem Ärmel über die aufgesetzten Buchstaben. In der oberen Reihe waren sie noch vollständig erhalten: Auf der linken Seite Maria Hambacher, 08.09.1907 - 23.05.1987, rechts Friedrich Hambacher, 28.01.1911 - 23.05.1987. Mit spitzen Fingern klaubte Grübert das Moos vom Stein, darunter wurde der Name Viktor sichtbar, Nachname und Sterbedatum fehlten.

„Also hier auf der rechten Seite liegt ein Viktor über dem Friedrich. Da hättet ihr erst in etwa neunzig Zentimer Tiefe auf Überreste stoßen dürfen. Und außerdem: ein Damenschuh auf der Männerseite ...“ Er schüttelte den Kopf. Zwei Tage vor Allerseelen. Da war das ganze Dorf unterwegs mit Pflanzen, Lichtern und Gießkannen. Aber nah ran lassen sollte man die Leute nicht. Würde sich sowieso in Windeseile herumsprechen.

Und so kam es. Keine halbe Stunde, nachdem Krassinger die Grabstelle weiträumig abgesperrt hatte, standen Friedhofsbesucher tuschelnd hinter den im Herbstwind rotweiß flatternden Bändern. Was da genau ausgegraben wurde, konnten sie nicht sehen, Hälse recken half nicht.

Den Schädel fand Piet unter den Resten des Schuhs, daneben einen Unterschenkel, noch im Schuh steckend und Knochen unterschiedlicher Dicke und Länge, alles durcheinander gewürfelt.

„Weitermachen“, sagte Grübert, „aber vorsichtig mit der Schaufel, den Bagger brauchen wir nicht mehr.“

Ehe er die Gerichtsmedizin verständigen würde, wollte er sich selbst ein Bild machen. Dem Zustand der Knochen nach zu urteilen, mussten sie schon seit etlichen Jahren hier liegen. Die Grabinschriften halfen zunächst mal nicht weiter. Hier lagen Eltern und Sohn. Oder Schwiegersohn. Das Kirchenbuch musste eingesehen werden. Die linke Grabseite war in der oberen Etage nicht belegt. Bestimmt wahrscheinlich für Tochter oder Schwiegertochter. Die, wenn sie denn überhaupt noch leben sollte, jetzt, unter Berücksichtigung des Generationensprungs grob gerechnet zwischen siebzig und achtzig Jahre alt sein musste.

Er tat ein paar Schritte zwischen die anderen Gräber. Henseler, Schmidt, Breuer, Klinkenberg, Lautenschläger, Oebel – bekannte Namen, bekannte Familien. Hambacher kannte er nicht, die mussten zugezogen sein. Wann?

„Ja, was is´n das?“

Grübert schreckte zusammen. Piet stand in der Grube und starrte die Schaufel in seinen Händen an, vielmehr das, was darauf lag. Ein zweiter Schädel zwischen Erdbrocken. Ehe Grübert bei ihm war, rutschte alles von der Schaufel.

„*Vorsichtig* habe ich doch gesagt! Wo lag der Schädel?“

„Na hier, wo ich gerade stehe, am Kopfende … unter der Maria … ich meine, auf ihrer Seite, da, wouf dem Grabstein der Name Maria stand, ja also, als der Stein noch da stand …“. Piet schien sichtlich verwirrt, „aber ein bisschen tiefer als der erste Schädel.“

„Schon gut“, beruhigte Grübert, „die weitere Grabung überlassen wir der Spurensicherung. Informieren Sie die Verwaltung, dass diese Grabstelle für eine eventuell geplante Beerdigung noch nicht freigegeben werden kann.“

Nach einer halben Stunde waren die Beamten der Spurensicherung vor Ort, der Dienststellenleiter Hauptkommissar Heilmann hatte den Gerichtsmediziner gleich mitgbracht. Der bestätigte nach einer kurzen Inspektion und nachdem unter dem Auge des Gesetzes auch die zweite Leiche ausgegraben worden war, eine Liegedauer von etwa zwanzig Jahren. Zu kriminalistisch relevanten Spuren könne er erst nach genauerer Untersuchung etwas sagen. Der Fotograf hielt alles aus verschiedenen Blickwinkeln fest, insbesondere die Position des zweiten Skeletts, mehr seitlich liegend in gekrümmter Haltung, alle Knochen in anatomisch korrekter Anordnung. Auch hier keine Sargreste.

Nachdem das, was die Erde freigegeben hatte, abtransportiert worden war, leerte sich die Szenerie schnell. Als letzte standen Piet und Sven hinter der Absperrung und sahen auf ihr Tagwerk.

„Scheißtag heute“, resümierte Sven, „hoffentlich können wir morgen die Fundamente rausholen. Peter Rübensteck hat das Grab gekauft, seine Frau soll hier rein. Übermorgen. Wird wohl warten müssen.“

„Ein Mördergrab …“, Piet stieß die Luft durch die Zähne, „schlechtes Ambiente.“

Der Ring

Übers Wochenende hatte sich der Friedhofsfund herumgesprochen, und Grübert meinte, das Dorf summen zu hören: Entsetzen, Neugierde, Gerüchte. Interessant, was die Leute so redeten, da war die Theke bei *Hanni' s Kochtopf* ein guter Ort, ihnen zuzuhören.

„Dot mer noch e Kölsch."

Lutz Grübert schob sein Glas über die Theke. Er liebte es, im Umgang mit der Bevölkerung gelegentlich Dialekt einzuflechten. Er liebte Dialekte ganz allgemein, war selbst in Sipplingen, einem Dorf am Bodensee aufgewachsen und wusste um die emotionale Verbindung, die der Dialekt schaffen kann. Zudem lebte er schon lange genug im Rheinland, um glaubwürdig zu sein, wenn er so sprach. Seine erste Stelle hatte er nach Abitur und dreijähriger Ausbildung am Polizeipräsidium in Tuttlingen angetreten, war nach vier Jahren zum Kriminalkommissar befördert worden und nach weiteren fünf Jahren zum Kriminalhauptkommissar aufgerückt. Dann gab es einen Wechsel in der Leitung des Reviers, und er hatte sich an das Polizeipräsidium in Köln versetzen lassen. Dort erlebte er das, was er sein persönliches Bitterfeld nannte: Bei einem Brand im Chemiepark Knapsack atmete er giftige Dämpfe ein und erlitt anschließend eine schwere Lungenentzündung, von der er sich nur langsam erholte. Als Folge war ihm das Asthma geblieben, ein sogenanntes Belastungsasthma, das ihm bei körperlicher Anstrengung Probleme machte. Nebel, kalte Luft und Wind sollte er meiden, doch bei Ermittlungsarbeiten konnte man dem nicht immer aus dem Weg gehen. Die Arbeit vor Ort, unmittelbar am Tatort, interessierte ihn ebenso wie die Kopfarbeit danach.

„Nach dem langen Wochenende schon was eraus jefunden heute?“

Franz Büderich, Wirt und Ehemann von Hanni, der Inhaberin und Köchin des nach ihr benannten Lokals, stellte ihm ein frisches Kölsch hin. Grübert nahm einen Schluck und wischte mit dem Handrücken über den Mund. Er schüttelte den Kopf.

„Nicht wirklich“, meinte er, „hab schon am Samstag das Kirchenbuch eingesehen, da gibt's nur die Namen und die üblichen Daten. Leider ist der Wohnort nicht vermerkt, das würde die Suche vereinfachen.“

„Hambacher steht auf dem Grabstein, hab ich gehört? Also die gibt's hier nicht und hats auch nie gegeben, das wüsste ich, das heißt, meine Omma, die weiß das, die ist jetzt neunzig und ganz klar im Kopp, die hat gesagt, kennt sie nicht.“

„Aber vielleicht“, mischte sich Grüberts Thekennachbar ein, „weiß doch irjend einer hier im Dorf oder kann sich erinnern, wer dieser Viktor is, von dem der Nachname fehlt, dann könnte man doch auch Hambacher finden - oder?“ Er sah Grübert fragend an.

„Das ist schwierig, nur mit einem Vornamen. Ìch habe gedacht, das Kirchenbuch, gibt Auskunft, aber da ist nur das Geburtsjahr 1925 und daneben das Bestattungsdatum noch zu lesen, die untere rechte Ecke leider abgerissen, genau da, wo der Nachname gestanden hat. Futsch, beim Blättern wahrscheinlich ein- und dann abgerissen. Der Eintrag stammt von 1988, ist ja lange her. Wahrscheinlich ist dieser Viktor Hambachers Schwiegersohn. Seine Frau lebt noch. Oder auch nicht. Frage: Wo ist sie, und wer sind die beiden ausgegrabenen Leichen?"

Grübert dachte nach. Es gab zwei Wege herauszufinden, wie Hambachers auf den Woltersheimer Friedhof gelangt waren. Entweder über den Steinmetz, der den Grabstein verkauft hatte - vermutlich der schnellere Weg, oder die Einwohnermeldeämter der umliegenden Ort-Schaften durchforsten. Wobei der Erfolg durchaus ungewiss war, sie konnten ja auch weiter weg gelebt haben.

Er entschied sich für den Steinmetz.

Und hatte Glück. Der Steinmetzbetrieb Kribben war ein alteingesessenes Unternehmen und weitum im Kreisgebiet tätig. Ein Blick ins Archiv des Betriebs allerdings brachte wenig Erhellendes zutage. Eine Julia Vienna, wohnhaft in Woltersheim, hatte den Stein im Juni 1987 bestellt und bezahlt, bar bezahlt, wie bei der Zahlungsweise vermerkt war. Das sei eher unüblich, wunderte sich Meister Kribben, eine solche Summe trage man nicht mit sich herum.

„Welchen Eindruck hatten Sie von ihr?"

„Na ja …", Hans Kribben machte eine vage Handbewegung, „zum einen habe nicht ich den Stein verkauft sondern mein Vater; zum anderen habe ich diese Frau nur im Vorbeigehen gesehen", er warf einen Blick auf das Archivblatt, „und das ist achtzehn Jahre her, ich war Mitte Zwanzig."

„Wie alt war diese Julia Vienna, was schätzen Sie?"

„Schwer zu sagen. Ehrlich gesagt, ich weiß es nicht. Irgendwas zwischen Vierzig und Fünfzig vielleicht. Sie fiel mir auf wegen ihres Huts, so was sieht man im Dorf sonst nicht. Ein Herrenhut, breitrandig, erinnerte mich an einen Mafia-Film, den ich ein paar Tage zuvor gesehen hatte.“ Er lachte verlegen. „Schon ungewöhnlich, diese Frau.“

„Haarfarbe? Größe?“

„Haare? Ich erinnere mich nicht. Größe?“ Er zuckte mit den Schultern. „Normal, zwischen einssechzig und einssiebzig.“

Statt einer Aufklärung waren nun zusätzliche Fragen aufgetaucht: Wer war Julia Vienna, welche Verbindung gab es zu Hambacher? Auf dem Weg nach Hause machte er einen Umweg über den Friedhof. Die Grabstelle sah noch so aus, wie er sie verlassen hatte. Eine Grube, daneben der Grabstein, Erdhaufen, Absperrbänder, die Arbeitsgeräte waren entfernt worden. Ein trauriger Ort für das, was übrig bleibt von einem Leben. Vielleicht auch ein Tatort. Er kam ins Grübeln. Möglich aber auch, dass die Frauen anderswo getötet und dann hierher gebracht wurden. Warum hierher? Gab es eine Verbindung der Toten untereinander? Heilmann hatte am Vormittag mitgeteilt, die Arbeiten am Grab dürften noch nicht wieder aufgenommen werden, möglicherweise müssten noch DNA der Verstorbenen entnommen werden, um verwandtschaftliche Bezüge abzuklären.

Er beugte sich über den Grabstein und sah sich die Schriften genauer an. Maria, gestorben am 23.05.1987, Friedrich, gestorben am 23.05.1987. Beide an demselben Tag. Ein Verkehrsunfall? Er zog sein Handy aus der Hosentasche und machte ein Foto. Dann müsste Hambachers Adresse im Unfallarchiv zu finden sein. Damit wäre er einen Schritt weiter und würde auch deren Nachkommen finden. Vielleicht gab es außer der Tochter, für die wohl der noch unbelegte Platz im Grab bestimmt war, noch weitere Kinder.

Er wollte sich wieder aufrichten, doch mitten in der Bewegung hielt er inne. Dicht neben dem Stein, halb darunter, lag etwas. Er hob es auf und wischte die Erde ab. Ein Ring, breit und ziemlich schwer für so ein kleines Teil, gold- und silberfarbene Elemente in unregelmäßigem Wechsel. Sollte ein Friedhofsbesucher ihn verloren haben? Unwahrscheinlich, er hatte ja noch halb unter dem Stein gelegen. Eher zutreffend, dass er in dem Gemisch von Erde und Knochen nicht bemerkt worden war und beim Abtransport der sterblichen Überreste verloren wurde. Sträfliche Nachlässigkeit! Welcher Leiche war er zuzuordnen? Vorsorglich steckte er ihn in eines der Plastiktütchen, die er immer dabei hatte und verstaute es in der Hosentasche. Morgen würde er es in der Asservatenkammer deponieren.

Er fischte seine Wollmütze aus der Manteltasche und schob sie über die Ohren. Der Wind tat ihm nicht gut, und von einem auf den anderen Tag wurde es kälter. Morgen würde er sich endlich einen Termin bei Dr. Drielich geben lassen.

Beim Aufschließen der Wohnungstür kam ihm Leonie entgegen. Leonie lebte seit acht Jahren bei ihm, seit seiner Scheidung. Sie war intelligent, konnte Türen öffnen und hatte ein Fell wie ein Leopard, braungold gefleckt. Seine Bengalin, seine Tigerkatze. Sie war einfach eine Schönheit. Und ein bisschen Schönheit, die brauchte er. Allein schon deshalb, weil es Schönheit in seinem Beruf nicht gab. Sofern man von dem absah, was man ein *schönes Ergebnis* nennt: die erfolgreiche Aufklärung eines Deliktes. Daran würde er morgen weiter arbeiten.

Er ging in die Küche, öffnete den Kühlschrank, goss Milch in ein Schälchen, öffnete eine Dose mit getreidefreiem Katzenfutter. Fleisch gab es nicht alle Tage. Er nahm es sehr genau mit der richtigen Ernährung für Leonie; er hatte sie aus einem Tierheim „befreit", wie er sagte, einige Jahre, nachdem er sich von seiner Frau getrennt hatte. Was auch eine Art von Befreiung gewesen war. Ein Zusammenleben hatte es schon lange nicht mehr gegeben; seit seiner Erkrankung nach dem Chemieunfall hatten sich ihre latent vorhandenen Ängste allgemeiner Art in eine generalisierte Angststörung gesteigert, und da gab es nur noch die Entscheidung zur Trennung.

Beim Abendessen auf der Couch vor dem Fernseher, ein Kölsch und Schwarzbrot mit Matjes vor sich, die Katze neben ihm sitzend, Pfote neben Pfote, fiel ihm der Ring wieder ein. Er holte das Tütchen aus der Hosentasche und betrachtete seinen Fund. Ein schönes Stück!

„Schau Leonie, was hältst du davon?"

Er setzte sich wieder auf die Couch. Auf der flachen Hand präsentierte er der Katze das Schmuckstück. Leonie schnupperte daran, dann fuhr sie mit der Pfote tastend über das Tütchen.

„Was sagt dir der Fundort dieses kostbaren Stücks in einem Grab, in dem zwei Frauen verscharrt wurden? Was sagt es dir über den oder die Täter? – Na?"

Leonie duckte sich unter die erhobene Hand und streckte sich auf seinem Schoß aus. Er legte das Tütchen samt Ring auf den Tisch und machte ein Handyfoto. „Es sagt dir, dass unser Täter kein Raubmörder war." Der Mord war nicht geplant, der Täter hatte im Affekt gehandelt. Und es musste schnell gehen, sonst hätte er die Leichen tiefer unter die Erde gebracht. Möglicherweise war die Grabstelle Hambacher schon für eine Beerdigung vorbereitet gewesen. Für die Frau dieses unbekannten Viktor?

Leonie, die Augen zu einem schmalen Schlitz geschlossen, wärmte seine Oberschenkel und schnurrte wohlig, während seine Hand ihre Ohren kraulte.

Erste Ermittlungen

Heute hatte er einen dienstfreien Tag vor sich und ließ sich mehr Zeit. Zudem lag eine schlechte Nacht hinter ihm. Bei jedem Aufwachen waren ihm sofort die Geschehnisse vom Vortag ins Hirn gestiegen. Der Blick in den Spiegel zeigte ihm müde Schatten unter den Augen, das Blau der Iris schien gedämpft.Vielleicht ganz normal für einen Mittfünfziger, dachte er und fuhr mit der Rechten durch die Haare. Dicht und grau, das gefiel ihm. Mit zwei Fingern prüfte er seinen Dreitagebart, heute konnte er sich das Trimmen sparen.

Noch im Bademantel rief er in der Gerichtsmedizin an. Seine Vermutung wurde bestätigt: Bei den Skeletten handele es sich um zwei Frauen, die eine gestorben im Alter von circa fünfzig Jahren, die andere war zum Zeitpunkt ihres Todes Mitte zwanzig. Die DNA zeige keinerlei Übereinstimmung; beide hatten seit annähernd zwanzig Jahren in der Erde gelegen, und beide Schädel wiesen eine Kalottenfraktur auf.

Die Frauen waren also zweifellos gewaltsam zu Tode gekommen, wahrscheinlich in kurzem zeitlichem Abstand. Das bestätigt meine Vermutung, dachte er, während er fürs Frühstück Haferflocken in einem halben Liter Milch kippte, der zeitliche Abstand musste äußerst gering gewesen sein, das Risiko der Entdeckung war sehr hoch. Ein Wunder, dass es erst jetzt passiert war. Wie hatte das Grab ausgesehen, bevor der Bagger in Tätigkeit getreten war?

Leonie strich um seine Beine und unterbrach seine Überlegungen. Er hob sie hoch und klemmte sie unter seine Achsel, ging in die Küche und füllte Fressnapf und Milchschälchen. Amüsiert sah er zu, wie sie sich darüber hermachte. „Du hast es gut hier drin", meinte er beim Blick auf den trüben Himmel jenseits der Scheiben.

Sein Handy klingelte, Heilmann war dran.

„Ich halte es für äußerst wichtig, dass die Ermittlungen zügig vorangetrieben werden – jaja, ich weiß, dass Sie einen dienstfreien Tag haben, Herr Kollege", wiegelte er einen möglichen Einwand ab, „aber eventuell könnte der Kollege Stadlhuber zusätzlich auf den Fall angesetzt werden."

„Der hat genug mit der Drogenszene zu tun", unterbrach Grübert, „und außerdem ist da ja auch noch der Krassinger, den setze ich auf die Recherche an."

„Schön und gut", lenkte Heilmann ein, „aber sollten in den nächsten Tagen keine Ergebnisse wenigstens im Ansatz vorliegen, ist ein DNA-Abgleich der getöteten Frauen mit Hambacher nötig, was ich natürlich lieber vermeiden will. Nach so langer Zeit ist es äußerst schwierig, die Identität der Frauen festzustellen; möglicherweise kann eine Rekonstruktion der Schädel zielführend sein."

Er klang bedeutend. Grübert sah ihn vor sich, den kleinen Heilmann, in Uniform an seinem überdimensionierten Schreibtisch sitzend, weit zurückgelehnt mit großer Gestik telefonierend. Ein Entscheider!

„Ich nehme an, dass eine Rekonstruktion in jedem Fall nötig ist", gab Grübert zu bedenken. „Am besten sofort veranlassen. Wenn wir Zeugen finden wollen, die die Frauen gekannt haben, müssen wir doch wissen, wie sie ausgesehen haben."

Das würde dauern, fürchtete er, zwei Wochen mindestens. Und Stadlhuber? Kam überhaupt nicht in Frage! Dieser eingebildete Macho! Stänkerer! Besserwisser! Nach dem Wechsel von Köln nach Woltersheim hatte Grübert zunächst angenommen, zu einem Kollegen, der wie er auch aus dem süddeutschen Raum kam, schnell einen guten Kontakt zu finden. Das Gegenteil war der Fall. Heinrich Stadlhuber, fünf Jahre älter, entwickelte ein Konkurrenzverhalten, versuchte Fälle an sich zu ziehen, von denen er sich eine hohe Aufmerksamkeit in der Presse erhoffte. Und deren spektakuläre Auflösung ihm einen weiteren Stern auf der Schulterklappe einbringen und damit zu Heilmanns Nachfolger machen könnte. Wie sollte man mit so einem umgehen? Abperlen lassen, nicht beachten, solange er nicht in irgendeiner Weise die Arbeit behinderte. Sollte es tatsächlich so kommen, wäre eine neuerliche Versetzung fällig.

Er grunzte und entschied sich für das Nächstliegende. Sollten Hambachers bei einem Verkehrsunfall umgekommen sein, gab es vielleicht einen Zeitungsbericht im Internet.

Und tatsächlich fand er unter dem Sterbedatum einen Bericht des *Stern,* betitelt „Schwarzer Freitag".

Am 23.05.1987 rasten wegen überhöhter Geschwindigkeit und mangelndem Sicherheitsabstand bei Regen 182 Fahrzeuge ineinander. 92 Verletzte und zwei Tote waren zu beklagen. Die A9 nahe der Abfahrt Allershausen glich auf einer Länge von 9 Kilometern einem Schrottplatz.

Heureka! Sollten Maria und Friedrich die beiden Toten gewesen sein, dann mussten ihre Adressen im polizeilichen Unfallarchiv zu finden sein. Er rief Krassinger an, das war Recherchearbeit für den Auszubildenden. Derweil würde er sein Frühstück mit der Zeitungslektüre in Ruhe zu Ende bringen.

Krassingers Rückruf kam gegen elf Uhr. Maria und Friedrich Hambacher, wohnhaft zum Todeszeitpunkt in der Seniorenresidenz Beethoven in der Herderstraße 71, Bonn-Bad Godesberg.

„Gut, Benno. Am Nachmittag fahren wir hin."

So weit, so gut. Er sah auf seine Uhr: Elf Uhr dreißig, noch Praxiszeit bei Dr. Drielich. Er rief an. Ein Patient habe soeben abgesagt. Fabelhaft, dachte er, nach dem Arzttermin konnte er auf dem Rückweg dem Wohnstift einen Besuch abstatten, die Praxis lag unweit der Herderstraße.

So schnell, wie er gehofft hatte, ging es dann doch nicht.

Im Wartebereich der Gemeinschaftspraxis Drielich, Pneumologe/Altenberger, Urologe saßen zwei alte Frauen. Eine von ihnen, ihm gegenüber sitzend, graue Kräusellöckchen über der Stirn, unruhig und ständig in Bewegung mit Sucherei in ihrer Handtasche, mochte im Alter seiner Mutter sein. Die andere Patientin neben ihm studierte die Bildzeitung. Beim Umblättern sprang ihn eine Schlagzeile in blutigem Rot an:

GRAUSIGER FUND IN WOLTERSHEIM
POLIZEI TAPPT IM DUNKELN

Er stieß die Luft durch die Zähne. Schreiberlinge! Nie in seinen vierunddreißig Jahren Dienstzeit hatte ihn interessiert, was in Zeitungen über die Arbeit der Polizei geschrieben wurde, mochte Heilmann sich aufregen oder bei Pressekonferenzen glänzen. Ihn interessierte allein die Aufklärung einer Tat, das Einkreisen des Täters, ihm nahe kommen in seinem Denken, in ihn hineinschlüpfen, kurz: ihn zu verstehen.

„Herr Grübert bitte.“ Die Lautsprecheranlage, er war dran.

Beim Betreten des Sprechzimmers begrüßte Dr. Drielich ihn, hinter seinem Schreibtisch sitzend, mit vor der Brust gefalteten Händen und einem leichten Kopfnicken. Er kannte Grübert schon seit dessen Chemieunfall und hatte ihn bei der nachfolgenden Lungenentzündung betreut. Grübert lächelte und erwiderte den Gruß in der gleichen Weise.

„Immer noch das alte Leiden“, sagte er und setzte sich auf den ihm zugewiesenen Stuhl vor dem Schreibtisch, „vielleicht brauche ich ein anderes Medikament.“

Die üblichen Untersuchungen einschließlich eines Lungenfunktionstests wurden durchgeführt, ließen aber keinen veränderten Befund erkennen. Mit seinem Asthma bronchiale musste er leben. Für den Fall einer besonders hohen Belastung mit Atemnot in Stresssituationen verschrieb Dr. Drielich ein Asthmaspray. „Auch hilfreich“, meinte er, „wenn Sie je eine Allergie gegen Katzenhaare entwickeln sollten.“ Grübert bezweifelte, dass er sich in einem solchen Fall von Leonie trennen würde.

Kurz nach eins verließ er die Praxis. Der Himmel war milchig und die Luft roch nach Schnee. Mittagszeit. Er rief im Büro an und fragte nach Krassinger. Der sei nicht da, sagte Frau Clasen, Heilmanns Sekretärin, er sei bei einem Einsatz mit den Kollegen Gangel, Klopp und Stadlhuber: Durchsuchung einer Wohnung am Klütschpfad wegen des Verdachts auf Drogenhandel.

Aha. Stadlhuber und sein Drogenfall, mit dem er sich zu profilieren gedachte! Dem würde er Bescheid stoßen!

Ihm den Krassinger weg zu schnappen! Der war wohl zur Polizei gegangen in der Hoffnung, ein James Bond zu werden, Ballerei und kugelsichere Westen und spektakuläre Razzien. Das war ihm natürlich aufregender erschienen als eine Befragung im Altersheim. Dabei wusste die gesamte Presse, dass Razzien nicht mehr abschreckend wirkten in der Szene. Überall, selbst in den kleinsten Dörfern, wurden Drogenlager eingerichtet, um das Risiko von Entdeckung und die Höhe des Strafmaßes zu minimieren. Nun also auch in Woltersheim.

Sein Magen meldete sich. Er stieg ins Auto und fuhr in die Herderstraße. Vielleicht gab es im Wohnstift ein Bistro für eilige Gäste.

Schon der Eingang zur Residenz überraschte ihn: Hinter der Taxushecke, die den Parkplatz vom Eingangsbereich abschirmte, eine breite Treppe mit bequem flachen Stufen, großes Portal unter einem kubistisch gestalteten Vordach, dahinter das helle Foyer, viel Glas, viel Licht und eine freundliche Dame am Empfang.

„Da muss ich ins Archiv“, meinte sie, nachdem er seinen Ausweis gezeigt und um Auskunft gebeten hatte, „die Namen der Angehörigen von Herrn und Frau Hambacher möchten Sie wissen? Und gestorben sind sie im Mai 1987? Das kann eine Weile dauern. Wenn Sie derweil etwas trinken möchten“, sie wies in den hinteren Bereich des Foyers, „im Wintergarten gibt's ein Café.“

Das war nun fast luxuriös, der Blick in den Garten jenseits der raumhohen Scheiben ein Foto wert. Inmitten eines parkähnlichen Gartens ein an das Haus angebauter Glaspavillon. Die teure Schlichtheit der Tische und Stühle und der wenigen, farbige Akzente setzenden Bilder ließen auf Bewohner schließen, die eine solche Ausstattung zu schätzen wussten und bezahlen konnten. Hambachers mussten über ein gewisses Vermögen verfügt haben.

Die Speisekarte bot außer Kuchen und Eisspezialitäten eine Auswahl an Gerichten für den kleinen Hunger. Er wählte ein *Flammküchlein mit Salatbeilage* und hoffte, es werde nicht allzu niedlich ausfallen.

Während er wartete, sah er sich um. Zwei Tische weiter ein Paar – er schätzte in den hohen Siebzigern – in angeregter Unterhaltung über ein Papier gebeugt, sie mit Perlensteckern im Ohr und weißer Bluse unter blauem Blazer, er in sandfarbenem Sakko mit offenem Hemdkragen. Ihm gegenüber an einem Nischentisch neben der Theke eine alte und eine jüngere Dame, Mutter und Tochter vielleicht. Die Tür zum Garten wurde geöffnet und ein älterer Mann trat ein, groß gewachsen und bemerkenswert gut aussehend. Er sah sich um, die ältere der beiden Damen hob die Hand und winkte ihm zu, worauf er den Gruß erwiderte und zu ihrem Tisch strebte. „Meinen Glückwunsch zum fünfund …“, hörte Grübert sie sagen, der Rest des Satzes ging im Tellerklappern unter, mit dem ihm gerade sein Flammküchlein serviert wurde. Das dann sehr gut schmeckte, aber doch eher etwas für den hohlen Zahn war.

Die freundliche Dame am Empfang erwartete ihn schon. „Ich bin fündig geworden“, sagte sie und reichte ihm einen Ausdruck, „Hambachers hatten eine Tochter Brunhild, wohnhaft in Mönchengladbach. Ob die Adresse noch zutrifft, steht dahin.“

Grübert warf einen flüchtigen Blick auf das Papier, steckte es in die Innentasche seines Mantels und tippte grüßend an die Stirn: „Danke, Frau …?”, er schaute fragend. *Siebenborn,* war die Antwort – „das hilft weiter, Frau Siebenborn.“

Draußen segelten erste zarte Flocken durch die Luft. Er schlug den Kragen seines Trenchcoats hoch und stieg ins Auto. Vor kurzem hatte er sich einen Oldtimer zugelegt, einen Miserati Coupé, viel Platz für seine langen Beine. Insgesamt ein kompaktes, eher vierschrötiges Fahrzeug, dessen Schönheit mehr in seinem Inneren lag. Er ließ sich in das Hellbraun des Lederpolsters fallen und nahm den Zettel zur Hand. Brunhild Glüsen geb. Hambacher, wohnhaft Saasfelder Weg 81 in Mönchengladbach. Eine unter diesem Namen registrierte Telefonnummer gab es nicht, wie ihm sein Smartphone mitteilte. Wäre wohl auch zu einfach gewesen. Sollte doch Krassinger das zuständige Einwohnermeldeamt nach der Adresse befragen, er hatte seinen dienstfreien Tag schon zur Hälfte mit Arbeit verbracht. Aber Krassinger war nicht im Büro und Frau Clasen, Heilmanns Sekretärin, versprach, ihm eine Notiz auf den Schreibtisch zu legen.

Er ließ den Motor an und wendete. Im Vorbeifahren erfasste sein Blick die repräsentative Außengestaltung der Residenz und eine junge Frau, die soeben die Stufen hochlief, vielleicht eine Besucherin. Seine Mutter fiel ihm ein, die er wieder einmal besuchen sollte. *Silberdistel* nannte sich das Wohnheim, in dem sie seit nunmehr zwei Jahren lebte. Hübscher Name, aber keine Residenz wie das *Beethoven*.

Er nahm die Ausfahrt nach Woltersheim, sechs Kilometer über die Felder. Die Flocken fielen nun dicht, wie aus dem Nirgendwo, kein Oben, kein Unten, nur wirbelndes, kreisendes, die Straßenränder verwischendes Gewimmel. Zu früh, dieser Schneefall Anfang November, dachte er, in den letzten Jahren hatte es kaum Schnee gegeben. Ein barmherziges Leichentuch für einen Ort, an dem zwei Frauen ums Leben gekommen waren.

Er fröstelte. Eine heiße Gulaschsuppe täte ihm jetzt gut nach dem Happen von Flammküchlein am Mittag. *Hannis Kochtopf* lag am Weg.

Die Gaststätte war bis auf einen Gast leer. Piet stand an der Theke, ein Kölsch vor sich. Wie weit er mit seinen Nachforschungen gekommen sei, wollte er wissen, und wann die Grabstätte freigegeben werde.

„Sobald wir wissen, wer die ermordeten Frauen sind", erwiderte Grübert, „wir arbeiten dran."

Er wollte nicht detailliert auf die Frage eingehen, bestellte eine Gulaschsuppe und verzog sich an einen Tisch am Fenster. Die Frage, die er sich beim Frühstück gestellt hatte, fiel ihm wieder ein.

„Piet!" Er stand auf und ging zurück zur Theke. „Wie sah das Grab aus, bevor ihr angefangen habt, es abzuräumen? Nur Bepflanzung?"

„Nee, 'ne große Marmorplatte mit 'nem Pflanzenrondell in der Mitte, die hat Kribben schon am Tag vorher abtransportiert."

„Machte das Grab einen gepflegten Eindruck?"

„Weiß nicht so recht. Sagen wir mal, es sah ordentlich aus. Keine frischen Blumen, Heidekraut im Rondell, das hält sich ja."

Franz Büderich erschien mit der dampfenden Suppe, und Grübert nahm sie gleich in Empfang. Beim Löffeln legte er die Planung für den nächsten Tag fest: Kribben noch einmal wegen der Platte befragen und mit der Gärtnerei wegen eines möglichen Auftrags für die Grapflege telefonieren – Arbeit für Krassinger. Hoffentlich hatte der inzwischen Adresse und Telefon von dieser ... er griff nach dem Zettel in seiner Brusttasche – ach ja, Glüsen, Brunhild Glüsen, herausgefunden.

Schwierige Befragung

Am nächsten Morgen war er schon sehr früh im Büro. Gangel saß an seinem Platz, einem Doppelschreibtisch, den er sich mit Stadlhuber teilte.

„Na, habt ihr sie gestern geschnappt, die Dealer?"

„Fast." Gangel hieb weiter auf die Tastatur seines Computers ein, als gelte es, einen Wettlauf mit der Zeit zu gewinnen.

„Also nicht", stellte Grübert fest.

„Aber wir haben massenhaft Drogen sicher gestellt", gab der andere an ohne aufzusehen.

„Krassinger war ja erstmalig dabei. Hat er gute Figur gemacht?"

„Der Stadlhuber wollte ihn unbedingt dabei haben, er sollte lernen, wie so was abläuft."

Grübert stieß die Luft durch die Lippen. Stadlhuber! Wo war der überhaupt? Offensichtlich hatte er Gangel abkommandiert, den Bericht zu schreiben. Auf seinem Schreibtisch fand er Krassingers Notitz vor: Brunhild und Viktor (!) Glüsen, Volksgartenstraße 95, 41065 Mönchengladbach-Waldhausen, Telefonnummer 02166-8265398.

Er stand wie vom Donner gerührt. Viktor, von Krasger mit Rufzeichen etikettiert, der Mann aus dem Vierergrab, der Schwiegersohn? Ein Stück näher an der Aufklärung? Er griff zum Hörer.

Frau Glüsen sei nach dem Tod ihres Mannes ausgezogen, erklärte eine jung klingende Frauenstimme, sie lebe inzwischen im Seniorenheim im Ludwig-Weber-Haus in der Ehrenstraße. Wann ungefähr Herr Glüsen verstorben sei, wollte Grübert wissen. „Vor ungefähr zwei Jahren“, war die Antwort, „wir sind die Nachmieter und wohnen hier seit einem Jahr.“

Irgendetwas stimmte nicht an dieser Antwort. Viktor lag seit mehr als fünfzehn Jahren auf dem Friedhof. Ein weiterer Besuch in einem Seniorenheim stand also an. Er griff zu Schal und Mantel und tastete nach dem Autoschlüssel in der Tasche. Gott sei Dank waren die Straßen über Nacht wieder schneefrei geworden.

„Danke für die Notiz!“, rief er Krassinger zu, der soeben eintrat, „bin am Nachmittag zurück. Du kannst inzwischen bei Kribben nachfragen, wer die Marmorplatte für das Grab ausgesucht hat und in der Friedhofsgärtnerei, ob es einen Auftrag für die Pflege gibt.“ Er wandte sich zum Gehen. „Eigentlich …“, er drehte sich wieder um, „kann das bis heute Nachmittag warten. Komm mit, wir fahren zusammen dahin. Ich möchte mir das Grab von Glüsen ansehen.“

Draußen strebte Krassinger zum Dienstfahrzeug. Grübert blieb stehen und packte ihn am Ärmel.

„Sag mal, was hast du dir denn dabei gedacht?! Razzia mit Stadlhuber! Gestern solltest du mit mir zur Recherche nach Bad Godesberg!“

Krassinger wirkte verlegen. „Der hat mich quasi abkommandiert, aber …“

„… aber das kam dir sicher ganz gelegen, hast gedacht, das gibt ordentlich action.“

„Naja, ist was dran, Chef, hat mich schon interessiert, die Razzia“, lenkte Krassinger ein.

„Du hättest ablehnen können mit Verweis auf meine Planung.“ Er ließ den Ärmel los und setzte sich wieder in

Bewegung. „Also? Alles klar für die Zukunft?"

Krassinger nickte.

Grübert zeigte auf den Maserati. „Hier, Benno", sagte er und warf ihm seinen Autoschlüssel zu, „kannst fahren, wenn du willst."

„Aber Chef!" Benno Krassinger machte Augen. „Das ist Ihrer? Hab mich schon gefragt, wem der gehört. So`n Auto! Ist ja `ne Wucht! N` Oldtimer. Von wann?"

„1989."

„Der hat Charakter, muss ich schon sagen, oben rum rot, unten schwarz, und die Felgen ....", er lachte, „silberne Scheiben mit fünf Löchern in der Mitte, sehen aus wie riesige Hemdenknöpfe."

„Charakter eben. Nun fahr` schon los."

„Was hat er denn so drauf?"

„Mäßige zweihundertzwanzig. Die ich noch nicht ausprobiert habe. Und du solltest auch nicht."

Krassinger ließ den Motor an.

„Toller Sound", lobte er und legte den Gang ein.

„Lass dich nicht verführen! Das ist kein Toyota 2000 und du bist nicht James Bond. À propos: Wie war denn die Durchsuchung am Klütschpfad? Aufregend?"

„Mäßig. Keiner da. Die haben Wind gekriegt und sind ausgeflogen. Wir mussten die Tür aufbrechen. Im Spülkasten haben wir fünf Tütchen gefunden. Mageres Ergebnis."

Grübert grinste.„Vonwegen massenhaft, wie Gangel sagt. Tiefschlag für Stadlhuber?"

„Schätze ja."

„Wird Zeit, dass der runterkommt von seinem Ego."

Das Ludwig-Weber-Haus erwies sich als eine verwinkelte, dreistöckige Wohnanlage, gepflasterte Wege zwischen

Rasenflächen und Blumenkübeln, Stahlbänke am Rand schmaler Pflanzbeete. Das Foyer war leer, an der Rezeption gab es statt des Empfangspersonals einen Klingelknopf. Der schrille Ton zeigte Wirkung. Eine Dame undefinierbaren Alters erschien und entschuldigte sich wortreich, sie habe Hilfestellung …

Grübert unterbrach sie: „Schon gut. Mein Name ist Grübert und das ist mein Kollege Krassinger. Wir möchten Frau Glüsen sprechen."

„In welcher Angelegenheit?"

„Wir ermitteln …", er zückte seinen Ausweis, „in einem Leichenfund im Zusammenhang mit Frau Glüsens Familie."

Die Dame riss kurz die Augen auf. Dann gab sie sich einen energischen Ruck. „Da muss ich Sie begleiten. Frau Glüsen reagiert auf neue und fremde Gesichter verstört, sie wird Ihnen nicht antworten wollen beziehungsweise können. Wenn ich dabei bin, ist sie vielleicht entspannter." Sie drückte ein paar Tasten an der Hausrufanlage. „Ich klingle kurz durch, dann fahren wir hoch."

Im dritten Stock lange, braun geflieste Flure, braune Türen, an den hellen Wänden sparsam gesetzte Blumenbilder. Am Ende des Flurs eine offene Tür, eine weißhaarige Frau mit Gehstock im Türrahmen, helle, wässrige Augen in einem runden Gesicht. „Da sind sie ja, Frau Zechel." Ein flackernder Blick zu den beiden Männern.

„Kommen Sie, Frau Glüsen, wir gehen hinein." Mit einem Wink in Grüberts Richtung: „Das ist Herr Grübert und sein Kollege, die Herren möchten Sie etwas fragen."

Drinnen, in einer Mischung aus Gelsenkirchener Barock und Chippendale — Grübert streifte eine Erinnerung an seine Kindheit im Haus der Großeltern – nahmen sie Platz auf zierlichen Stühlen. Um eine vertrauensvolle Atmosphäre bemüht stellte Grübert zunächst einleitende Fragen, ob sie sich im Heim wohl fühle, ob sie Freundschaften pflege, sicher vermisse sie ihren Mann, worauf sie ihm gleich ins Wort fiel, der sei im Krankenhaus, werde aber bald entlassen. Worauf wiederum Frau Zechel mit sanfter Stimme ermahnte: „Aber Frau Glüsen, wir haben uns gestern doch noch erinnert, dass er im Krankenhaus von uns gegangen ist."

Frau Glüsen senkte den Kopf und bewegte ihn hin und her.

Grübert: „An welcher Krankheit ist er denn gestorben? Wann?"

Keine Reaktion.

„Sie hat es verdrängt", sagte Frau Zechel. „Ihr Mann ist vor zwei Jahren an einem Schlaganfall verstorben, das hat sie nicht verkraftet. Zunächst hat ihre Tochter sich um sie gekümmert, aber dann ging das nicht mehr, und so ist sie im vergangenen Jahr hier eingezogen."

„Wissen Sie, auf welchem Friedhof Herr Glüsen beigesetzt wurde? Ich möchte mir das Grab ansehen."

„Oh, leider nicht, und Frau Glüsen brauchen Sie gar nicht erst zu fragen."

„Aber für unsere Ermittlungen wäre es schon wichtig zu sehen, wo er begraben liegt", warf Krassinger ein, „und …"

„Fragen Sie ihre Tochter. Ich werde Sie gleich vom Empfang aus mit ihr verbinden." Und etwas leiser, während sie aufstand: „Sie ist nicht sehr zugänglich, diese Barbara."

Bei der Verabschiedung sah Frau Glüsen kurz auf, ein Blick, der durch alle hindurchging, ohne jemanden wahrzunehmen.

Frau Zechel hatte Recht gehabt. Ohne ihre Vermittlung hätte Grübert auf telefonischem Weg kaum erfahren, was er wissen wollte. Er versuchte, die Angelegenheit, in der er ermittelte, so sachlich wie möglich darzustellen: In dem Grab ihrer Großeltern in Woltersheim sei eine dritte Person mit dem Vornamen Viktor beerdigt, der Nachname sei verwittert und auch dem Kirchenbuch nicht mehr zu entnehmen. Er suche nach …

Er kam nicht weiter. „Ja und?", kam die unwirsche Antwort, „mein Vater ist da nicht, der liegt auf dem Friedhof an der Viersener Straße gleich neben der Kapelle, davon können Sie sich selbst überzeugen." Damit war das Gespräch beendet. Grübert hob bedauernd die Schultern, Krassinger notierte die Telefonnummer, beide bedankten sich bei Frau Zechel und gingen.

Das Grab hinter der Kapelle, ein Doppelgrab mit einem Grabstein in schwarz glänzendem Marmor, war schnell gefunden, in golden eingravierten Buchstaben die Inschrift *In Liebe und Dankbarkeit*, darunter Victor Glüsen geb. 1935 – gest. 2003.

Grübert las zweimal.

„Siehst du, was, Benno? Victor mit c, der andere in Woltersheim schreibt sich mit k, in dieser Familie gibt`s also Viktor im Doppelpack."

Eine Erkenntnis, die nun doch den persönlichen Besuch bei Barbara Glüsen zwingend notwendig machte. Sie war vermutlich die einzige, die sich an ihre Großeltern erinnern konnte und vielleicht auch an den Woltersheimer Viktor.

Barbara reagierte erwartungsgemäß ablehnend; erst nachdem Grübert den Leichenfund im Grab erwähnt und sie als die einzige Person, die Licht ins Dunkel bringen könne, angesprochen hatte, war sie bereit, sich befragen zu lassen. Seine Kalkulation, ihr eine wichtige Rolle in einer polizeilichen Ermittlung zuzuschreiben, könne für diese kühle Person attraktiv sein, war aufgegangen.

Eine hoch gewachsene, hagere Frau öffnete die Tür, Mitte bis Ende Vierzig, schätzte er, sehr kurze und sehr schwarze Haare, fast männlich wirkend, bleiches Gesicht, dunkle Kleidung. Er nannte seinen Namen, Krassinger den seinen, sie nickte stumm und ging voran in das hinter dem schmalen Flur gelegene Wohnzimmer. Es roch nach Staub und Bohnerwachs. Sie wies auf zwei Sessel, sie setzten sich. Barbara Glüsen nahm gegenüber auf einer Couch Platz, deren eine Hälfte unter einer bunten Decke verschwand. Sie saß da, in ihrem grauen Pullover über der schwarzen Jeans, mit ihrem bleichen schmalen Gesicht und den viel zu schwarzen Haaren. Eingerahmt von der farbenfrohen Häkeldecke zwischen Cocktailsesseln und Nierentisch und weißen Gardinen mit Seitenschals, wirkte sie fehl an diesem Platz.

„Was wollen Sie wissen?" Sie legte die Handflächen auf die Knie und sah ihn an.

„Tja, eine mysteriöse Angelegenheit", begann Grübert. In knapper Form schilderte er den Ablauf und den momentanen Stand der Ermittlungen bis hin zu der Frage, die ihn hierher gebracht hatte.

„Wer ist dieser Mann im Grab Ihrer Großeltern, der auch Viktor heißt, und für wen ist der vierte Platz bestimmt? Und wo ist diese Person jetzt? Welche Beziehung hatten Ihre Großeltern zu Woltersheim und wo haben sie gelebt, bevor sie in die Seniorenresidenz Beethoven gezogen sind? Viele Fragen, ja. Aber nur über Hambacher lernen wir das Umfeld kennen, aus dem der Täter stammt."

Barbara Glüsen räusperte sich. „Das Umfeld“, meinte sie, „kenne ich nur, soweit es sich auf meine eigene Familie bezieht und natürlich auf die Großeltern. Zu den Geschwistern meiner Mutter hatte ich keine Beziehung, Tante Juliane wurde totgeschwiegen und Onkel Klaus habe ich als Kind nur ein paar mal gesehen, er war Notar und lebt jetzt schon lange im Ausland – wenn er noch lebt. Beide sind etwas jünger als meine Mutter. Und mein Vater hatte keine Geschwister.“

„Freunde?“

„Ja, schon, vorwiegend aus dem beruflichen Umfeld meines Vaters, er arbeitete als Amtmann bei der Stadt. Meine Mutter hat ein paar Jahre als Kindergärtnerin gearbeitet, den Beruf aber nach meiner Geburt aufgegeben.“

„Eine konservativ geprägte Familie.“

„Das kann man so sagen. Meine Mutter wurde sehr katholisch erzogen, so eine wie Tante Juliane hatte es da schwer.“

Grübert zog fragend die Augenbrauen hoch.

„Ich weiß nur, dass sie ihr BWL-Studium in Köln von heute auf morgen hingeschmissen hat, nachdem sie einen Typen kennen gelernt hatte, einen Künstler oder einen, der erst noch einer werden wollte, und dass sie dann zuhause ausgezogen ist und ein Kunststudium angefangen hat. Opa Friedrich hat daraufhin alle Zahlungen, das Studium betreffend, eingestellt.“

„Aber Ihre Tante hat durchgehalten?“, warf Krassinger ein.

Barbara Glüsen hob die Schultern. „Ich weiß das alles nur so, wie meine Eltern es mir erzählt haben. Über Juliane wurde damals nicht gesprochen, ihre Welt war wohl zu anders. Ich habe sie auch nur einmal gesehen, da war ich sechs Jahre alt, und wir, mein Vater und ich, waren in Köln im Kreishaus, wo er einen ehemaligen Kollegen aufgesucht hat. Wir sind an einem Schaufenster vorbeigekommen, und mein Vater sagte: Hier hat deine Tante Juliane ihre Galerie und hat auf zwei Leute gezeigt, die da standen und gesagt: Das ist sie."

„Das ist interessant!", meinte Grübert, „sie hatte also eine eigene Galerie?"

Krassinger beugte sich vor: „Welchen Eindruck hatten Sie? Wie sah sie aus?"

„Ich bitte Sie!" Barbara Glüsen sah ihn empört an und schüttelte den Kopf. „Ich war sechs, ich sah eine fremde Frau, die meine Tante sein sollte. Mehr weiß ich nicht."

Grübert: „Gibt es Fotos?"

„Möglicherweise. Wenn überhaupt, dann aus ihrer Kinder- und Jugendzeit. Ich muss meine Mutter fragen, ob sie alte Fotoalben bei ihrem Umzug ins Heim mitgenommen hat."

„Auch ein Jugendfoto könnte eine Hilfe sein, die digitale Technik vermag so einiges." Er zog sein Notizbuch aus der Jacketttasche. „Was können sie mir über Ihre Großeltern sagen?"

„Nun …", begann Barbara Glüsen und legte die Hände ineinander. Sie blickte zum Fenster und schwieg einen Moment. Dann gab sie sich einen Ruck. „Wie gesagt: Konservativ und streng. Opa Friedrich war Prokurist bei Ford in Köln, meine Großmutter arbeitete vor ihrer Heirat als medizinisch-technische Assistentin am St.Franziskus-Krankenhaus in Köln. Dort haben die beiden sich auch kennengelernt." Sie schwieg wieder.

„Eine gute Position hatte ihr Großvater also", versuchte Grübert sie zum Weiterreden zu animieren. Mit einer

Prokuristenrente konnte man sich eine Residenz wie das Beethoven leisten.

Barbara Glüsen holte Luft, dann stieß sie die angestaute Luft wieder aus und schüttelte fast unmerklich den Kopf.

„Ja, er hatte es – wie man so sagt – zu etwas gebracht“, erwiderte sie mit einem aggressiven Unterton, „und erwartete von seinen Kindern dasselbe. Mein Onkel Klaus hat Jura studiert und es zum Notar gebracht, war erfolgreich und konnte als einziger seinen Ansprüchen genügen. Meine Mutter hatte in seinen Augen wohl nicht das Zeug zum Studium, und mein Vater war nur ein kleiner Beamter, das hat er ihn manchmal spüren lassen. Und Juliane war die große Enttäuschung, schmeißt das Studium hin und macht in Kunst – so ähnlich muss er sich ausgedrückt haben. Künstler waren für ihn so etwas wie Scharlatane. Zu nichts nutze. Es sei denn, sie hatten es zu dem gewissen Etwas gebracht, das sich am Preis für ihre Werke ablesen lässt.“ Sie grunzte abfällig.

„Und?“, hakte Krassinger nach, „hat Ihre Tante es geschafft?“

„Nicht wirklich, nicht als Künstlerin, soviel ich weiß. Vielleicht als Galeristin. Auch das weiß ich nicht, es wurde ja nicht darüber geredet, und telefonischer Kontakt war äußerst selten, und wenn, dann nur über die Galerie. Obwohl …“, sie legte den Kopf in den Nacken und schaute zur Decke, ihr Blick ging von rechts nach links und wieder zurück. „Obwohl“, sie senkte den Kopf wieder und sah ihn an, „es da etwas gibt, das ich nicht verstehe. Meine Großeltern sind 1987 bei einem Autounfall ums Leben gekommen und wurden in Woltersheim beerdigt, ich war damals siebzehn Jahre alt. Warum in Woltersheim? Warum nicht in Godesberg oder in Brühl, wo sie mehr als fünfzig Jahre gelebt haben? Und dann in einem Vierergrab. Meine Mutter hat behauptet, es sei auch für sie und Papa, und Opa Hambacher hätte die Grabstelle dort gekauft, weil er als Kind dort gelebt hatte, bevor seine Familie nach Brühl umgezogen ist." Sie schnaufte. „Sentimentalitäten. Doch mein Vater konnte dort nicht beerdigt werden, weil dieser Viktor ohne Nachnamen da drin lag, wie lange schon, weiß der Geier. Und jetzt auch noch zwei unbekannte Leichen? Schaurig." Sie schüttelte sich.

„Sie sagten, Ihre Tante nur einmal gesehen zu haben. Dann war sie auch nicht bei der Beerdigung Ihrer Großeltern?"

„Natürlich nicht." Die Antwort klang ungehalten.

„Haben Sie eine Vermutung, warum nicht? Sicher haben Ihre Eltern sich doch dazu geäußert."

„Da sie auch nichts wussten von Julianes Leben, gab's nur das übliche Kopfschütteln. Und später dann, als sie nicht mehr erreichbar war, noch ein Schulterzucken dazu."

Grübert klappte sein Notizbuch wieder auf. „Nicht mehr erreichbar? Wann war das?"

„Ungefähr zwei, drei Jahre nach dem Tod meiner Großeltern muss es gewesen sein. Meine Mutter hat ein halbes Jahr nach der Beerdigung mal den Friedhof besucht, um zu sehen, ob das Grab ordentlich aussah, hat auch Juliane angerufen, weil sie annahm, dass sie sich drum kümmerte. Das war wohl auch so. Aber irgendwann war sie telefonisch nicht mehr erreichbar, und bei einem Besuch in Köln hat mein Vater festgestellt, dass die Galerie in andere Hände übergegangen war."

Krassinger: „Wissen Sie den Namen der Galerie?"

Barbara Glüsen schürzte die Lippen. „Ich hab mich nie für Kunst interessiert und war nie dort. Ich erinnere mich nur, dass mein Vater nach diesem Besuch sagte: Was hat sie nur mit Wien am Hütchen? Diese Kombination von Wien und Hütchen fand ich damals witzig, deshalb ist sie mir im Gedächtnis geblieben."

Grübert notierte *Wien* mit Fragezeichen, dazu ein paar Jahreszahlen. „Haben Ihre Eltern ab dann die Grabpflege übernommen?"

„Nein, haben sie nicht." Sie hielt inne und drehte den Kopf beiseite. Dann nickte sie. „Ich erinnere mich jetzt, dass sie vor drei Jahren noch einmal hingefahren sind; bevor die Liegezeit hätte verlängert werden müssen, wollten sie sich vom Zustand des Grabes überzeugen. Sie kamen ziemlich aufgelöst zurück, weil der dritte Platz im Grab schon belegt war, und meine Großeltern doch ihnen die Nutzung zugeteilt hatten."

„Gibt es ein Dokument über dieses Recht?"

„Keine Ahnung."

„Meinen Sie Ihre Mutter könnte sich noch erinnern, ob der vollständige Name und das Sterbedatum des Viktor Unbekannt vor drei Jahren noch vorhanden waren, als sie das Grab besucht haben?"

„Glaube ich eher nicht, sie ist durch den Wind." Sie zögerte. „À propos Viktor Unbekannt – mir ist eingefallen, dass meine Mutter im Zusammenhang mit der Beerdigung mal gesagt hat, dass Juliane mit einem Viktor verheiratet ist. Dabei hat sie auch den Nachnamen genannt, es war ein ungewöhnlicher Name, irgendwas mit Raben oder Rüben und so, vielleicht war es auch ein Doppelname … ach, ich weiß nicht. Vergessen Sie' s." Sie schüttelte den Kopf.

„Jede Kleinigkeit kann weiterhelfen“, meinte Grübert. „Noch etwas: Hat die Friedhofsverwaltung sie aufgefordert, die Liegezeit zu verlängern? Das müsste dann vor etwa einem Jahr gewesen sein.“

„Das weiß ich nicht. Darum haben sich meine Eltern gekümmert.“

Grübert steckte sein Notizbuch ein und stand auf. Er legte seine Visitenkarte auf den Tisch.

„Bitte lassen Sie mich wissen, wenn Sie ein Foto Ihrer Tante auftreiben konnten. Und fragen Sie Ihre Mutter nach dem Namen der Galerie, vielleicht erinnert sie sich noch an die Grabinschrift.“

Am frühen Nachmittag waren sie zurück in Woltersheim.

„Du kannst hier aussteigen”, meinte Grübert beim Einbiegen in die Hauptstraße, „und gleich bei Kribben ween der Marmorplatte nachfragen, ich fahr schon weiter ins Büro.“

Auf dem Weg dorthin machte er einen Umweg über *Maxens Grill* am Ortseingang, ein enger, dunkler Raum mit wenigen Tischen. Außer ihm gab es nur noch einen anderen Gast. Im Winter lief das Geschäft nicht so gut, sommers konnte man draußen unter den Bäumen am Rand des Parkplatzes sitzen. An der Theke bestellte er ein halbes Hähnchen mit Fritten und setzte sich an das einzige Fenster. Der andere Gast, ein großer Mann, lackschwarze Haare, glatt und halblang, war aufgestanden. Kurz vor Erreichen der Tür wandte er suchend seinen Kopf, offensichtlich hatte er etwas vergessen. Er kam zurück und schaute zu Grübert hinüber, während er seine neben dem leeren Bierglas liegenden Handschuhe vom

Tisch nahm. Kein Landsmann, sagte sich Grübert, asiatischer Einschlag, jedenfalls, was die Physiognomie betrifft. Er sah wieder zum Fenster. Draußen entstiegen soeben zwei Personen einem BMW und strebten dem Eingang zu. Zunächst hatte er die beiden für Männer gehalten, aber jetzt, nachdem sie eingetreten waren, erkannte er seinen Irrtum. Es war ein Paar, beide in Hose und Mantel, schwarz, er ohne Hut, sie mit einem Borsalino, einem Herrenhut auf dem Kopf, unter dem sich kein Haar hervortraute. Etwas rührte sich in ihm. *Herrenhut, Mafia,* wer hatte das gesagt? Grübelnd zog er sein Notizbuch aus der Manteltasche, irgendetwas hatte er übersehen. *Juliane – Wien am Hütchen, zwei bis drei Jahre nach 1987nicht erreichbar,* hatte er notiert.

Er blätterte zurück.

Gestern: Residenz Beethoven, vorgestern: Steinmetz Kribben.

Da war der Eintrag: *Julia Vienna, Grabstein bar bezahlt.*

Er zog die Luft ein und schlug mit der flachen Hand vor die Stirn. Vienna – Wien … der Name der Galerie war *Vienna*, und Barbara Glüsens Tante Juliane hatte ihn auch zu ihrem Nachnamen erkoren: ein Künstlername. Wo war diese Julia jetzt? War es ihr Mann Viktor, der im Hambacher-Grab lag?

Er stand auf und zahlte an der Theke, den Rest des Hähnchens ließ er sich einpacken.

Kaum zurück im Büro, servierte ihm Krassinger eine Antwort auf seine Frage, die jedoch weitere Fragen aufwarf. Julia Vienna hatte die Marmorplatte im Mai 1989 selbst in Auftrag gegeben, und Kribben hatte keine Rechnung sondern nur eine Quittung über die Barzahlung von 3.250 DM ausgestellt, mit Datum vom 29. Mai 89.

„Nicht gerade ermutigend, diese Auskunft", meinte Benno Krassinger, „trotzdem: hätte Kribben seine alten Auftragsbücher nicht aufbewahrt, wüssten wir noch nicht einmal das. Ich habe die Quittung gesehen, Julia war tatsächlich die Adressatin, und in der unteren Ecke rechts war noch was gekritzelt, kaum lesbar, ein Buchungsvermerk wahrscheinlich. Hab ein Handyfoto gemacht und Ihnen per E-Mail geschickt. Des weiteren …", er fischte nach einem Zettel in seiner Jackentasche, „die Grabpflege betreffend: die Kosten werden halbjährlich per Lastschrift bei der Commerzbank in Bonn-Bad Godesberg abgebucht", er legte seine Notiz auf den Schreibtisch, „von dieser Kontonummer, unklar, zu wem sie gehört."

„Ohne richterliche Verfügung wird die Bank keine Daten herausgeben. Und heute Morgen bei unserem Besuch in Mönchengladbach sind wir auch nicht viel weiter gekommen. Wir wissen lediglich, dass Julia Vienna die Tochter von Hambacher war und seit Ende der Achtziger mit der Familie keinen Kontakt mehr hatte."

„Und dass sie nicht die Pflege übernommen hat. Vielleicht ist der Kontoinhaber ein Freund der Familie?"

Kaum, fuhr es ihm durch den Kopf, Barbara Glüsen hatte nicht von Freunden gesprochen, aber vielleicht wusste sie auch nicht alles, eigentlich wusste sie wenig. Seltsame Familie.

Heilmann trat ein. Aus dem Handgelenk warf er eine Zeitung auf Grüberts Schreibtisch, sein linkes Augenlid zuckte.

„Da!" Er bohrte seinen Zeigefinger in die Schlagzeile. „Schon den Stadtanzeiger gelesen heute? *Immer noch keine Ergebnisse im Woltersheimer Friedhofsmord. Polizei tappt im Dunklen.*" Er schnaufte. „Am Freitag wurden die Leichen gefunden, heute ist Mittwoch."

„Dazwischen Samstag und Sonntag“, traute sich Krassinger zu bemerken und kassierte einen strafenden Blick. Mit noch immer gerunzelter Stirn quittierte Heilmann Grüberts Bericht vom Stand der Ermittlungen.

„Zu wenig, zu wenig“, meinte er anschließend, sein Kopf ruckte ungeduldig, „wir müssen endlich Ergebnisse liefern. Übermorgen ist Pressekonferenz, Stadlhuber wird über die Durchsuchung berichten und ich will nicht wegen der schleppenden Nachforschungen im Friedhofsmord geschlachtet werden. Das Dringlichste ist, die Identität der beiden Frauen zu klären.“ Er nickte energisch. „Ich werde jetzt die Rekonstruktion der Schädel beantragen, anders kommen wir nicht voran. Sie recherchieren in der Zwischenzeit über diese anscheinend verschwundene Julia … *Vienna* – sagen Sie? Und bitte bis heute Abend den Bericht auf meinen Schreibtisch.“

Damit war er durch die Tür.

Stadlhuber würde über die Durchsuchung berichten? Einen Fehlschlag aufs Tablett legen! Oder als Erfolg verkaufen? War ihm zuzutrauen, dem Angeber.

„Der Heilmann hat gut reden“, meinte Benno, „sitzt an seinem Schreibtisch und lässt andere machen.“

„Unser Job ist der interessantere, nah am Geschehen, Kopfarbeit statt Organisation“, stellte Grübert lapidar fest. „Und mein Kopf sagt mir gerade, dass Julia möglicherweise unbekannt verzog, dann sollte ihre neue Adresse im Archiv des Einwohnermeldeamts zu finden sein. Und recherchiere, ob ab Mai 1989 eine Vermisstenanzeige bei uns eingegangen ist, und ob es die Galerie *Vienna* in Köln noch gibt, muss in der Nähe des Kreishauses sein, vielleicht jetzt unter einem anderen Namen. Also …!“ Er machte eine auffordernde Geste in Richtung Tür. Benno Krassinger tippte mit den Fingerspitzen gegen seine Stirn. „Aye aye, Chef!“

Das Foto in Krassingers E-Mail war von schlechter Qualität, wie Grübert bedauernd feststellte. Erst in der Vergrößerung war das Gekritzel auf der Quittung als Adresse mit Telefonnummer eher zu deuten als zu identifizieren.

Er griff zum Hörer. Nach mehrmaligem Klingeln wurde abgenommen.

„Entschuldigen Sie bitte, Frau Glüsen, hier ist nochmal Grübert. Sie sprachen von Freunden aus dem beruflichen Umfeld Ihres Vaters. Gab es da vielleicht jemanden, von dem sie sich vorstellen könnten, dass er über all die Jahre die Grabpflege bezahlt hat?“

„Aber nein!“, erwiderte sie, fast empört.

Dann zögerte sie.

„Mir ist doch noch etwas eingefallen. Sie wollten wissen, wie meine Eltern auf Julianes Abwesenheit bei der Beerdigung reagiert haben. Die Eltern interessieren Julia nicht, haben sie gesagt, sogar ihr Tod lässt sie kalt, genau so wie früher, als sie diesen Lover hatte. Wie hieß der noch, der von damals, dessentwegen sie ihr Studium hingeschmissen hat? Und dann ist ein Name gefallen, Gunnar Greden – oder Grebel oder Greven, ich weiß nicht mehr so genau. Hilft Ihnen das weiter?“

„Jeder Hinweis kann zu Ergebnissen führen“, erwiderte Grübert, „so wie Ihre Erinnerung an die Äußerung Ihres Vaters mit *Wien am Hütchen*. Der Name der Galerie war Vienna. Übrigens: Haben Sie Ihre Mutter schon nach der Grabinschrift gefragt?“

„Habe ich, telefonisch.Fehlanzeige.Sie verstand nicht, was ich wissen wollte. Ich kann es ja noch einmal versuchen, wenn ich sie besuche, vielleicht hat sie dann ja einen hellen Moment.“

„Danke für Ihre Mithilfe." Grübert legte auf.

Also noch ein Name. Gunnar Greden. Möglicherweise einer aus der Kunstszene. Im Vertrauen auf das digitale Gedächtnis tippte er den Namen in die Google-Suchleiste. Es gab einen Gunnar Greienstein, einen Prof. Dr. Gunnar Peer in Greven, einen Gunnar Dörensheimer, Ratsmitglied in Bartel. Er änderte in Grebel, danach in Greven. Ein Wikipedia-Eintrag wurde angezeigt. Lutz Grübert spürte das wohlbekannte Kribbeln, sein Pulsschlag stieg. Er öffnete den Link. Gunnar Greven, Fotokünstler, geboren 1930 in Wuppertal. Das Schwarz-Weiß-Foto zeigte einen sehr gut aussehenden Mann in mittleren Jahren, freundlich-distanziert blickend, dunkles und leicht gewelltes Haar, Brille, offener Hemdkragen unter einer Lederjacke, Hände in den Hosentaschen. Alles in allem: ein legerer Typ.

Grübert resümierte: Ein Name, ein Foto. Aber wieder keine Adresse. Sein Puls flachte ab. Der Mann war jetzt Mitte siebzig, ob er trotz seines Alters noch Ausstellungen machte? Künstler arbeiten, bis sie tot umfallen, sagte man, sie können nicht anders. Er scrollte die Suchleiste hinunter. Ausstellungen, Werke. Die Liste war lang, die letzte Ausstellung hatte am 26. Juni des Vorjahres im Kunstverein Region Heinsberg stattgefunden, Titel *Porträts – Mensch und Maschine.* Sein Puls beschleunigte sich wieder. Porträts. Julias Künstlerfreund oder Liebhaber – wer weiß das schon – ein Fotograf. Möglicherweise besaß er Fotos von Julia.

Sein Anruf im Kunstverein Heinsberg brachte ihm wie schon erwartet nicht die ersehnte Auskunft. Telefonische Auskünfte über persönliche Daten von Künstlern der

Galerie würden nicht erteilt. Er sah auf die Uhr – heute war es zu spät für einen Trip nach Heinsberg, und ohnehin musste der Bericht noch aufs Papier. Als er damit fertig war, fing es schon an, dunkel zu werden, aber für einen Umweg über den Friedhof reichte die Helligkeit noch.

Die Grabstelle Nr. 17 Flur 2 war wieder frei gegeben, der Stein abtransportiert, die Absperrbänder verschwunden. Auf einen DNA-Vergleich mit Hambacher konnte nach dem neuesten Erkenntnisstand verzichtet werden, da nun, sollte er doch noch nötig werden, die Adresse der Angehörigen bekannt war.

Grüberts Blick wanderte über den Friedhof: Hinter ihm die Kirche, vor ihm, beidseits des breiten Mittelweges, drei Doppelreihen von Gräbern. Linkerhand war dieser ältere Teil von einer Hecke begrenzt, rechts von einer mannshohen Mauer, an deren Außenseite Besucher über einen steilen Weg von der Straße zum höher gelegenen Teil des Friedhofs gelangen konnten. Im abnehmenden Tageslicht war die hohe Backsteinmauer hinter der letzten Gräberreihe noch gut zu sehen. Ein später Besucher bewegte sich zur Treppe hin, die diese untere Ebene mit dem oberen Bereich verband. Er schien es eilig zu haben; einmal wandte er sich um, danach beschleunigte er sein Tempo in Richtung zu der oberhalb des Friedhofs gelegenen Straße.

Es gab also drei Zugänge zu dem älteren Teil, in dem auch das Hambacher-Grab lag: Der steile Weg rechts von der unteren Straße hinauf, die Treppe hinab vom oberen Gräberfeld, sowie die winklige Treppe, die linkerhand vom Kirchvorplatz am Pastorat vorbei hinauf führte.

Keine kontrollierten oder abschließbaren Eingänge, jeder hatte freien Zugang, wann immer er wollte. Unwahrscheinlich, dass die Frauen anderswo ermordet und dann hierher gebracht wurden, der Mörder hätte, falls er die Tat geplant hatte, um das in nur geringer Tiefe ausgehobene Grab wissen müssen. Wahrscheinlich sollte es neu bepflanzt werden, und altes Erdreich war bereits abgetragen. Wie er schon in seinem Bericht festgehalten hatte, musste es eine Tat im Affekt gewesen sein. Gerade der erste Fund mit den durcheinander gewürfelten Gliedmaßen und Knochen bereitete ihm Kopfzerbrechen. Diese Frau musste in geringem zeitlichen Abstand zur ersten getötet worden sein. Die dünne Erdschicht zwischen den beiden Leichen ließ jedenfalls darauf schließen. Zudem musste es eine Verbindung zwischen den beiden Frauen geben, der zweite Mord konnte eine notwendige Folgetat gewesen sein. Und wenn man es so ausdrücken wollte, hätte, um eine vorzeitige Entdeckung zu verhindern, die Abdeckung mit der Marmorplatte auch eine Folgetat sein können, wenn … ja, wenn Julia sie nicht selbst in Auftrag gegeben hätte. Oder war sie die Mörderin und dann untergetaucht? Aber immerhin gab es mit Greven nun einen weiteren vielversprechenden Namen.

Er seufzte und es klang nach Erleichterung. Die Tagesbilanz war nicht ganz so schlecht, wie er noch am Mittag befürchtet hatte.

Er nahm die seitliche Treppe hinunter. Aus der Kirche war Orgelmusik zu hören. Er öffnete das Portal und trat ein. Bis auf das ewige Licht am Altar und die Beleuchtung auf der Orgelempore war es dunkel. Von unten erkannte er den dunklen Haarschopf des Organisten, seinen über die Klaviatur gebeugten Oberkörper. Er tat ein paar leise Schritte und setzte sich in eine der hinteren Bänke. Abschalten. Zuhören. Runterkommen und Kraft tanken. Und Kraft hatte das, was er hörte: wuchtige Eingangsakkorde, die sich aneinander rieben, auf- und absteigende Tonkaskaden, streng, schnörkellos. Ein Tongewitter. Möglicherweise von Bach. Schmunzelnd erinnerte er sich an Herrn Unterbach, seinen Musiklehrer, den die ganze Klasse nur Underberg nannte, seitdem er im Unterricht den Alkoholzuspruch etlicher berühmter Komponisten getadelt hatte. Jedenfalls hatte er diesem Mann sein Interesse an klassischer Musik zu verdanken.

Eine Weile hörte er aufmerksam zu, bis seine Gedanken wieder abschweiften. Gunnar Greven, Heinsberg, Konto bei der Commerzbank Bad Godesberg, sein Besuch in der Beethovenresidenz Bad Godesberg. Hambacher …

Die Orgel verstummte mit einem Mal und riss ihn mit ihrem Schweigen aus seinen Gedankengängen. Der Organist startete eine neue Übesequenz. Diesmal empfand Grübert sie weniger als Kraft denn als Gewalt. Passend zur Tat wenige Schritte entfernt, dachte er und verließ die Kirche.

Zuhause wurde er schon erwartet. Er öffnete die Wohnungstür, und wie immer saß Leonie auf dem kleinen Läufer, zwei Meter von ihm entfernt, Pfote bei Pfote mit steil aufgerichtetem Schwanz und leicht zuckender Spitze. Sie sah ihn an, und er wusste, dass sie schon beim ersten knirschenden Drehlaut des Schlüssels dorthin geeilt war.

„Komm“, sagte er und ging, noch im Mantel, voran in die Küche, „schau her, was ich dir mitgebracht habe.“

Leonie, kaum dass er die Hähnchenreste in ihren Fressnapf gefüllt hatte, machte sich gierig darüber her und gab kleine Miau-Laute des Wohlbefindens von sich. Er öffnete den Kühlschrank, füllte Milch in ein Schälchen, danach griff er sich ein Kölsch, belegte Brot mit Schinken, garnierte es mit zwei harten Eiern vom Vortag und setzte sich vor den Fernseher. Tagesschau, Auslandsjournal, danach eine Talkshow, die er unkonzentriert verfolgte. Der Gedanke an den unbekannten Täter und seine Opfer ließ ihn nicht los. Leonie war inzwischen zu ihm hinauf gesprungen und verlangte ihre Streicheleinheiten. Er lehnte den Kopf gegen die Sesselkante, kraulte ihre Ohren und war kurz darauf eingeschlafen.

Ein berühmter Künstler

Donnerstag, sechster November und der siebte Tag nach dem Leichenfund.

Grübert saß schon seit einer knappen Stunde im Büro und recherchierte weitere Einträge über den Fotokünstler Gunnar Greven, als gegen neun Stadlhuber und Gangel eintraten, Stadlhuber in einer schwarzen, mit Nieten bestückten Lederjacke und frisch rasiertem Schädel.

„Na, schon fleißig auf Mördersuche?", sagte er mit einem flüchtigen Blick auf Grüberts Bildschirm, auf dem soeben die Fotoserie einer Galerie erschienen war, „oder doch lieber nach einer Ausstellung fahnden, der kunstsinnige Herr Kollege?"

„Ehe ich eine Wohnung durchsuche, verehrter Herr Kollege", Grübert blickte weiter auf den Bildschirm, „pflege ich Eventualitäten auszuschließen, um unliebsame Überraschungen zu vermeiden. Im Übrigen: Respektieren tieren Sie in Zukunft meine Ermittlungsarbeit, in die ich den Kollegen Krassinger eingeplant habe."

Stadlhuber stutzte einen Moment lang.

„Was auch immer Sie andeuten wollen: Sie sind nicht ausreichend informiert", war seine schmallippige Antwort, ehe er in Heilmanns Büro verschwand.

Immerhin gab es nun zwei Namen. Ein Ariadnefaden, dem er folgen konnte. Und Heilmann hatte nun auch etwas, das er der Presse ins Maul schieben konnte. Natürlich ohne Namen zu nennen. Krassingers Recherchen waren erfolgreich gewesen, allerdings nicht unmittelbar relevant für die Aufklärung.

„Zunächst: Im Archiv des Einwohnermeldeamts gibt es nur die Adresse am Von-Eichendorff-Weg, unter der die Vienna gemeldet war", berichtete er, „und was eine Vermisstenanzeige angeht: Fehlanzeige. Dann: Die Galerie hat zweimal den Besitzer gewechselt, die jetzigen Betreiber haben sie mit dem Namen übernommen, den der Vorbesitzer gewählt hatte: *Galerie Brennpunkt 89,* das Jahr, in dem der erste Wechsel stattfand. Sie haben mir noch dessen Namen und Telefonnummer gegeben, doch unter der Nummer habe ich niemanden erreicht. Über Julia Vienna wussten sie nur vom Hörensagen, und dass sie eine auffallende Frau mit roten Haaren war. Aber", fügte Krassinger hinzu und grunzte, „was sagt bei Frauen schon die Haarfarbe. Die ist mal so, mal so."

„Deine Erfahrung?"

„Na ja, weiß man doch."

„Haarfarbe hin oder her … schau dir dein Handyfoto in der Vergrößerung an. Vier Ziffern, ich lese 2234. Könnte eine Telefonnummer sein ohne Vorwahl, wahrscheinlich also ein hiesiger Anschluss. Dann kann ich mir mit etwas Phantasie noch zusammenreimen, was hinter den Ziffern steht: Anno 89 könnte es heißen, eine Jahreszahl. Merkwürdig, das Datum vom 29.05.89 steht doch sowieso schon drauf. Unsere Ermittlungen werden wahrscheinlich erst dann so richtig vorankommen, wenn wir wissen, wer die Toten sind. Hoffen wir auf die Rekonstruktion der Schädel."

Nur darauf allein wollte er allerdings nicht setzen. Julia Vienna hatte als Galeristin mit Sicherheit einen großen Bekanntenkreis gehabt, da konnte man nicht unbemerkt verschwinden. Es sei denn, man habe sich vorher verabschiedet. Der Fotokünstler Gunnar Greven konnte so jemand gewesen sein.

Heilmann stand in der Tür und stemmte seine Arme in die Seite.

„Schön und gut, Ihr Bericht, aber Vermutungen reichen nicht. Haben Sie was Konkretes?"

Grübert stand auf und griff nach seinem Mantel.

„Morgen hab ich mehr, womit Sie die Pressemeute bedienen können. Jetzt lassen Sie mich meine Arbeit tun, ich muss mich um die Kunst kümmern, bin am Spätnachmittag zurück."

Er sah Heilmann noch den Mund zu einer Erwiderung öffnen, schickte einen auffordernden Wink hinüber zu Krassinger, dann waren sie draußen.

„Heute fahre ich", stellte Grübert fest.

Er nahm die A61 Richtung Erkelenz. Der Verkehr war mäßig, kein Regen, kein Schnee, seine Gedanken bei Gunnar Greven. Fotokünstler. In dessen Focus nicht der Einzelne stand, sondern die Masse, nicht Individualität sondern Konformität – wie er sich im Internet kundig gemacht hatte: Grevens Interesse galt den Ansammlungen von Menschen und den Orten, an denen sie sich aufhielten, arbeiteten, Handel trieben oder sich amüsierten. Globalisierung, Gesellschaftskritik mit ästhetischer Formsprache. Ein Foto von Julia Vienna war, selbst in künstlerischer Bearbeitung, kaum zu erwarten. Allenfalls in seinem privaten Fotoalbum.

Er verlangsamte das Tempo und bog in den Horster Hof ein. Der Kunstverein war in einem ehemaligen Bauernhof untergebracht, in Ausstellungsräume umgebaut. Viel Glas, viel Licht.

„Schauen wir uns erst mal die laufende Ausstellung an", meinte Grübert. Benno Krassinger nickte.

Eine Weile gingen sie stumm von Bild zu Bild durch die bunte Welt einer Malerin.

„Und?" Krassinger schaute fragend.

„Fröhlich bunt, Fantasy, irrational."

„Also nicht unsere Welt."

Danach zurück zum Empfang und das übliche Procere: Ausweis zücken, Namen nennen, fragen. Die Antwort war nicht so eindeutig wie erhofft.

„Wir haben zwar die Adresse, unter der Herr Greven im letzten Jahr zu erreichen war, aber vielleicht wohnt er dort nicht mehr. Es war möglicherweise seine letzte Ausstellung überhaupt, denn er sprach davon, sich, was derartige Unternehmen angeht, zurückziehen zu wollen. Aber …", die freundliche Dame blätterte in einem Verzeichnis, „wir haben eine Handynummer."

Noch an Ort und Stelle tippte Grübert die Nummer in sein Smartphone. Eine markante Männerstimme: „Ja bitte?" Grübert legte zwei Finger an seine Stirn und schickte einen Dankesgruß in Richtung der freundlichen Dame, während er sich zum Gehen wandte, Krassinger im Schlepptau.

Was er auf seinem Weg zurück zum Auto erfuhr, bestätigte seine Erfahrung: Wege kreuzen sich, ohne dass man weiß, mit wem, und oft erfährt man nie, wer einem begegnet war oder fast begegnet wäre. Was manchmal auch ein Glück bedeutet, so oder so. „Wir fahren in die Beethoven-Residenz", informierte er Krassinger, „in die du mich hättest begleiten sollen."

Auf der Rückfahrt missachtete er die eine oder andere Geschwindigkeitsbeschränkung. Krassinger sah ihn von der Seite her an und wackelte mit dem Zeigefinger. „Sirene?“

„Kein Kommentar“, war die Antwort.

Ab Köln nahm er die Autobahn Richtung Bonn, dann Richtung Bad Godesberg, Villenviertel, Herderstraße. Die Einfahrt mit dem so markant geschwungenen Dach der Residenz.

„Wie kann ich Ihnen heute helfen, Herr Grübert?“ Die schon bekannte Empfangsdame.

„Sie erinnern sich an mich?“

„Ich habe ein gutes Namensgedächtnis, das braucht man in einem solchen Haus.“

„Natürlich. Ich möchte Herrn Greven sprechen, er erwartet uns.“

„Unser Künstler. Er ist erst seit einem halben Jahr bei uns, ein interessanter Mann. Vierter Stock, die Penthaus-Wohnung Nr. 4. Nehmen Sie den Aufzug neben dem Bistro, der fährt gleich durch.“

„Penthaus, Donnerwetter“, entfuhr es Krassinger.

Die Tür wurde fast sofort geöffnet. Und Grüberts Erfahrung von sich kreuzenden Wegen bestätigte sich heute zum zweiten Mal: Der ihm gegenüber stand war jener große, in seinem Alter noch erstaunlich gut aussehende Mann, den er schon bei seinem ersten Besuch im Bistro der Residenz gesehen hatte. Eine gealterte Version des Fotos bei Wikipedia, eisengraue Haare, straff nach hinten gebunden, Dreitagebart, markante Falten. Und eine erstaunlich türkisblaue Augenfarbe.

„Hauptkommissar Grübert, mein Kollege Krassinger. Wir haben telefoniert.“

Greven nickte und machte eine einladende Geste. „Kommen Sie, nehmen Sie Platz.“ Er wies auf eine voluminöse Sitzecke.

„Wie sind Sie auf mich gekommen?", wollte er wissen, während er ein Tablett mit Essensresten in die Küche trug – Garnelenschalen, wie Grübert im Vorbeigehen feststellte, „am Telefon sprachen Sie von Ermittlungen in einem Mordfall in Woltersheim. Ich war dort nur ein paar Mal, und das ist an die zwanzig Jahre her."

Sie sahen sich in dem großen, gut eingerichteten Wohnraum um, und Krassinger riss anerkennend die Augen auf.

„Ja ja, so kann man also in einem Seniorenheim leben, vorausgesetzt, man hat mehr als eine Beamtenpension", murmelte Grübert. Greven musste ein erfolgreicher Künstler sein. Oder gewesen sein.

Ein Bild an der Wand gegenüber fiel ihm ins Auge. Ineinander geschachtelte Frauenköpfe in schimmernden Gold- und Grüntönen. Er trat näher, gefolgt von Krassinger. Eine Weile betrachteten sie das Bild. „Da", sagte Krassinger und wies auf die Signatur: *Vienna 1972*, darunter, offenbar später mit einem anderen Stif hinzugefügt: *1979 für Gunnar von Julia.*

„Wir sind am Ball", flüsterte er, seine Stimme klang heiser.

„Gefällt es Ihnen?" Greven stand neben ihnen, er überragte beide fast um Haupteslänge.

„Ich verstehe nicht viel von Kunst", meinte Grübert, „doch die Farben gefallen mir. Gibt es einen Titel?"

„Die Künstlerin hat teilweise Blattgold verwendet, und der Titel ist *Metamorphose.*"

„Verwandlung."

„Ja. Julia hat ihr eigenes Gesicht in verschiedenen Ansichten gemalt, teilweise verfremdet und die Varianten ineinander gefügt.“

„Julia?“

„Ihr Künstlername ist Vienna.“ Er wies auf die Signatur.

„Und? Sieht es ihr ähnlich?“

Greven lachte leise. „Wer sie kennt, entdeckt Ähnlichkeiten. Sehen sie hier“, er zeichnete mit dem Zeigefinger eine Linie nach, „ihre Augenbraue: Sie konnte sie auf unnachahmliche Weise hochziehen, eine Frage, eine Missbilligung oder ein Erstaunen, alles sagte sie mit dem Zucken ihrer Braue. Oder hier …“, sein Finger glitt ein wenig tiefer, „ der Schwung ihrer Oberlippe: sehr ausgeprägt, sensibel, verletzlich. Und natürlich ihre Haare, kupferfarben, fast schon ein Markenzeichen."

Er schwieg, und Grübert hatte den Eindruck, Greven bedauere, über Details gesprochen zu haben, so, als habe er etwas preisgegeben.

„Julia hat Ihnen das Bild geschenkt, wie ich sehe. Sie sind befreundet?“, wollte Krassinger wissen.

„Wir waren es.“ Greven wandte sich ab und wies auf zwei Sessel. „Bitte.“

Sie setzten sich, Greven nahm auf der Couch Platz. „Sie ermitteln in einem Mordfall und sind sicher nicht gekommen, um über ein Bild mit mir zu reden?“

„Wir möchten …“, setzte Krassinger an und kassierte ein angedeutetes Kopfschütteln seines Chefs.

„Es gehört indirekt dazu“, sagte Grübert. Eigentlich hatte ihm die Frage nach Julias momentanem Aufenthaltsort auf der Zunge gelegen, denn bis jetzt war dank des Bildes alles darauf zugelaufen. Spontan entschied er sich für einen Weg durch die Hintertür, auf dem Greven ihm nicht ausweichen konnte.

Er griff in seine Hosentasche, und sich vorbeugend schob er ihm einen Zettel über den Tisch zu.

„Ist das Ihre Kontonummer?“

Greven blickte auf die Ziffern, dann sah er auf, Unverständnis und Ärger im Blick. „Was hat die Kontonummer mit einem Mordfall zu tun, und woher haben Sie sie?“

„Von diesem Konto werden halbjährlich die Kosten für die Pflege eines Grabes in Woltersheim abgebucht.“ Er wagte einen Bluff: „Ihr Konto, oder?“

„Wer sagt das?“

„Nun, niemand. Bis jetzt. Aber es gibt Verbindungen zwischen dem Inhaber dieses Kontos, dem Grab, Julia Vienna und Ihnen. Sie waren mit ihr befreundet. Warum kümmert sich Julia, geborene Hambacher, nicht selbst um das Grab ihrer Eltern, in dem offenbar auch ihr Mann beerdigt ist?“

Greven schwieg und schüttelte den Kopf, in seinem Gesicht spiegelte sich eine Mischung aus Verblüffung, Ärger und Ratlosigkeit. Er stand auf, ging zu einer Anrichte, auf der ein Tablett mit diversen Alkoholika und Gläsern stand und goss sich einen Cognac ein. Er hob die Flasche und sah fragend zu Grübert hinüber. Der winkte ab, Krassinger ebenso. Greven nahm einen Schluck und noch einen, stand da und bewegte sein Glas in kleinen Kreisen. Dann setzte er sich wieder.

„Eigentlich wollte ich nicht mehr daran denken, geschweige denn darüber reden. Fast unser ganzes Leben waren wir miteinander befreundet, eine Zeitlang auch mehr als das.“ Er stockte, sah zu dem Bild hinüber, dann redete er sehr schnell: „Plötzlich, mit fünfzig, will sie ihr Leben verändern, bewirbt sich um eine leitende Position in einer Galerie in Boston, kriegt den Job, verkauft ihre gut gehende Galerie und ihr Haus und will noch eine Weltreise machen, bevor sie nach Boston geht. Ob und wann sie zurück kommt, weiß sie nicht, vielleicht noch mal zu Besuch, eventuell, aber da ist ja das Grab, um das sie sich nun nicht mehr kümmern kann, ob ich das übernehmen wolle. Soll ich da Nein sagen? Natürlich habe ich Ja gesagt."

Er hatte sich in Wut geredet und goss den Rest des Cognacs ruckartig hinunter.

„Und das bedauern Sie jetzt?“

Greven stieß ein *tsch* durch die Zähne und warf eine Geste über seine Schulter.

„Bedauern trifft es nicht. Getroffen hat mich, dass sie sich nie mehr gemeldet hat. Kein Anruf, kein Brief, keine Mail, obwohl sie versprochen hatte, sich nach Antritt der Stelle in Boston zu melden. Ich habe die Galerie d' Orsay kontaktiert, bei der sie sich beworben hatte, und nach Julia Vienna gefragt; eine Person dieses Namens gebe es nicht, wurde mir gesagt. Vielleicht war es auch die falsche Galerie, es gibt in Boston achtundsechzig davon. Oder Julia hat mir eine falsche Adresse genannt. Vielleicht wollte sie einfach alles hinter sich lassen, weil sie drüben jemanden kennengelernt hatte, darin war sie immer äußerst erfolgreich.“ Er grunzte. „Sie war schon eine besondere Frau.“

„Haben Sie Fotos von ihr?“

„Hatte ich. Bei meinem Umzug hierher wollte ich Erinnerungsballast loswerden. Außer diesem Bild besitze ich nichts mehr von ihr. Sicher gibt es in den Zeitungsarchiven Berichte über Ausstellungen ihrer Galerie, vielleicht finden Sie dort ein Foto.“ Er stand auf und füllte sein Glas nach. Wieder hob er fragend die Flasche, wieder erfolglos. „Bis jetzt war nur von Julia die Rede, wie passt das zu dem Mordfall, in dem Sie ermitteln?“

„Herr Greven“, antwortete Grübert, während er in der Manteltasche nach seinem Notizbuch tastete, „Sie zahlen seit sechzehn Jahren die Grabpflege in Woltersheim, waren Sie jemals dort auf dem Friedhof und haben sich das Grab angeschaut?“

„Mein Gott, so lange schon?“ Greven schlug die Hand vor die Stirn. „Ich habe diese Zahlung gar nicht mehr kontrolliert. Nein, wozu sollte ich mir das Grab noch ansehen, nachdem sie verschwunden war? Ein einziges Mal war ich dort mit ihr, kurz vor ihrer Abreise. Ihre Eltern habe ich nie kennen gelernt, ihren Mann einmal gesehen. Ich wollte Julia einen Gefallen tun, um unserer alten Freundschaft willen.“

Grübert notierte *Boston* und *Galerie d' Orsay*.

„Dann wissen Sie vermutlich nicht, dass die Liegezeit abgelaufen ist und das Grab letzte Woche abgeräumt wurde.“

„Gut so, damit bin ich nun von meinem Versprechen entbunden.“ Er hob sein Glas und nahm einen Schluck.

„Beim Abräumen des Grabes“, fuhr Grübert fort, „wurden am vergangenen Freitag – und damit komme ich zum eigentlichen Anlass unseres Besuchs – zwei Skelette gefunden, in geringer Tiefe unter der Marmorplatte, mit der das Grab abgedeckt wurde, übrigens noch im Auftrag von Frau Vienna. Zwei Frauen, forensische Untersuchungen haben ergeben, dass beide erschlagen wurden. Die eine war zum Zeitpunkt des Todes etwa fünfundzwanzig, die andere doppelt so alt. Da Frau Vienna bislang nicht auffindbar ist, forschen wir nach ihrem

Verbleib. Wir halten uns dabei zunächst an diejenigen, die sie gekannt haben."

Greven, das Glas immer noch in der Schwebe haltend, setzte es wieder ab, sehr langsam, den Blick starr auf sein Gegenüber gerichtet. In seinen Augen dämmerte Verstehen. Er zog die Luft ein, stieß sie wieder aus, schwieg. „Sie meinen … vermuten …", brachte er schließlich heraus, „dass Julia …?"

„Bis jetzt ist es nur eine Möglichkeit, die wir in Betracht ziehen müssen, falls wir sie nicht finden können. Es wird eine Gesichtsrekonstruktion geben, und es wäre von Vorteil, das Ergebnis mit einem Foto bestätigen zu können – oder auch nicht."

Greven antwortete nicht. Er wandte den Blick ab, dann senkte er den Kopf und starrte vor sich hin. „Wie kann das sein …", murmelte er, „kurz vor ihrer Abreise habe ich …", er schüttelte den Kopf und brach ab, „ihrer geplanten Abreise, muss ich wohl sagen", fuhr er dann fort, „vielleicht ist sie ja gar nicht abgereist." Er schwieg wieder, schien nachzudenken. Dann straffte er die Schultern. „Jedenfalls habe ich sie in ihrem Haus in Woltersheim besucht und bei dieser Gelegenheit hat sie mich gebeten, Kontakt mit der Gärtnerei zu halten und gelegentlich zu kontrollieren, ob die Pflege ordentlich ausgeführt wurde. Als die Rechnungen nicht mehr bezahlt wurden, habe ich mich bereit erklärt, sie zu übernehmen, und da Julia mich, vor allem in meinen frühen Jahren, in meiner künstlerischen Laufbahn begleitet hat, war das eine Selbstverständlichkeit."

„Den Auftrag für die Marmorplatte hat sie nicht erwähnt?"

„Nein. Und das macht mich stutzig. Deutet das nicht darauf hin, dass sie gar nicht die Absicht hatte, je zurückzukommen, es mir aber nicht sagen wollte? Noch mehr gibt mir zu denken, dass sie, vorausgesetzt es ist wirklich Julia, die da gefunden wurde, zu einem Zeitpunkt dort hineingekommen ist, zu dem das Grab schon vorbereitet war für die Abdeckung. Hat der …“ er stockte, dann fing er sich, „Mörder … davon gewusst?“

„Möglich, doch nicht zwingend. Können Sie sich vorstellen, wem Frau Vienna im Wege stand?“

„Hatte sie Feinde?“, ergänzte Krassinger.

„Sicher hatte sie Neider oder Konkurrenten. Aber Feinde?“ Greven schüttelte den Kopf. „So genau kenne oder kannte ich damals ihr Umfeld nicht. Sie hatte geheiratet, und wir sind uns aus dem Blickfeld geraten. Und dann ist ihr Mann nach zwei Jahren gestorben. Da war ich noch einmal in Woltersheim.“

„Den Namen ihres Mannes hat sie nicht angenommen?“

„Julia Räbenkramp?“ In Grevens Stimme schwang Spott. „Oder Julia Vienna-Räbenkramp? Nicht vorstellbar. Doch für das Vermögen, das dieser Viktor mitbrachte, konnte sie den Namen in Kauf nehmen, wenn auch nicht für sich selbst. Da wird ein Künstlername fast zu einem Geburtsnamen.“

Krassinger: „Haben Sie ihn gekannt, diesen Viktor?“

„Nur sehr flüchtig, sie kam mit ihm zur Vernissage meiner Ausstellung in der Buchholz-Galerie in Köln, das war Mitte 1986. Er war sichtlich älter als Julia, äußerlich gesehen passten sie nicht zusammen, ein distinguierter Herr und eine exzentrische Künstlerin. Aber das war nur ein ganz privater Eindruck, es bedeutet nichts.“

Grübert notierte *Viktor Räbenkramp* und steckte das Notizbuch wieder ein. Er stand auf. „Zum Schluss noch etwas." Er griff in die Manteltasche und präsentierte auf seinem Handteller den Ring, den er nach dem Abtransport der Leichen im Grab gefunden hatte.

„Kennen Sie das, was in diesem Tütchen ist?" Grevens Augen wurden groß. „Aber ja! Ein Parentesi-Ring von Bulgari! Solch einen habe ich Julia zur Eröff- nung ihrer Galerie geschenkt. Woher haben Sie ihn?"

Grübert antwortete nicht gleich, von Grab und Erde wollte er nicht sprechen.

„Es ist der, den Sie ihr geschenkt haben, sie hat ihn getragen an dem Tag, an dem sie starb", sagte er. Greven nahm das Tütchen zwischen zwei Finger, drehte es, betrachtete den Ring. Er wirkte sichtlich betroffen.

Grübert reichte ihm seine Karte. „Sollte Ihnen noch etwas einfallen, insbesondere zu den Umständen der Abreise, so lassen Sie es mich wissen. Fürs Erste vielen Dank, Sie haben uns ein Stück weiter gebracht."

Er wandte sich zum Gehen, drehte sich aber sofort wieder um. „Noch etwas interessiert mich: Arbeiten Sie noch für Ausstellungen? Ich würde gern zu einer Vernissage kommen."

„Selten. Aber ich kann Ihnen eine Ausstellung von In Sook Kim empfehlen, eine koreanische Künstlerin. Sie ist meine Meisterschülerin und zeigt ihre Werke momentan in der Galerie Brennpunkt 89, der ehemaligen Galerie Vienna in der Apernstraße."

Er ging zu seinem Schreibtisch und kam mit einer Karte zurück. „Hier … eine Einladung zur Vernissage am 20. November."

„Danke, das ist interessant, werde ich mir ansehen", sagte Grübert und zu Krassinger gewandt: „Kommst du mit?"

Im Aufzug nach unten schien Krassinger unzufrieden.

„Chef, warum haben Sie ihn nicht gefragt, ob er das genaue Datum der geplanten Abreise kannte, und wo er sich zu diesem Zeitpunkt aufgehalten hat?"

„Eine momentan nutzlose Frage, sie beinhaltet einen Verdacht, den wir nicht begründen können. Noch nicht. Außerdem wäre es ein Warnschuss für einen möglichen Täter, sich vorsichtig zu verhalten. Erkennbar war, dass er Julia geliebt hat. Doch sie hat einen anderen geheiratet, möglicherweise des Geldes wegen. Greven fühlt sich zurück gestoßen, erweist ihr trotzdem einen Gefallen. Verletzte Gefühle, Totschlag im Affekt. So hätte es gewesen sein können. Möglich, doch nicht zwingend."

Auf der Rückfahrt nahm Grübert ab Bonn-Süd die Landstraße über Bornheim, er wollte langsam fahren und abschalten.

„Chef?", unterbrach Krassinger seine Gedankengänge, „ich bin neugierig: Hatten Sie nie den Wunsch, ein Kommissariat zu leiten, die Mordkommission Köln zum Beispiel? Oder in einer anderen Stadt?"

Grübert schwieg eine Weile. Er dachte an die Ziele, die er sich als junger Mann gesetzt hatte, und wie sein Leben einen anderen Verlauf genommen hatte, weil er ein Held hatte sein wollen in Erfüllung seiner Pflicht. Dass es Kraft braucht, Ziele zu erreichen aber ebenso Kraft verlangt, sich ohne Verbitterung auf Gegebenheiten einzustellen. Dann sagte er: „Hatte ich, auch die besten Aussichten; aber es kommt nicht immer so, wie man wünscht. Vor zwölf Jahren hatte ich einen schweren Dienstunfall, danach war nichts mehr wie vorher, und ich konnte Einsätze nicht mehr uneingeschränkt wahrnehmen."

„Was genau ist da passiert?"

„Brand im Chemiepark Knapsack, giftige Dämpfe, Lungenschaden. Da hab ich mich aus Land versetzen lassen. Woltersheim kannte ich ja schon, und die Luft ist dort besser als in Köln."

„Verstehe. Und was sagt Ihre Familie dazu?“

„Habe keine, bin schon lange geschieden. Mein Haus in Junkersdorf habe ich verkauft und lebe jetzt mit meiner Katze in einer schönen Mietwohnung in der Frongasse. Vielleicht lernst du sie ja mal kennen.“

„Die Mietwohnung?“

„Die Katze natürlich. Ist manchmal besser als ne Frau.“ Er zwinkerte.

„Aber Chef! Schlechte Erfahrungen?“

„Leonie hört zu, ohne zu widersprechen.“ Er wandte den Kopf zu Krassinger. „Und was hat dich getrieben, zur Polizei zu gehen?”

„Wollt` ich immer schon. Als kleiner Junge hatte ich Spielzeugautos mit dem kompletten Fuhrpark der Polizei inclusive Funkgerät, Sirene und Martinshorn, und natürlich drehten sich unsere Spiele um alles, was mit Verfolgung und Schießerei zu tun hat.“

„James Bond im Kleinformat.“

„Na ja, was kleinen und großen Jungs so imponiert. Ein Film halt. Aber aufregend ist es schon.“

„Eher mühsame Kleinarbeit, wie das, was wir gerade machen.“

„Aber dann, wenn eine Straftat aufgeklärt ist, dann …“

„… ist es oft unspektakulär”, fiel Grübert ihm ins Wort, „kein Geballere, Handschellen und das wars. Vielleicht ne Belobigung.“

„Ja Chef, ist mir klar. Nach dem Jahr im Streifendienst habe ich ja ganz bewusst entschieden, mich als Ermittler zu spezialisieren, und da bin ich doch richtig bei Ihnen. Eine Verbrecherjagd im Kopf ist auch aufregend."

„Recht so, keine falschen Vorstellungen hätscheln." Danach wurde nicht mehr gesprochen. In Woltersheim setzte er Krassinger an der Dienststelle ab.

„Vielleicht benötigt Heilmann noch deine Hilfe", er zwinkerte spöttisch, „und kümmere dich um die Telefonnummer auf der Quittung. Ich kümmere mich jetzt um eventuelle Vermisstenanzeigen in der Zeitung."

Er startete den Motor, fuhr in Richtung Köln und hatte Glück. In einer Seitenstraße des Neumarkts fand er einen Parkplatz. Sein Magen knurrte, er war seit sechs Stunden im Dienst. An Küppers Imbiss mitten auf dem Platz lief das Geschäft, er nahm gleich vier von den Reibekuchen und begab sich an einen der hohen runden Tische vor dem Tresen. Ein einfaches Essen. Nicht so bei Greven. Der ließ sich das Menu in seine Suite bringen, Service für einen Penthausbewohner. Seine Kunst musste er gut verkauft haben, um sich das leisten zu können. Vielleicht auch dank Julias Unterstützung? Wo war das viele Geld aus dem Verkauf der Galerie und des Hauses in Woltersheim geblieben und wo das Vermögen des Viktor Räbenkramp? Eine reiche Witwe, diese Julia, ein Objekt der Begierde. Besser gesagt: der Gier. Dagegen sprach allerdings seine Annahme, die Tat sei im Affekt geschehen. Vielleicht war auch alles zusammen gekommen: Begierde, Gier und günstige Gelegenheit.

Er holte sich noch einen Kaffee, den er mit schnellen Schlucken trank, dann ging er hinüber zur städtischen Zentralbibliothek. Auf seine Frage nach dem Zeitungsarchiv verwies man ihn auf die erste Etage. Ob er schon die Pressreader-App habe, wollte der Pförtner wissen, dann könne er dort das speziell freigeschaltete WLAN nutzen, Zeitungen müssten nicht mehr geblättert werden. Und die App sei sieben Tage lang auch in fremden WLANs nutzbar. Grübert dankte. Das war gemessen an der Mühsal früherer Tage in seiner Zeit als junger Polizist schon eine Erleichterung, aber dennoch eine Sisyphusarbeit. Wo anfangen? Vor dem Verkauf der Galerie? Er entschied sich für den Kölner Stadtanzeiger und suchte nach Bildberichten über Ausstellungen im Jahr 1987. Die Kulturseiten scrollen. Rauf und runter, Januar bis Dezember. Ab und zu innehalten, es gab viele Ausstellungen, auch Fotos, einige auch von Ausstellungen der Galerie Vienna. Die Werke und die ausstellenden Künstler wurden vorgestellt, auf einem der Fotos war im Hintergrund auch die Galeristin im Profil zu sehen. Undeutlich, nicht hilfreich, befand Grübert.

Nach drei Stunden hatte er genug. Morgen weiter, dachte er, und dank des Readers ebenso gut auf der Dienststelle oder zuhause.

Kaum zurück im Auto klingelte sein Handy, Krassinger dran. Unter der Telefonnummer auf der Quittung habe die Ansage *kein Anschluss unter dieser Nummer* mitgeteilt. Eine Spur , die ins Leere führte, stellte Grübert fest. Telefonnummern ändern sich im Lauf von achtzehn Jahren, möglicherweise hatte Kribben auch falsch notiert.

Eine Suchanzeige

Heute entschied er sich für die Recherche von zuhause aus. Er beauftragte Krassinger, die Suche per Pressreader auf die Jahre 1988 und 89 auszudehnen, er selbst änderte sein Vorgehen. Ein Mensch verschwindet von heute auf morgen und keiner kräht nach ihm? Zwar hatte Krassinger im Polizeiarchiv keine zutreffende Vermisstenanzeige gefunden, möglich war jedoch, dass jemand eine Zeitungsanzeige geschaltet hatte. Julias letztes Lebenszeichen stammte vom Mai 1989, also begann er mit der Suche im Juni. Eigentlich zu früh, dachte er, es braucht schon einige Zeit, ehe jemand, der eine Weltreise machen will, daheim vermisst wird. Aber er wollte gründlich sein. Die heutige Arbeit war zeitaufwändiger als die gestrige; halbseitige Fotos der Vermissten, die sofort ins Auge springen, waren wohl nicht zu erwarten. Er kämpfte sich durch den Juni, Juli, und August bis November, beachtete auch kleine Formate ohne Foto, in denen die Gesuchten nur beschrieben wurden. Endlich, im Dezember wurde er fündig: Kurzer Text mit einer Adresse, an die man sich zu wenden habe, Altersangabe der Vermissten, Größe, Augenfarbe, Haarfarbe. Letzteres war überflüssig, sie sprang den Betrachter ohnehin an. Kupferfarben, changierend zwischen gold und rot, eine üppige, krause Mähne, gezügelt mit seitlichen Klammern – ein Markenzeichen, wie Greven formuliert hatte. Auffallend war der direkte Blick unter den geraden, dunklen Augenbrauen, mit dem die Frau den Betrachter ansah, die linke leicht hochgezogen, fast eine wenig spöttisch, so, als wolle sie mit ihm kommunizieren. Kein Lächeln im Blick, doch die Mundwinkel verrieten eine gewisse Bereitschaft. Greven hatte recht: Eine besondere Frau. Er ertappte sich bei dem Gedanken, sie gern kennengelernt zu haben. Er kopierte die Seite und druckte sie aus. Heilmann würde ihm auf die Schulter klopfen und *Gute Arbeit* sagen und guten Gewissens am Abend vor den Presseleuten Vermutungen präzisieren können. Das Schlachtfest war vorerst abgewendet. Nun mussten die Ergebnisse der Gesichtsrekonstruktion abgewartet werden, eine Geduldsprobe.

Genau so hatte Heilmann sich bei der Pressekonferenz ausgedrückt: Geduld, Geduld, wir stehen kurz davor, die Identität der beiden Toten festzustellen. Er hatte im Plural gesprochen, doch bis jetzt gab es nur Anhaltspunkte zu einer der beiden. Sollte Julia nicht identifiziert werden, müsste ich von neuem anfangen, dachte Grübert, wie und wo, wusste er nicht. Ein weiterer Anhaltspunkt hatte sich gestern aus der Zeitungsanzeige ergeben: Adresse und Telefonnummer der zu kontaktierenden Person, eine Elisabeth Granderath, wohnhaft in Woltersheim am Irlenpütz 3.

Mit wenig Hoffnung auf Erfolg rief er an. Und hatte Glück. Eine brüchige Frauenstimme: „Ja, bitte?“ Er vermied es, sich als Kriminalkommissar vorzustellen, besser war es, die alte Dame – eine solche vermutete er am anderen Ende der Leitung – zu fragen, ob sie eine Julia Vienna gekannt habe.

Einen Moment war Stille.

„Nach so langer Zeit fragt jemand nach ihr?“ Und da er nicht gleich antwortete, fügte sie hinzu: „Was ist mit ihr?

Ist sie wieder aufgetaucht?"

Über die Umstände des Wieder-Auftauchens mochte Grübert nicht am Telefon reden. „Sie haben damals eine Suchanzeige in den Stadtanzeiger gesetzt, also müssen Sie Julia nahe gestanden haben."

„Ich bin eine Freundin, oder soll ich sagen: Ich war ihre Freundin. Wo ist sie denn jetzt?"

„Wir wissen es nicht", antwortete Grübert und fand es an der Zeit, sich als Hauptkommissar der Kriminalpolizei vorzustellen, der nach Frau Vienna im Zusammenhang mit einer Straftat im Jahr ihres Verschwindens suchte.

„Haben Sie eine Erklärung für ihr Verschwinden, Frau Granderath?"

„Eine Erklärung …", begann sie, dann zögerte sie.

„Ich habe so oft darüber nachgedacht, damals, als sie nichts mehr von sich hören ließ und gegangen ist, kurz nach dem Tod ihres Mannes. Eigentlich hatte ich angenommen, dass sie mit ihrer späten Heirat in ein ruhigeres Fahrwasser gelangt wäre, nach all den vielen…na ja, wie soll ich sagen … den …".

Sie zögerte wieder, dann veränderte sich ihr Tonfall.

„Ich weiß nicht, warum ich hier am Telefon einem fremden Menschen von meiner Freundin erzähle."

„Ich komme gern zu Ihnen und zeige Ihnen meinen Ausweis, wenn Ihnen das lieber …"

„Ist schon gut, ist ja auch alles schon so lange her", fuhr sie fort und räusperte sich, „schließlich habe ich mir gesagt: Ist gut so, sie wollte ihren Beziehungskrempel hinter sich lassen und hat klar Schiff gemacht. Aber ich hätte schon gern gewusst, wie sie es angetroffen hat in Boston." Sie schniefte. „Also wann möchten Sie kommen? Ab morgen bin ich für ein paar Tage in der Eifel.

Wie wäre es Anfang nächster Woche?"

„Sagen wir Montag gegen sechhzehn Uhr?"

„Einverstanden, Herr Grübert."

Elisabeth Granderath hatte Julias Bild eine Note hinzugefügt: die einer, wie man so sagt, wilden Hummel. Das erweiterte die Anzahl möglicher Täter. Wieder ertappte sich Grübert bei dem Gedanken: Und wenn es nicht Julia ist, die unter der Marmorplatte gefunden wurde?

Mit diesen Gedanken im Kopf und Heilmann an seiner Seite war er nach dem Wochenende auf dem Weg in die Gerichtsmedizin am Melatengürtel, mehrere Kopien des Zeitungsfotos in der Tasche. Der Anruf aus der Rechtsmedizin war am frühen Vormittag eingegangen, die Rekonstruktion eines der beiden Schädel sei abgeschlossen, der zweite brauche noch Zeit. Und die wollten weder Grübert noch Heilmann sich nehmen.

Der Institutsleiter Professor Dr. Marc Rotländer erwartete sie schon.

„Wir haben das Glück, in Cordelia Kauber eine hervorragende Spezialistin in unserem Team zu haben", sagte er, während er sie durch das Gebäude leitete, „nicht nur für forensische Rekonstruktionen im Auftrag von Polizei oder Staatsanwaltschaft. Sie arbeitet auch für Museen und restauriert historische Schädel, in Deutschland eine absolute Seltenheit."

„Wir sind äußerst gespannt", meinte Heilmann, sein linkes Augenlid zuckte, „ob unsere Ermittlungen bestätigt werden. Wir brauchen hieb- und stichfeste Ergebnisse."

„Nun, sie dürfen keine hundertprozentige Übereinstimmung erwarten", warf Professor Rotländer ein, „etwa mit einem Foto, sofern sie eines besitzen. Zumal die Haare nicht abgebildet werden, die ja doch sehr stark zum Erscheinungsbild beitragen."

Sie stiegen eine Treppe hinunter, dann schwenkte Rotländer nach rechts in einen breiten, gefliesten Gang. Es war sehr kühl hier unten.

„Wir nehmen eine Abkürzung durch unsere Leichenallee”, meinte er und wies auf die dunkel glänzenden Metalltüren beiderseits des Gangs, „hinter jeder Tür drei Schubladen. Ich spreche lieber von Sarkophagen, Respekt vor den Toten gehört zu unserem Tun.“ Er öffnete eine Tür am Ende des Gangs. „Und jetzt eine Treppe wieder hinauf.“ Oben klopfte er an die erste Tür linkerhand. Sie traten ein.

Ein großer Raum. Hohe Regale an den Wänden, Schädel an Schädel in verschiedenen Stadien der Bearbeitung, halbfertige Rekonstruktionen und skelettierte Originalschädel nebeneinander, Gesichter von toten Menschen in hellem Plastilin, sehr natürlich, manchmal fröhlich aussehend. Auf dem Arbeitstisch Besteck wie das eines Zahnarztes, Plastilin, Glasaugen in Setzkästen, ein Kopf auf einer Holzplatte verschraubt.

„Ich habe fast nonstop an Ihrem Fall gearbeitet.” +

Eine zierliche, dunkelhaarige Frau trat aus dem Hintergrund des Raums auf sie zu, ein Tablett mit einer Büste vor sich hertragend.

„Eine Ihrer beiden Unbekannten, ich hoffe, Sie können dem Skelett Nummer eins nun einen Namen geben.“

Heilmann zog die Luft ein. „Interessant“, meinte er und trat näher, „so hat sie also ausgesehen?“

„Na ja, ob sie eine gesunde Gesichtsfarbe hatte oder Pickel oder Schlupflider, kann ich am Schädel nicht ablesen, wohl aber wie die Augenhöhle beschaffen ist, die Weite der Nasenöffnung und wie der Unterkiefer ausgeprägt ist, schmal, breit oder eckig markant. Dieser hier hatte eine mittlere Breite.“

Grübert holte die Kopien des Zeitungsfotos aus der Tasche und verteilte sie. Vergleichende Blicke hin und her zwischen Kopf und Foto.

„Ich sehe eine Ähnlichkeit“, meinte Grübert schließlich, „vielleicht können Sie etwas dazu sagen, Frau Kauber?“

„Auf dem Foto fallen natürlich die Haare auf, die dem Gesicht eine besondere Aura geben. Ich sehe meistens davon ab, eine akkurate Frisur anzulegen, sie verfälscht leicht den Gesamteindruck, und ich beschränke mich deshalb auf die Andeutung einer Frisur durch Kerben im Plastilin und einen leichten Farbauftrag.“

„Der Gesichtsschnitt ist erkennbar übereinstimmend.“ Professor Rotländer nickte bestätigend. „Ich denke, das könnte Ihre Julia sein. Die Besonderheiten des Fotos, der leicht spöttische Blick, das angedeutete Lächeln, müssen wir uns dazu denken. Was meinen Sie, meine Herren?“

„Ich weiß jemanden, der Julia sehr gut gekannt hat.“ Grübert zückte sein Handy. „Dem möchte ich ein Foto Ihres Kunstwerks zeigen, er ist am ehesten in der Lage, Übereinstimmungen festzustellen. Es ist doch ein Kunstwerk, Frau Kauber, und nicht bloße Wissenschaft?“ Er drückte auf den Auslöser.

„Genau das fasziniert mich an dieser Arbeit: Die Kunst orientiert sich an der Wissenschaft. Es ist weit mehr als ein Handwerk.“

Zurück im Büro fand er auf seinem Schreibtisch einen dicken Umschlag vor, handschriftlich adressiert an die Polizeidienststelle Woltersheim, zu Händen Herrn Hauptkommissar Lutz Grübert, mit dem unterstrichenen Zusatz: Persönlich. Kein Poststempel, kein Absender. Noch im Stehen öffnete er ihn. Blätter fielen heraus, eng beschrieben, offenbar Kopien, zusammengeheftet. Und offenbar die Seiten eines Tagebuchs. Er überflog die erste Seite.

10. Febr. 65

Ich hab' s mir überlegt: Ich werde ihn heiraten, wenn er mir die Hälfte der Galerie überschreibt. Umsonst kriegt er mich nicht, eine mittellose, arbeitende Ehefrau will ich nicht sein. Weiß auch nicht, ob' s gut geht. Liebt er mich überhaupt, oder braucht er mich nur zur Gesellschaft und als Aushängeschild?

21. März 65

Frühlingsanfang und ich habe es getan! Vor einer Woche haben wir geheiratet! Standesamt und Kirche, letzteres wohl eher der Konvention geschuldet und der Show. An die sechzig Gäste waren da, keiner von meiner Familie, obwohl eingeladen. Brunhilde hat stellvertretend einen Glückwunsch geschickt. Elisabeth war als Einzige aus meinem früheren Leben da; Neuigkeiten von Zuhause: Brunhilde ist immer noch nicht schwanger, ihr Mann ist Lehrer, Klaus studiert Jura. Ansonsten: Curts Eltern, (sympathisch und hocherfreut, daß ihr Sohn nun endlich heiratet), seine ältere Schwester mit Mann und natürlich Kollegen, Freunde, Stammkunden.

Mein Kleid: weißer Satin, eng anliegend, langeÄrmel bis über den Handrücken, vorn hochgeschlossen, hinten ultratiefer Ausschnitt, langer Seitenschlitz.

Unsere Hochzeitsnacht ging daneben, C. war zu alkoholisiert. Egal.

In der Nacht habe ich von G. geträumt. Ich bin uf einer weiten Rasenfläche, rundum Dunkel, kein Himmel, kein Ausblick irgendwohin, der einzige Farbfleck ist das Grün des Grases unter meinen nackten Füßen, ich bin unruhig und weiß nicht, in welche

Richtung ich gehen soll. Dann merke ich, daß jemand hinter mir steht, ich lehne mich an ihn, er umfasst mich und ich fühle mich geborgen. Ach, Gunnar …

Grübert, die gehefteten Papiere in der Hand, immer noch vor seinem Schreibtisch stehend, setzte sich abrupt, ohne seinen Blick von der schwungvollen Schrift zu lösen. Das …, er atmete tief ein und stieß die Luft geräuschvoll wieder aus …, das, was er da in der Hand hielt, entstammte Julias Tagebuch. Er blätterte. Sieben Seiten. Der Hammer! Von wem kam das, wer besaß dieses Tagebuch?

Mit der Linken fuhr er durch seine Haare. Hier konnte er das nicht lesen, nicht im Büro, Stadlhuber schaute schon neugierig herüber, seit er fast auf seinen Stuhl gefallen war.

„An den Herrn Kommissar, persönlich“, bemerkte er mit süffisantem Unterton, „Liebesbriefe?“

Grübert schob alles in den Umschlag zurück.

„Was sonst?“, antwortete er, „bin mal weg. Bitte Krassinger ausrichten, er möge mich anrufen, sobald er da ist.“ Er warf seinen Mantel über.

Draußen auf dem großen Parkplatz, der auch Kunden der benachbarten Sparkasse zur Verfügung stand, setzte er sich in den Maserati, weit ab von den übrigen Fahrzeugen. Keiner, der ihn beobachtete.

Er nahm die Blätter aus dem Umschlag.

Klar erkennbar: Es waren Kopien, aber die einzelnen Einträge waren leicht verwackelt, so als habe jemand Textstreifen zusammengesetzt und dann kopiert. Dieser Jemand hatte eine Auswahl getroffen. Warum? Vielleicht war er nach dem Lesen schlauer.

15. Januar 1972

Sieben Jahre verheiratet und fast sieben Jahre nicht geschrieben. Nun tue ich es doch, ich muss es rauslassen, das verflixte siebte Jahr loswerden. Differenzen, Mißverständnisse. Ich war zu Anfang zuständig für den Papierkram, er hat Künstler rekrutiert. Die haben oft nichts gebracht. Ich wollte Rizzi und Otmar Alt haben, weil sie neu und erfrischend sind, er meinte: Kinderkram. Hab mich durchgesetzt und wir haben verkauft. Eine Fotoausstellung haben wir gehabt mit Jones und Baruch, Street Photography, Flower-Power, Black-Panther-inspiriert, man muss Neues bieten, auch Zeitkritisches.

Letztes Jahr wollte er unbedingt eine Ausstellung mit meinen Bildern, und ich hab mich überreden lassen und noch neue Bilder dazu genommen. Ergebnis: Ein einziges Bild aus meiner alten Frauenserie verkauft: Fräulein Griebeisen, die ich mir vor zwölf Jahren von der Seele gemalt habe, auf unserem Sofa zuhause, ihre kalkweißen Beine bis runter zu den Füßen, die breite Taille und der längliche Rübenkopf mit dem Kapotthut oben drauf, den sie zum Sonntagsgottesdienst trug. Schmale Lippen, abschätziger Blick. Keins meiner neuen Bilder. Ich kann es nicht mehr, bin nicht gut genug, mein Stil ist nicht neu.

Jetzt läuft es so: Ich suche die Künstler aus und stelle den Kontakt her und mache die Organisation, er kümmert sich um den Rest und den Papierkram und erledigt häufig den Einkauf, wofür ich dankbar bin. Unser Erfolg ist MEIN Erfolg. In der Presse werde ich mehr beachtet als er, ich bin der Ansprechpartner für Kunden. Quintessenz: Curt ist eifersüchtig, meint wohl, ich wollte immer bestimmen, wo' s lang geht.

12.Febr.72

Wieder mal passiert auf der Fahrt zu einer Einladung in Köln: Er ist ein rasanter Autofahrer und manchmal macht mir das Angst. Bei 220 auf der Autobahn soll er sich bitte mäßigen, er missachtet meine Bitte, kneift die Lippen zusammen und drückt aufs Gas: Jetzt hat ER das Sagen. Ich habe mich unterstanden, seine Fahrtüchtigkeit anzuzweifeln!

Unsere Kommunikation an diesem Abend war natürlich ein voller Misserfolg. Auf dem Weg zum Parkplatz lief er wieder 5 m vor mir her, wahrscheinlich glaubt er, ich ginge extra langsam, um ihn zu zwingen, sich anzupassen. Zehnzentimenterabsätze sind nicht geeignet für einen Sprint.

2. Apr. 72

Hält er mich für naiv?

Gestern Nachmittag wollte er zu Ludger, seinem Anwalt und besten Freund. Weshalb der „beste“, weiß ich jetzt. Habe mich gewundert, daß er am Abend nicht nach Haus gekommen ist, in der Nacht war er auch nicht da, hab mir schon Sorgen gemacht. Früh geh ich runter und hole die Zeitung, da steht sein Auto auf unserem Parkplatz vor der Galerie, ich gucke rein, er sitzt da. Was um Himmels willen sitzt du hier? – Er: Es ist gestern so spät geworden bei Ludger, ich hatte den Schlüssel vergessen und wollte dich nicht mit Klingeln stören. Lobenswerte Rücksichtnahme! Vor Zwölf bin ich nie im Bett, und das weiß er!

Ich habe mir verkniffen, Ludger anzurufen, er hätte ihn gedeckt. Das ist jetzt neu: Mein Mann, ein Fremdgänger. Reimt sich auf Blindgänger.

9. Juni 72

Vor drei Wochen: Er will einkaufen, ich gebe ihm eine Liste mit 2 Rezepten zur Auswahl. Kaum unten, kommt er wutentbrannt wieder hoch: so einen teuren Fisch würde er nicht kaufen, dreht sich um und geht. Dann koch doch selber, habe ich ihm hinterher gerufen, bin dann aber doch runter gegangen an sein Auto und hab auf die Alternative gezeigt. Da sagt er mir: Halt den Mund. Halt die Schnauze, hat er auch schon mal gesagt.

Seit wann haben wir finanzielle Probleme? Lächerlich, seine vorgezeigte Knausrigkeit! Und das bei den Erbschaften von seinem Vater und der Tante Mia, die er bei der Steuer „vergessen" hat. Er nimmt alles nur zum Anlass, an mir herum zu meckern.

5. Sept. 72

Ich war mit Elisabeth (sie wollte partout mit) zur Fotoausstellung von Holger Rüdel in Paris, C. interessiert sich nicht für „sowas". Er wollte mich am Bahnhof abholen und am Hinterausgang im Auto warten.

Der Zug hat 10 Minuten Verspätung, wir steigen aus und begeben uns schnurstracks – E. zum Umsteigen, ich zum Hinterausgang. Sein Auto steht abgeschlossen an einer Ecke, ich warte, es regnet. Gehe zurück zum Hinterausgang, ob er da wartet. Fehlanzeige. Gehe zurück zum Auto. Warte. Plötzlich taucht er hinter der Imbißbude auf und schimpft gleich los: Wo warst du, ich war auf dem Bahnsteig! – Ich warte hier wie vereinbart, seit zehn Minuten. Er: Das stimmt nicht, wo hast du dich bloß rumgetrieben? Keine Begrüßung, kein Wie-war-eure-Reise.

Wir fahren schweigend nach Hause, bin unfähig, irgendwas zu erzählen, gehe gleich zu Bett.

Am nächsten Morgen: Frau Krampe kommt um neun zum Fensterputzen und fragt gleich: Wie war' s in Paris? Ich erzähle. Da ruft er aus dem Wohnzimmer: ICH kriege ja so etwas nicht zu hören.

Er hat es auch schon fertig gebracht, mich am Flughafen abzuholen, ohne mich dabei anzusehen: Kommt erst, nachdem alle schon weg sind, steuert auf mich zu, schnappt sich den Koffer, dreht sich um und geht los. Wie blöd bin öich hinterher gedackelt, anstatt mir ein Taxi zu nehmen.

Seit einem Jahr könnte ich Seiten füllen mit all dem Scheiß!

18. Okt. 72

Anfang des Jahres rief Curt von unterwegs an, ich möchte nach der Tel. Nr. eines Käufers suchen, auf seinem Schreibtisch oder in seiner kleinen Schublade. Ein paar Tage danach sucht er in eben dieser Schublade und bezichtigt mich, darin herum geschnüffelt und alles durcheinander gebracht zu haben.

Wie soll man das aushalten!

Der Mann ist krank und weiß es nicht.

7. Jan. 1973

Vorgestern: Ich will ein neu gerahmtes Bild zu einem Kunden bringen und nehme auf dem Weg einen Anzug für die Reinigung mit, den er lange nicht getragen hat. Sehe vorher die Taschen durch und finde eine Quittung v. 7.12.71 über 8.900 DM für ein Litho von Paul Wunderlich, „Salomo VII, deine Lenden". In unserer Wohnung hängt es nicht. Wie passend für einen Liebhaber: „Salomo, deine Lenden"! Ein Aufruf zum Durchhalten!!

Habe ihm die Quittung auf den Schreibtisch gelegt.

Sein Kommentar: Schnüffelst du wieder?

Meine Antwort: Ich hoffe, die Investition hat sich gelohnt, und ich hoffe in doppelter Hinsicht.

Grübert ließ das Blatt sinken. Eine Ehe im Sinkflug. Ein Mann, der mit dem Erfolg seiner Frau nicht klar kommt. Der sich zum Hausmann verdonnert sieht. So einer rächt sich. Der unbekannte Absender musste etwas wissen oder glauben, etwas zu wissen. Wie war er an das Tagebuch gekommen?

Er nahm den Umschlag wieder zur Hand. Braun, DIN A5, handgeschriebene Adresse, eine energische, große

Handschrift quer über die ganze Breite. Das große Ego des Absenders?

Vermutungen später, sagte er sich und blätterte um.

27. Jan. 73

Das Maß ist voll! Seit einem Jahr schreibe ich vom Niedergang unserer Ehe. Und jetzt werde ich einen Strich darunter ziehen, alle Versuche, mit ihm zu reden – was ihn an mir stört und mich an ihm, einfach mal reden über uns – sind gescheitert, er kapselt sich ab, sagt aber gleichzeitig, daß er Gespräche vermisst. Letztendlich wird unsere Ehe am Schweigen scheitern.

Habe ich geglaubt.

Aber gestern ist es noch schlimmer gekommen.

Am Morgen bin ich im Büro und will meine Kohlezeichnungen entweder umhängen oder austauschen. Er sitzt an seinem Schreibtisch und sortiert Kontoauszüge. Mir fällt ein, daß ich gestern per Zufall einen Fehler in einer Überweisung entdeckt habe, eine falsche Bankleitzahl. Und sage es ihm.

Er steht auf, langsam, dreht sich zu mir um, kleine kalte Augen, verkniffener Mund, dann holt er tief Luft und brüllt mich an, ob ich nun auch schon die Richtigkeit seiner Überweisungen kontrolliere. Ich will antworten, er läßt mich nicht zu Wort kommen, schreit mich nieder, reißt mir das Bild aus der Hand und schlägt es mir über den Kopf. Glas splittert, der Rahmen fällt auseinander, ich halte die Hände über meinen Kopf und denke, er wird zuschlagen. Hat er nicht, aber ich habe eine Schnittwunde auf der Stirn. Die Tür ist offen, Frau Krampe steht auf einmal da, wegen des Lärms, er, vor Wut zitternd, brüllt: Raus hier! Ich gehe weg. Vor dem Spiegel im Bad mache ich ein Photo von der Verletzung in meinem Gesicht. Mir reichts, werde die Scheidung einreichen.

2. März 73

Bin guter Hoffnung, daß es klappt, im Beziehungsschlamm herumwühlen wollen wir beide nicht. Und der Bestand der Galerie liegt ihm am Herzen, er hat sie nach dem Krieg aufgebaut und will Störgeräusche in der Öffentlichkeit vermeiden. Überdies hat er meine Andeutungen bzgl. der Erbschaften verstanden.

29. März 73

Das vermaledeite Trennungsjahr!

Es wird also noch etwas dauern. Die Option, daß jeder von uns einen räumlich getrennten Bereich in der Wohnung bezieht, kommt nicht in Frage, es würde nicht funktionieren. Die Galerie werde ich allein weiterführen, Curt zieht aus. Er will mit seiner „Dunja", einer Modetante (ich kenne sie nicht und will sie auch nicht ken-nenlernen), nach Hamburg gehen. Vielleicht versucht er sich in der Modebranche und kauft ihr ein Geschäft?? Geschmack hat er ja.

8.Aug. 73

Seit die Fronten geklärt sind, geht' s besser. Im Mai ist er ausgezogen, wohnt jetzt in Oberbilk zur Miete, vorübergehend. Ruhe im Karton! Was die Galerie betrifft: Es rappelt im Karton. Ich habe Escher ausgestellt, wie schon vor vier Jahren angeleiert, kurz vor seinem Tod, jetzt hat' s endlich geklappt. Große Sachen sind noch in der Mache, Magritte hätte ich gern – wenn ich nur an die Documenta denke! Vor 14 Jahren war das … Habe G. geschrieben, daß C. mir die Galerie überschrieben hat und mit seiner Partnerin nach Hamburg ist, irgendwas Neues auf die Beine stellen. Hoffe, dass er nicht Genaueres wissen will, konnte es all die Jahre nicht über mich bringen, ihm die Heirat zu gestehen, hätte mich wie eine Verräterin gefühlt.

27.Mai 74

Geschafft, bin geschieden. Ging alles geräuschlos, bin jetzt alleinige

Besitzerin der Galerie Crimmer und des Hauses Nr. 45 in der Hohe Straße. Auf Unterhalt – und der wäre nicht zu knapp! – habe ich im Gegenzug verzichtet, will keinen Kontakt mehr mit ihm.

Ein Klopfen am Seitenfenster ließ Grübert zusammenfahren. Unwillig sah er auf. Heilmann! Er drückte auf den automatischen Fensteröffner.

„Haben Sie nichts anderes zu tun als sich mit privater Briefpost ins Auto zu setzen? Nach den Erkenntnissen, die wir heute Morgen dazu gewonnen haben!"

„Erkenntnisse?" Grübert hielt die Kopien hoch. „Die werde ich hoffentlich aus der Lektüre dieser Blätter ziehen, Tagebuch der toten Julia. Hat Stadlhuber Ihnen etwas Anderes erzählt?"

Heilmann riss die Augen auf. „Ein Tagebuch von Julia? Von wem haben Sie es?"

„Werd` ich noch rausfinden. Und nun …", er fuhr die Scheibe wieder herunter, „möchte ich den Rest lesen."

Heilmann sagte noch etwas, vermutlich etwas über *Bericht,* doch Grübert hörte nicht mehr hin. Er schaute auf die Datumsangaben, sie begannen im Jahr 1965 und endeten 1989, sprangen also über Monate und Jahre hinweg. Er faltete die nächste Seite um.

5. Juni 74

Seit einem Jahr solo. Stelle fest, dass mir das Alleinleben nicht bekommt. Die Galerie läuft gut, habe seit vier Wochen einen Mitarbeiter. René ist zuverlässig und engagiert. Vielleicht zu engagiert? Lädt mich ein, nach Ladenschluß einen trinken zu gehen, nachdem ich mich hab hinreißen lassen, über langweilige Abende allein mit dem Fernseher zu klagen.

Jetzt brauche ich erstmal Urlaub, werde acht Tage nach Bad Scuol fahren, Anfang August dann die Ausstellung mit Polke.

29. Juni 74

Katastrophe! Bei einer Wanderung ausgerutscht und das rechte Bein gebrochen, Schienbein und Wadenbein. Hubschrauberaktion, sehr dramatisch, sofort OP, Plattenverschraubung. Habe René angerufen, er hat die Galerie für zwei Tage geschlossen und mich mit seinem kleinen Renault abgeholt. Hoffentlich interpretiert er das nicht als persönliches Interesse. Blöderweise hatte ich gerade keinen Lover, den ich hätte bitten können.

Kopf hoch! Tempera mutantur!

28. Aug. 74

War schon`ne harte Nuss, Polke als Krücken-Behinderte aufzubauen. Hab' noch eine Mitarbeiterin eingestellt, Karin hat Sinn für Kunst und Geschäft und arbeitet gut mit René, der mir 'ne echte Hilfe war.

Gestern hat er mich nun zum dritten Mal eingeladen und ich habe angenommen. Er ist ja nett und ansehnlich und sieht interessant aus, und reden kann man auch mit ihm. Er wollte in die Eckkneipe, holzgetäfelt mit Bouletten und Bier am Tresen. Ist sein Gehalt so schlecht? Wir sind dann in' s Münstermann Kontor gegangen und ICH habe IHN eingeladen. Wir haben sehr gut gespeist und zuviel getrunken, jedenfalls ich. Sonst wäre mir das nicht passiert, nachdem er mich unbedingt nach Hause hatte begleiten wollen. Und bis nach oben. Hab ihn nicht ermutigt und leider wohl auch nicht entmutigt, hab' s irgendwie nicht richtig mitgekriegt, hab mich einfach gehen lassen. Wird nicht wieder vorkommen.

15. Sept. 74

Polke erfolgreich abgeschlossen, Ausstellung abgebaut, bin seit drei Wochen krückenfrei.

9. Okt. 74

Das geht so nicht weiter! Er folgt mir auf Tritt und Schritt, obwohl ich ihm gesagt habe, dass ich das „Vorkommnis" bedaure. Er kennt meinen Terminkalender, jedenfalls den beruflichen, taucht unerwartet auf, wenn ich ihn nicht gebrauchen kann; ich lasse ihn auch nicht mehr für mich einkaufen, weil er danach die Einkäufe immer nach oben bringt. Ich will Distanz, er hält sich nicht dran. Es ist absolut lästig, einen Mitarbeiter zu haben, der nicht sachlich nur seine Arbeit macht und den man ständig zurückweisen muss. Soll ich ihm kündigen?

3. Dez. 74

Ich habe mich entschlossen: Werde die Galerie und das Haus verkaufen und in Köln eine neue eröffnen: Galerie VIENNA, ein klangvoller und eleganter Name! Zwei schöne große Räume mit großen Fenstern in der Apernstraße und einer kleinen Wohnung im ersten Stock, Leerstand, hab sie entdeckt bei einer Verabredung mit Elisabeth schon im September, sie arbeitet jetzt in der Filiale am Neumarkt, quasi nebenan. Notartermin ist am 18. Dezember, im Januar wird renoviert, ein Interessent für die Galerie Crimmer ist auch schon da. Wenn der nicht auch das Haus haben will, werde ich es vermieten. Damit ist auch das Problem mit meinem Stalker erledigt. Uff!

28. Mai 86

Nicht zu glauben: Curt erhebt Anspruch auf die Erlöse aus seiner Bestandssammlung! Ich lehne ab, er will vor Gericht, weil eine mündliche Verabredung ungültig sei. Soll er doch! Sollte ich nun meinen Unterhalt einklagen, nach zwölf Jahren? Er: Hast du nicht genug mit deinem steinreichen Ehemann? Du stehst finanziell hervorragend da, nach deiner Heirat … etc. etc, ich breche das Gespräch ab.

15. Nov. 86

Unser erster Hochzeitstag! Frühstück im Bett und Viktor überrascht mich mit einem dreireihigen Collier, einem Choker aus Südseeperlen in weißrosé, creme und silbergrau, im Verschluss ist mein Name eingraviert. Dein langer Hals braucht einfach so was, sagt er. Er legt es mir um und wir nehmen einen langen Nachtisch in Liebe.

Der Nachmittag dieses schönen Tages trübt sich ein: Curt läßt nicht locker, hat mir eine letzte Frist bis zum Jahresende eingeräumt. Zigtausende soll ich ihm in den Rachen schmeißen!? Die habe ich erarbeitet als Wiedergutmachung für den Krieg, den er angezettelt hat. Er kann mich mal! Lieber würde ich sie Tom geben, hab ja selbst keine Kinder. Mit wem denn auch? Gunnar – geht nicht und ging nie. Curt – bloß nicht! Viktor – ja, wenn ich ihn früher kennen gelernt hätte, jetzt bin ich zu alt.

7.Apr. 89

Post von Curts Anwalt. Das jetzt auch noch! Hab Curt angerufen und ihm gesagt, daß ich hier alles auflöse und in die USA gehe, und daß er sich zum Teufel scheren soll!

Grübert ließ die Seiten sinken. Sein Blick ging durch die Frontscheibe auf die weiße fensterlose Mauer vor der Kühlerhaube. Er versuchte, Klarheit in seine sich überstürzenden Gedanken zu bringen.

- Julia war zweimal verheiratet, ihr erster Mann war der Galerist Curt Crimmer, Differenzen nach sieben Jahren.
- Scheidung nach neun Jahren.
- Sie behält die Galerie, verzichtet auf Unterhalt.
- Zwölf Jahre später erhebt Curt Crimmer Anspruch auf die Erlöse aus dem Verkauf der Bestandssammlung.

- Julia lehnt ab.
- Crimmer will vor Gericht.
- Julia droht mit Offenlegung der Steuerhinterziehung.
- Crimmer schaltet trotzdem seinen Anwalt ein.
- Gunnar Greven weiß offenbar nichts von alledem.

Sein Handy klingelte. Er griff in die Manteltasche.

„Ich sollte Sie anrufen, Chef?“

„Komm raus, ich sitze in meinem Auto, hinten rechts auf dem Parkplatz.“

„Bin schon unterwegs.“

Zwei Minuten später öffnete Krassinger die Beifahrertür.

„Was ist los, Chef? Wohin geht' s?“

„Lies das.“ Grübert gab ihm die gehefteten Blätter.

Während Krassinger las und ab und zu mit einem gemurmelten *na sowas* die Stille unterbrach, überlegte Grübert, was als nächstes zu tun war. Curt Crimmer musste ausfindig gemacht werden, eventuell auch sein Anwalt, Gunnar Greven erneut befragt werden, Elisabeth Granderath war am Nachmittag dran.

Krassinger hob den Kopf, irritierter Blick. „Das ist ein Ding, Chef! Woher haben Sie das?“

„Anonym. Fällt dir was auf?“

Krassinger sah hinunter auf die soeben beendete letzte Seite. „Sollte mir etwas auffallen? Es sind Kopien.“

„Jemand besitzt das komplette Tagebuch, hat einzelne Seiten kopiert, diese Kopien nach einer zuvor getroffenen Auswahl zerschnitten und auf ein Blatt geklebt und auch diese Blätter wiederum kopiert und uns geschickt.“

„Da hat sich einer so richtig Arbeit gemacht.“

„Und ich sage dir: Wenn dieser Crimmer nicht der Täter sein sollte, wonach es auf den ersten Blick aussieht, dann wird es Nachschub geben. Julia hat sicher nicht nur über ihre fatale Ehe geschrieben."

Benno wedelte mit den Blättern. „Der Absender will also den Verdacht auf diesen Curt lenken. Der fordert Geld, eine hohe Summe offenbar, Julia lehnt ab und droht ihm. Ein klassischer Fall."

„Der Absender kann nicht Greven sein", warf Grübert ein, „er wusste nichts von der ersten Ehe. Elisabeth schon."

„Aber welches Interesse kann sie haben, Verdacht auf den Crimmer zu lenken?"

Grübert öffnete die Autotür. „Ich werde es herausfinden. Und du wirst herausfinden, wo dieser Crimmer sich befindet, und ob er immer noch in Hamburg ist. Wir wissen nicht, wie alt er ist, gebe Gott, dass er noch unter den Lebenden weilt. Jetzt gehen wir rein und du kopierst die Seiten, und ich rufe Greven an, der muss den Crimmer gekannt haben. Außerdem muss er das Foto von der Rekonstruktion ansehen."

Greven zeigte sich überrascht, war jedoch für eine weitere Befragung bereit. Ja, gern schon in einer Stunde. An einer Aufklärung über Julias Verbleib sei ihm gelegen, ein Schlussstrich müsse sein, auch für ihn.

„Du kommst mit, Benno", bestimmte Grübert, „recherchieren kannst du heute Nachmittag, während ich bei der Granderath bin."

Am späten Vormittag betraten Grübert und Krassinger das Foyer der Beethoven Residenz. Grübert hob mit einem *Guten Morgen* und dem Blick auf Frau Siebenborn den Daumen Richtung Decke. Sie nickte: "Herr Greven erwartet Sie."

Oben ging es gleich zur Sache.

"Hier zunächst das Foto aus der Anzeige im Stadtanzeiger", sagte Grübert und schob es über den Tisch, „eine Elisabeth Granderath hatte sie im Dezember 1989 aufgegeben."

„Elisabeth?" Greven schnaufte. „Ich habe sie gekannt und mich wundert, dass sie Julia vermisst hat. Sie war eine eher missgünstige Person und wusste das gut zu verstecken. Sie lebt also noch?"

„Ja, aber davon später. Wie finden Sie das Foto?"

Greven betrachtete es eine Weile. Dann nickte er.

„Sie ist es, wie sie leibt und lebt, der leicht spöttische Blick, die sensiblen Mundwinkel, die Haare. Muss eine Foto von Anfang der Achtziger sein, später hat sie ihr Haar anders getragen."

„Was sagen Sie hierzu?" Grübert legte das ausgedruckte Handyfoto der Gesichtdrekonstruktion auf den Tisch.

Greven betrachtet es lange, kniff die Augen zusammen, wiegte den Kopf, angedeutete Zweifel im Blick. Dann glättete sich seine Stirn.

„Je länger ich drauf gucke und mich nur auf die Gesichtskonturen konzentriere, die lange Nase, das energische Kinn, die Wangenknochen, desto mehr erkenne ich Julia." Er zögerte wieder. „Gleichzeitig bleibt sie mir fremd." Bedauernd hob er die Schultern. „Sie könnte es sein, aber sicher bin ich mir nicht. Vielleicht sollten Sie dieses Foto noch anderen Personen vorlegen, ihrer Haushälterin zum Beispiel oder ihrer Freundin Elisabeth."

Schweigen.

„Was nun, Chef?", ließ Krassinger sich vernehmen.

„Tja", Grübert maltraitierte sein Ohr, „ich weiß nicht so recht … abwarten, bis der zweite Schädel rekonstruiert ist?" Er schüttelte den Kopf, dann wandte er sich Greven zu.

„Als Todesursache wurde bei beiden Frauen eine Kalottenfraktur festgestellt; hatte Julia noch weitere Frakturen?"

Greven nickte. „Ich erinnere mich an einen Beinbruch, Mitte der Siebziger, bei einer Bergwanderung, ich glaube, es war das linke Schienbein; es wurde genagelt, und sie musste ein paar Wochen an Krücken gehen, mitten im Aufbau einer Ausstellung. Was sie sehr geärgert hat."

„Aber Chef, die Rechtsmedizin hat doch die Skelette in toto untersucht, oder?" Krassinger war auf die Sesselkante vorgerückt. „Das müsste doch im Bericht stehen welches der beiden Skelette eine Beinfraktur aufweist."

„Den hat Heilmann schon zu Beginn der Ermittlungen bekommen, aber mir nicht weitergereicht. Bedauerlich, auch, dass ich ihn nicht angefordert habe."

„Noch eine Sache", meinte Krassinger, „hab' mal rechiert, was Rekonstruktionen angeht: Man kann sogar mit einiger Sicherheit die Haarfarbe feststellen. Im Internet hab ich von einer Frau gelesen, die erst vierzig Jahre nach ihrem Tod gefunden wurde — stellen Sie sich vor: in einer Jauchegrube, stark verwest. Dort stand in einem Bericht über Gesichtsrekonstruktion, dass sie wahrscheinlich dunkle Haare hatte. Sollten wir da nicht mal nachfragen?"

„Unbedingt", stimmte Grübert zu, und zu Greven: „Was ist mit Julias Haarfarbe, war sie echt?"

„Na klar, sie war stolz auf ihre Naturfarbe."

„Da ist noch etwas, Herr Greven. Es gibt neue Erkenntnisse, Fakten, die auch Ihnen neu sein dürften." Er machte eine Pause. „Wussten Sie, dass Julias erster Mann ein Curt Crimmer war?"

Greven öffnete den Mund, ungläubiges Erstaunen im Blick.

„Crimmer, der Galerist? Der hat uns beide zusammen ausgestellt, 1961, das war unsere erste gemeinsame Austellung." Sein Blick ging kurz zur Seite, dann kehrte er zurück. „Aber woher wollen Sie wissen, dass sie ihn geheiratet hat?"

„Wir wissen es einfach, woher tut jetzt nichts zur Sache", wiegelte Grübert ab. „Wieso hat Crimmer Sie gemeinsam ausgestellt?"

„Nun, er hat uns – oder wir ihn – bei einem Rundgang in der Akademie in Düsseldorf kennengelernt, unsere Bilder hingen nebeneinander, ein reizvoller Kontrast: Julias Malerei, mein Fotorealismus. Sozusagen pralle Malerei versus schonungslose Wirklichkeit. Das hat ihm gefallen, und die Ausstellung war erfolgreich."

„Hatten Sie dort noch weitere Ausstellungen?"

„Nicht zusammen. Julia hat noch einmal dort ausgestellt, ich glaube, das war im Sommer 63. Kurz danach hat Crimmer ihr angeboten, halbe Tage bei ihm zu arbeiten, und ich habe ihr geraten, anzunehmen. Eine Anstellung gibt eine gewisse finanzielle Sicherheit."

Krassinger räusperte sich. „Was hat Julia denn dort gemacht?"

Grübert nickte. „Wie konnte sie ihre künstlerische Arbeit mit einer Tätigkeit als Galerieaufsicht verbinden? Passt das zusammen?"

„In diesem Fall schon, sogar sehr gut", sagte Greven, „es ging auch weniger um Aufsicht als um Organisation, darin war Julia hervorragend. Sie hatte ein Händchen für

für interessante Künstler und für ausstellungsgeeignete Lokalitäten. So hat sie bei einer gemeinsamen Fahrradtour …“, Greven schmunzelte, „ja ja, so etwas haben wir öfter gemacht“, warf er ein, „eine alte Scheune in Hinsbeck entdeckt, einen Ziegelbau mit Gebälk, und der Eigentümer war bereit, sie uns für eine Ausstellung zu überlassen. Wir haben die Wände geweißt und meine Großformate mit Nägeln aufgehängt und ihre Bilder auf die Querbalkken vor die gemauerten Ziegel gestellt. Die weitere Organisation hat sie auch übernommen, Einladungen, Werbung, Zeitung, Vorbereitung und Durchführung der Vernissage. Natürlich hat sich das an der Akademie rumgesprochen, und sie hat Ähnliches für andere Kommilitonen arrangiert. Und natürlich hatte sie einen Riecher für verkaufsstarke Künstler.“ Sein Blick schweifte wieder ab. „À propos Riecher …“

Er stand auf und ging zur Anrichte, öffnete die Cognacflasche und hob sie an die Nase. „Jetzt brauche ich eine Stärkung. Sie auch?“

Entschiedenes Kopfschütteln der Besucher, bedauerndes Kopfschütteln bei Greven. „Vielleicht ein Wasser?“ Erneutes Kopfschütteln. Mit einem Glas in der Hand kehrte er zu seinem Platz zurück.

„Wie ist das zu verstehen?“, ließ Krassinger sich hören.

„Kurz bevor ich nach New York gegangen bin“, antwortete Greven, „das war Anfang 65, hat sie eigenständig eine Ausstellung afrikanischer Künstler bei Crimmer konzipiert und durchgeführt, eine Mischung aus naiver und dekorativer Malerei, die sich hervorragend verkauft hat.“

„Hatten Sie weiterhin Kontakt mit Julia?“

„Gelegentliche Briefe. Und später dann, als sie ihre

eigene Galerie in Köln eröffnet hat, immer wieder Ausstellungen bei ihr."

Grübert griff zu Stift und Notizheft.

„Herr Greven, gestern sagten Sie, sie seien mit Julia befreundet gewesen, eine Zeitlang auch mehr als das. Haben Sie zusammengelebt? Wenn ja, wo?"

„Während des Studiums haben wir in einer WG in Düsseldorf-Oberbilk gelebt und uns ein Atelier mit einem anderen Paar geteilt. Bis ich nach New York gegangen bin."

„Kurz danach muss sie Crimmer geheiratet haben. Und sie hat Ihnen das nie erzählt, auch nicht, nachdem sie sich von Crimmer getrennt hat?"

Greven schüttelte den Kopf. „Ich kann das alles einfach nicht glauben. Als ich 1975 in der Galerie Jöllenbeck in Köln meine erste Fotoausstellung in Deutschland hatte, haben wir uns wiedergesehen, nach zehn Jahren, und sie hatte inzwischen ihre eigene Galerie *VIENNA* eröffnet. „Und natürlich ..." , sein Blick streifte das Gemälde an der Wand, „sind die alten Zeiten wieder aufgelebt." Wieder schüttelte er den Kopf. „Auch vier Jahre später, als ich wieder in Köln war, hat sie nichts von dieser Heirat gesagt."

„Haben Sie sich nicht gefragt, woher sie die Mittel hatte, eine eigene Galerie zu kaufen und zu betreiben?", wollte Krassinger wissen, „ich meine, sie war doch nur eine Angestellte von Crimmer und eine mäßig erfolgreiche Malerin." Er wandte sich zu Grübert. „Oder sehe ich das falsch?"

Greven wiegte den Kopf. „Sie hatte einen besonderen Stil, der ankam. Aber, nun ja", er zögerte, „eine Zeitlang. Dann ist die Zeit wohl darüber hinweggegangen, und als Galeristin war sie ja auch viel erfolgreicher. Sie sagte mir, Crimmer habe ihr die alleinige Führung der Düsseldorfer Galerie überlassen und in Hamburg mit einer Partnerin aus der Modebranche etwas Neues aufziehen wollen. Wie sie das finanziell geregelt haben, hat sie nicht erzählt. Hat mich auch nicht interessiert. Aber jetzt, wo Sie sagen, sie sei mit ihm verheiratet gewesen und habe sich scheiden lassen, kann ich mir so einiges zusammenreimen."

„Eine letzte Frage", Grübert blickte kurz auf seine Uhr, „welchen Eindruck hatten Sie von Crimmer? Wie empfanden Sie ihn als Mensch?"

„Phh", Greven stöhnte, „es ist schon so lange her." Er rieb über seine Stirn. „Typmäßig würde ich sagen: Eine Mischung aus Geschäftmann und Künstler, damals geschätzt Anfang Vierzig. Er hatte seltsam tief liegende Augen, und seinen Blick habe ich manchmal als unangenehm bohrend empfunden, ein Eindruck, der durch die buschigen Brauen noch verstärkt wurde. Des weiteren: eine dominante Nase und ein durchsetzungsstarkes Kinn." Er schwieg und schaute auf sein Glas. „Als Mensch, wollen Sie wissen?" Er schwieg wieder. Dann lächelte er vor sich hin. „Ich habe ihn eigentlich überhaupt nicht irgendwie *empfunden*, unsere Beziehung, sofern man überhaupt von so etwas reden kann, beschränkte sich auf' s Geschäftliche: Ich war der Künstler, der in und von der eigenen Kreativität lebt, er der Galerist, der sie verkauft. Und auch davon leben muss."

„So wie Sie ihn schildern, war er weniger ein Mann, auf den die Frauen fliegen. Warum, glauben Sie, hat Julia ihn geheiratet?"

Greven warf die Arme in die Luft.

„Ach, ich glaube gar nichts. Ich weiß nur, dass sie nicht gut allein sein konnte, ich meine: ohne Mann. Wir waren ein paar Jahre mehr oder weniger ein Paar, und einmal hat sie mich auch gefragt, ob ich je daran gedacht hätte, zu heiraten und eine Familie zu gründen. Dann war ich weg und sie brauchte jemanden. Wer weiß …“, er grunzte und in seinen Augen glitzerte es, „vielleicht war Crimmer gut im Bett? Ein paar Qualitäten muss er wohl gehabt haben. Abgesehen davon, dass er eine gut gehenden Laden besaß.“

„Sie meinen, das hätte Julia gereicht, eine Ehe einzugehen?“

„Sie war beides: Eine Romantikerin und eine Realistin.“

Mit einem erneuten Blick auf seine Uhr stand Grübert auf. Seine Hand glitt in die Manteltasche und entnahm ihr ein zusammengefaltetes Blatt Papier. Mit der Rechten hielt er es Greven vor die Nase.

„Was sagen sie dazu?“

Greven kniff die Augen zusammen und wollte das Papier in die Hand nehmen, doch Grübert zog es kurz beiseite, um es ihm sofort wieder vor die Augen zu halten. Der andere griff zur Brille, die vor ihm auf dem Tisch lag. Er schaute nur kurz darauf, sein Kommentar kam fast sofort.

„Julias Handschrift?!“

Er stieß die Worte heraus, Verblüffung in Blick und Stimme. „Woher …?“

Grübert schnitt ab: „Später, Herr Greven. Zunächst vielen Dank, im Bedarfsfall werden wir uns noch einmal bei Ihnen melden.“

Wieder im Auto, meldete Krassinger Bedenken an.

„Chef, warum hat er nicht weiter nachgefragt, woher wir von der ersten Ehe wussten? Ich an seiner Stelle hätte mich nicht so schnell zufrieden gegeben. Oder er ist der Absender und hat uns den Überraschten nur vorgespielt? Die beiden waren schließlich ein Liebespaar, und es kann doch sein, dass er irgendwie in den Besitz des Tagebuchs gekommen ist.“

Grübert startete den Motor.

„Ziemlich ausgeschlossen. Gestern waren wir zum ersten Mal bei ihm und heute schon liegt dieser Umschlag in unserem Briefkasten? Eher bin ich geneigt, Julias Freundin Elisabeth für die Absenderin zu halten. Vielleicht sehen wir klarer nach meinem Besuch bei ihr.“ Er drückte auf' s Gas. „Jetzt erstmal zurück ins Büro. Du kontaktierst Frau Kauber wegen der Haarfarbe, recherchierst den Crimmer, und ich lasse mir von Heilmann den Bericht geben.“

Und der war aufschlussreich. Und Heilmann betreten. Zunächst. Dann aber bemüht, seine mangelnde Aufmerksamkeit schön zu reden und mit in den Taschen versenkten Händen Lässigkeit zu demonstrieren.

„Sehen Sie, Grübert, zu Anfang der Ermittlungen ging es ja in erster Linie um die Feststellung der Todesursache. In diesem Bericht steht nichts von einem Beinbruch und dadurch können wir nun sagen, dass der momentan rekonstruierte Schädel nicht der von Julia sein kann. Bis zum jetzigen Zeitpunkt haben wir also nichts versäumt.”

„Wir hätten ...“, Grübert wischte eine Geste in die Luft, „ach, lassen wir das.“

Im Nachhinein bedauern, dass man das schon gestern beim Termin mit Frau Kauber hätte wissen können und die Zugehörigkeit von Schädel, Skelett und Lage – oben oder unten – klar gewesen wäre, erschien ihm müßig, wenngleich ärgerlich.

„Die Gesichtsrekonstruktion zeigt uns also eine Frau, die der Hambachertochter sehr ähnlich sieht, das hat uns ein Freund aus alten Tagen bestätigt. Gleichwohl konnte er Julia nicht zweifelsfrei erkennen. Diese Frau hatte wahrscheinlich braune Haare, siehe Frau Kaubers Bericht. Und Julias Haarfarbe war rot. Naturrot." Er griff in die Hosentasche, sein Handy klingelte.

„Ja?"

„Chef", Krassingers Stimme klang nach Erfolg, „ich habe den Bericht eingesehen, die Haarfarbe ist dunkel."

„Schön, Benno, ich habe den Bericht auch vor mir, alles geklärt bis auf das, was nicht drin steht. Zu welchem Skelett gehört diese Rekonstruktion? Ist es das zuerst gefundene mit den durcheinander gewürfelten Knochen und dem roten Stiletto?"

„Melde mich gleich wieder, Chef."

Heilmann guckte fragend.

„Ist doch klar." Grübert tippte auf den Bericht. „Wir sollten wissen, ob das obere Skelett und dieses Gesicht zusammen gehören. Diese Frau wurde als zweite getötet, möglicherweise für den Mörder eine notwendige Konsequenz. Die Ähnlichkeit der beiden könnte das Bindeglied sein für beide Taten."

Als wenig später Krassingers Anruf kam, hatte Grübert die Frage schon für sich beantwortet. Sie lautete: Ja.

Elisabeth Granderath war bereit, das Foto der Gesichtsrekonstruktion zu prüfen. Allerdings erst, nachdem Grübert diffuse Andeutungen über einen Mordfall präzisiert und Elisabeth verstanden hatte, dass ihre Freundin wahrscheinlich eine der beiden Toten war.

„Das ist alles so entsetzlich“, sagte sie, nachdem Grübert eingetreten war, „wer tut so etwas?“ Sie zog die Schultern hoch, als wolle sie sich vor etwas Unbekanntem schützen. „Kommen Sie“, sie wies ins Wohnzimmer, „wir setzen uns ans Fenster, da ist das Licht besser.“

Das Fenster, eingerahmt von lachsfarbenen, bodenlangen Vorhängen, gab den Blick frei auf eine kleine Rasenfläche mit umlaufenden Rabatten. Am Fenster zwei zierliche Polstersessel an einem runden Tisch mit gedrechselten Beinen. Die viel zu warme Luft im Raum roch nach Alter und Kölnisch Wasser.

„Nehmen Sie einen Tee mit mir? Frisch gebrüht.“ Sie wies auf eine silberne Teekanne und zwei Tassen in feinem Porzellan mit Goldrand. Daneben eine Brille mit kleinen runden Gläsern.

Grübert nickte. Vielleicht konnte er hier noch einiges über Julia erfahren, diesmal aus der weiblichen Sicht einer Freundin. Je mehr er von Julias Leben wusste, desto näher würde er ihrem Tod kommen. Er setzte sich und sah der alten Dame beim Teeeingießen zu, ihren Händen, grobknochig und fleckig und mit einem blauem Adergeflecht auf dem Handrücken überzogen. Er dachte an seine Mutter, ihre Hände sahen, wenn auch feingliedriger, so doch ähnlich aus. Altwerden muss man lernen, hatte sie mal gesagt. Die alte Frau reichte ihm die Tasse und sah auf. Blassblaue Augen mit den Eintrübungen, die das Alter setzt, zarte Pergamenthaut, rosig weiß.

Er holte Luft.

„Frau Granderath, Sie waren mit Frau Vienna befreundet. Wann haben Sie sich kennen gelernt?“

Er ergriff die angebotene Zuckerdose und warf ein wenig Kandis in seine Tasse.

„Wir waren seit der ersten Klasse des Gymnasiums zusammen, damals nannte man das noch Sexta. Juliane schien sich nicht wohl zu fühlen, und da habe ich mich etwas um sie gekümmert.” Sie legte die Hände ineinander.

„Nicht wohl zu fühlen?“

„Nun ja, Sie wissen, wie Kinder sein können, alles, was anders aussieht als der – ich nenne es jetzt mal *Mainstream* – wird nicht akzeptiert. Schlicht gesagt, sie wurde gemobbt. Rote Haare, und dann so viele davon, eine weiße Haut, übersät mit braunen Punkten, das fordert zu Häme auf. *Rote Haare, Sommersprossen, sind des Teufels Volksgenossen* – kennen Sie das?“

„Schon mal gehört. Und? Wie haben Sie das gemacht mit dem Kümmern?“

„Herr Kommissar, jeder will akzeptiert, besser noch: geliebt werden. Ich habe also auf sie aufgepasst, ihr gesagt, was sie tun soll und was besser nicht, sie war so unsicher, und in ihrem Zuhause hatte sie nicht genügend Unterstützung. Sie solle sich nicht so anstellen, bekam sie zu hören, wenn sie über Gehässigkeiten klagte.“

„Soviel ich weiß, hatte sie Geschwister.“

„Ja, Brunhilde und Klaus, beide jünger. Und es ist ja oft so, dass die Erstgeborenen noch den ungebremsten Erziehungswillen der Eltern zu spüren bekommen, später lässt das nach. Juliane war sehr sensibel, manchmal zu sehr. Und talentiert.“ Sie schwieg und runzelte die Brauen. „Das hat ihr Neider eingebracht, und im Zusammenhang mit ihrem Aussehen die Ablehnung verstärkt.“

„Was sie aber offenbar nicht gehindert hat, eine erfolgreiche Frau zu werden“, warf Grübert ein.

„Ich glaube, der Widerstand, auch der in ihrem Elternhaus, hat sie zu sich selbst finden lassen. Im Lauf der Jahre hat sie sich verändert und das Weiche, Unentschlossene verloren. Vielleicht auch, weil sie sich durchsetzen musste. Sie ist … irgendwie …“

Elisabeth Granderath schwieg und legte die Hände in den Schoß. Sie wandte ihren Blick zum Fenster. Es hatte angefangen zu schneien, und der Wind trieb die Flocken in kreisenden Wirbeln über den Rasen. Eine Weile sah sie dem Treiben zu.

„Ein paar Wochen vor ihrer geplanten Reise habe ich Juliane besucht”, fuhr sie fort, „und wir haben über die Zukunft gesprochen, und was sie von ihr erwartet. *Ich werde sie bewältigen,* hat sie gesagt, *so, wie ich die Vergangenheit bewältigt habe.* Dabei hat sie ihre Hand auf ein Buch gelegt, das vor ihr auf dem Tisch lag. Ich saß ihr gegenüber und konnte die Schrift auf dem Buchdeckel – ich glaube, es war braunes Leder – nicht so gut erkennen, aber es sah nach Tagebuch aus.“ Sie nahm einen Schluck aus ihrer Tasse. „Aber nun sagen Sie mal …“, sie setzte die Tasse ab und legte ihre Hände an die Tischkante, „Sie wollten mir etwas zeigen, ich bin schon ganz gespannt.“

Grübert nickte und griff in die Innentasche seines Jacketts. „Ich auch”, sagte er.

Elisabeth setzte die Brille auf und beugte sich über das Foto, einen Ausdruck in DinA4-Größe. Eine Weile sagte sie nichts, dann nahm sie das Blatt hoch und hielt es auf Armlänge vors Gesicht, betrachtete es wieder.

Grübert legte ein weiteres Papier auf den Tisch.

„Hier ist eine Vergrößerung des Fotos, das Sie in der Zeitung veröffentlicht haben. Zum direkten Vergleich.”

Elisabeth Granderath schaute hin und her und her und hin, immer wieder. Sie seufzte.

„Sie ist es, und sie ist es nicht. Sehen Sie hier, die Augenbrauen. Auf beiden Fotos dieselbe Form, sehr gerade, auf meinem Foto sind sie an der Nasenwurzel etwas dichter beieinander; aber ich weiß natürlich nicht, wie genau eine solche Rekonstruktion überhaupt sein kann."

„Sie weist Ähnlichkeiten auf, die geeignet sind, eine Person zu identifizieren."

Elisabeth schüttelte den Kopf und schob ihm das Foto zu. „Und das kann ich nicht, Herr Kommissar, tut mir sehr leid."

Grübert nickte.

„Ich möchte noch einmal auf das Tagebuch zurückkommen. Wo könnte es geblieben sein?"

„Ich nehme an, in ihrem Reisegepäck."

„Und wenn sie gar nicht abgereist ist?"

Elisabeth legte die Brille zurück und hob die Schultern.

„Die einzige Person, die sich möglicherweise an irgendetwas erinnern kann, ist ihre Zugehfrau, eine Frau Seibeling. Sie wohnt immer noch hier, gelegentlich begegne ich ihr im Supermarkt."

„Ein guter Hinweis, Frau Granderath, ich werde dem nachgehen." Grübert griff in seine Manteltasche. „Schauen Sie sich das an, jemand hat es mir zugeschickt."

Er hielt ihr den Tagebucheintrag vom 2. September 1972 vor die Nase, in der ersten Zeile war von Elisabeth und der Reise zur Pariser Ausstellung die Rede.

Elisabeth griff wieder zur Brille und warf einen kurzen Blick auf das Papier.

„Das hat Julia geschrieben", sagte sie und setzte die

Brille mit einer resoluten Handbewegung gleich wieder ab, „ich erkenne ihre Handschrift mit den charakteristischen Unterlängen.“ Sie schien verärgert. „Warum fragen Sie nach dem Tagebuch, wenn Sie es schon gefunden haben?“

„Wo sollten wir es denn gefunden haben, liebe Frau Granderath“, sagte Grübert, „aber wie ich schon sagte: Dieses und einige andere Blätter sind in unsere Hände gelangt und wir wissen jetzt auch, dass Julia in erster Ehe mit einem Düsseldorfer Galeristen verheiratet war.“

„Dieser Crimmer, ja, ich mochte ihn nicht. Ein unzugänglicher Mensch.“

„Warum, glauben Sie, hat Julia ihn geheiratet? Liebe?“

Elisabeth stieß die Luft durch die Lippen. „Liebe? Eher nicht. Der, den sie vermutlich gern geheiratet hätte, war nicht mehr da, und einen Mann hat sie immer gebraucht in ihrem Leben. Und da war es halt der Crimmer, der gerade da war, und sie hat nicht nur den Mann geheiratet sondern auch seine Galerie und die war der wirkliche Partner und der …“

Sie brach ab und biss sich auf die Lippen. Dann rieb sie ihre Hände und stand abrupt auf.

„Herr Kommissar, bitte …“, begann sie und wies zur Tür.

Grübert erhob sich. „Was wollten Sie gerade sagen, Frau Granderath?“

Die alte Frau zögerte.

„Es klingt nach Neid“, sagte sie endlich, „aber wenn überhaupt, so ist es kein Neid auf das Vermögen, das ihr nach dem Tod ihres zweiten Ehemanns zugefallen ist, sondern auf das Glück, das sie offensichtlich bei und mit ihm gefunden hatte. Keine überschäumende Verliebtheit, wie man sie in jungen Jahren hat, aber eine tiefe Zuneigung. Ich habe selbst beobachtet, wie liebevoll und respektvoll sie miteinander umgegangen sind."

„Dann muss sie der Verlust hart getroffen haben. Woran ist er denn gestorben?"

„Pankreaskarzinom, der schnellste Killer überhaupt. Ich sehe Julia noch vor mir, bei der Beerdigung. Sie war nicht sie selbst. Ich habe ein Loch im Herzen, Elisabeth, hat sie mir zugeflüstert, als ich ihr kondoliert habe."

Sie waren an der Haustür angekommen.

„Fürs Erste vielen Dank, Frau Granderath", verabschiedete sich Grübert, „darf ich Sie gegebenenfalls noch einmal aufsuchen?"

„Selbstverständlich, Herr Grübert."

Kaum zurück im Büro, hatte Grübert Telefonnummer und Adresse der Frau Seibeling ausfindig gemacht und gleich um einen Besuchstermin gebeten. „Am Montag nächster Woche passt es mir", hatte Frau Seibeling gesagt, „morgen fahre ich für ein paar Tage zu meinen Verwandten nach Süddeutschland."

Also eine Woche warten. Was ihm schwer genug fallen würde. Und wieder der Gedanke: Was, wenn die zweite Rekonstruktion auch keine Klarheit bringt? Wenn sie eine Person zeigt, an deren Unterschenkel zwar ein Beinbruch nachgewiesen wird – was schon ein Zufall zu viel wäre – die aber Julia nicht ähnlich sieht? Dann waren alle bisherigen Ermittlungen für die Katz. Bisher hatte er angenommen, der Grund für den zweiten Mord wäre die Ähnlichkeit der beiden Frauen. Wenn Julia gefunden war, ließ sich auch die andere, ihre Doppelgängerin, finden. Und wer besaß das Tagebuch und schickte ihm die Kopien?

Krassinger rettete ihn aus seinen Grübeleien.

„Chef, ein bisschen was hab ich herausgefunden. Curt Crimmer war ab dem 28. Mai 1974 wohnhaft gemeldet in Hamburg-Alsterdorf, Wilhelm-Bock-Weg 76, seine Galerie in Düsseldorf hat unter seinem Namen weiter existiert bis Ende vierundsiebzig. Zudem habe ich zu einem Jörg Crimmer eine Festnetznummer in Hamburg gefunden und auch gleich dort angerufen. Es handelt sich um den Sohn von Curt Crimmer, und der sagt, sein Vater sei vor zwei Jahren verstorben, und er selbst habe sowieso kaum mehr Kontakt zu ihm gehabt.“

„Was ist mit seiner Mutter? Vielleicht kann die uns etwas sagen.“

„Nach der hab ich auch gefragt, sie lebt in einem Altersheim.“

Grübert stöhnte. Es nahm kein Ende mit dem Lebensende.

„Na schön, wir müssen es anders versuchen. Sollte Crimmer Julia nach dem 7.April aufgesucht haben, so wird sie ihn kaum in ihrem Haus empfangen haben. Fragen wir also bei den Mitarbeitern der Galerie nach, vielleicht auch bei Julias Anwalt, vielleicht weiß auch diese Frau Seibeling etwas. Übrigens, Benno“, er klopfte ihm anerkennend auf die Schulter, „gut gemacht! Das gibt eine Eins für selbstständiges Arbeiten!“

„Und eine Eins für meinen Chef … Chef!“

Die Zugehfrau und der Galerist

Er hatte schlecht geschlafen. Die erzwungene Untätigkeit der letzten Tage, das zermürbende Auf-der-Stelle-Treten und Heilmanns ständiges Drängeln nach Ergebnissen, die sich hoffentlich in dieser Woche ergeben würden – all das nagte an ihm. In der Nacht zum Montag hatte er wilde Träume, in denen er Julia auf ihrer Weltreise begleitete, auf einer Safari in Afrika, bei der sie von einem Löwen angegriffen wurden, Kampf, infernalisches Gebrüll … er schreckte hoch. Leonie lag auf seiner Schulter und schnurrte in sein Ohr.

„Na du", murmelte er, „hast wohl Hunger."

Er quälte sich hoch, klemmte Leonie unter seine Achsel und schlurfte in die Küche. Ein Blick auf die Küchenuhr: Er war spät dran, ein Blick in den Vorratsschrank: Außer einem Rest Trockenfutter nichts mehr da!

„Dann essen wir heute dasselbe, meine Liebe. Über diesem vermaledeiten Fall habe ich das Einkaufen total vergessen."

Er warf die Kaffeemaschine an, nahm zwei Scheiben Brot aus dem Kasten und bestrich sie mit Butter und Leberwurst. Er überlegte: Hatte er nicht noch trockene Brotreste, die er für die Zubereitung von Hackbraten aufbewahrte? – eines der wenigen Rezepte, die er aus dem Kochbuch seiner Frau übernommen hatte. Gelegentlich, an dem einen oder anderen Wochenende, bereitete er diesen Hackbraten zu, verdoppelte die Menge und fror die Hälfte ein. Brotkrusten taugten als Leckerli zur Katzennahrung eher, dachte er, als das weiche, frische Brot. Er holte die Blechdose, in der er sie aufbewahrte, aus dem obersten Schrankfach, zerbröckelte, was er darin noch vorfand und warf sie mit Leberwurststückchen in Leonies Napf, daneben ein Schälchen Milch. Am Küchentisch sitzend, seinen dampfenden Kaffee und zwei Leberwurstbrote vor sich, sah er Leonie zu, wie sie sich mit ruckenden Kaubewegungen über ihre Mahlzeit hermachte. Im Nu war alles weggeputzt. Dann tunkte sie ihre kleine rosa Zunge in die Milch, schlabberte alles weg und tauchte mit weißem Schnäuzchen wieder daraus hervor. Und nun die Säuberung: Alles ablecken, was die Zunge erreichen kann, Pfoten, Beine, Brust und Bauch, die Schwanzspitze, mit der zuvor abgeleckten Pfote von oben nach unten über' s Gesicht streichen.

Katzen waschen sich mit ihrem Speichel, wusste er, und das tun sie bis zu drei Stunden am Tag. Kein Mensch wäscht sich so lange. Warum spricht man von Katzenwäsche und meint es dann negativ?

Die Handyklingel riss ihn aus seinen Betrachtungen. Über dem Zuschauen hatte er die Zeit vergessen, er hätte längst im Büro sein sollen.

„Chef", Krassinger klang aufgeregt, „die Rechtsmedizin hat gerade angerufen, der zweite Schädel aus dem Doppeldecker kann in Augenschein genommen werden. Wir sollten gleich hin."

Schlagartig war Grübert hellwach.

„Bin gleich da", rief er, „und diesmal gehen wir beide hin, ohne Heilmann. Du hast es ihm doch noch nicht gesagt?"

„Aber nein! Der ist noch gar nicht da."

„Doppeldecker!" Grübert schmunzelte. „So was kann

auch nur von dir kommen.“

Dann fünf Minuten im Bad: Zähneputzen, Deo, Katzenwäsche. Alles fügt sich zusammen, dachte er.

„Professor Rotländer ist heute leider unabkömmlich“, begrüßte sie der Pförtner, „ich begleite Sie ein Stück, wir nehmen die Abkürzung.“

Beim Durchqueren des Gangs im Souterrain wies Grübert auf die seitlichen Metalltüren: „Die Leichenallee, Benno”, füsterte er, „drei hinter jeder Tür.”

„Chef!“ Krassinger schnüffelte und zog die Nase kraus. „Ich rieche nichts.“

”Hier riecht der Tod allenfalls nach Desinfektionsmitteln”, meinte Grübert, „du wirst gleich sehen, was diese Frau aus dem, was er übrig gelassen hat, machen kann.“

Beide Nachbildungen standen nebeneinander auf dem Arbeitstisch, als Grübert und Krassinger eintraten.

„Nun, was meinen Sie?“ Cordelia Kauber schaute fragend.

„Welche Rekonstruktion ist die neue?“, wollte Krassinger wissen.

„Finden Sie es heraus.“

„Das kann mein Kollege kaum“, erwiderte Grübert, „er kennt die erste Nachbildung nur von einem Handyfoto. Vielleicht kann ich es.“

Er betrachtete beide Gesichter, verglich sie miteinander, Nase, Mund, Kinn und Wangenpartie. Elisabeth Granderath fiel ihm ein, ihre Bemerkung zu Julias Augenbrauen, die dichter zusammenstanden als die auf dem Foto der Rekonstruktion. Kaum wahrnehmbar, dachte er und wies auf die rechte der beiden Büsten.

„Ist es diese?“

Cordelia Kauber nickte. „Haben Sie geraten?“

„Nicht so ganz." Er fuhr mit dem Finger über die Augenbrauen. „Eine frühere Freundin der Toten hat mich auf dieses Detail aufmerksam gemacht, aber sicher war sie sich nicht. Die Ähnlichkeit ist tatsächlich frappierend. Dann trifft es zu, dass Julia Vienna die zu unterst liegende Frau aus dem …", er zögerte und warf Krassinger einen Blick zu, „… dem Doppeldecker-Grab ist?"

„Ja, das …"

Krassinger unterbrach: „Entschuldigung für den Doppeldecker, der Ausdruck stammt von mir, aber …", er blickte im Raum umher, auf die Regale mit Schädeln und halbfertigen Arbeiten, „wie machen Sie das, den Toten wieder ein Gesicht zu geben, so was wie 'ne Identität? Faszinierend!"

„Ein langer Prozess ist das. Verkürzt dargestellt: Muskeln und Knorpel werden in Plastilin nachgeformt, entsprechend der Beschaffenheit des Schädels. Dazu gibt es eine von Forschern berechnete Tabelle, die Weichteile betreffend, sodass ich weiß, wie dick das Plastilin jeweils sein muss. Und die Glasaugen fertigt ein Glasbläser. Zum Schluss ein wenig Rouge, altersgemäße Falten, die Andeutung einer Haarfarbe und einer Frisur. Sie wollen ja keine Maske sehen sondern einen Menschen."

„Das ist Ihnen bestens gelungen, Frau Kauber."

Grübert zückte sein Handy und machte ein Foto, beide Köpfe nebeneinander stehend sowie einzeln. Krassinger tat es ihm nach.

Auf dem Weg zum Parkplatz schritt Grübert kräftig aus.

„Nanu, Chef", lachte Krassinger, „Vollgas voraus?"

„Morgen befrage ich die frühere Zugehfrau von Julia. Und du kommst mit. Es könnte spannend werden."

„Geheimnisse?“
„Überraschungen. Vielleicht.“

Eine unerfreuliche Überraschung gabs wenig später im Parkhaus. Grübert drehte den Zündschlüssel. Nichts. Noch einmal. Wieder nichts.

Krassinger sprang aus dem Auto. „Ich schau mal rein, Chef.“ Er hob die Motorhaube an.

„Das sieht ja toll aus!” Er stand da, stemmte die Arme in die Seite und blickte auf den Motor, chromglänzendes Gestänge zwischen rot lackierten Behältern für Öl, Kühlmittel und Wasser. „Sowas hab ich ja noch nie gesehen! Kein Dreck, kein Staub, da braucht man ja noch nicht mal Handschuhe zum Anfassen. Sollte er mal den Geist aufgeben, dann können Sie ihn als Skulptur an die Wand hängen!

"Lieber lass ich ihn da, wo er ist." Grübert war ausgestiegen. „Nun zeig mal, was du von Oldtimer-Motoren verstehst.“

„Das haben wir gleich.“

Krassinger fingerte an den Leitungen herum.

„Hier”, er hob ein loses Kabel an, „das Verteilerkabel, es hat sich gelöst.“

Woher er sein fachmännisches Wissen habe, wollte Grübert wissen, nachdem sie wieder eingestiegen waren, und der Motor sich zurückgemeldet hatte.

„Als Dreizehnjäriger wollte ich Rennfahrer werden, hab mir 'ne Seifenkiste gebaut und … Chef…”, er gluckste und schlug mit beiden Händen auf seine Knie, „Sie glauben es nicht, aber ich hab' vor dem Fernseher gewohnt, wenn Autorennen waren, hab den heiligen Michael Schumacher verehrt. Nachmittage habe ich in der Autowerkstatt nebenan rumgehangen. Aber später, nach dem Abi …", er seufzte, „Sie wissen sicher, wie das ist, wenn Träume sich in Luft auflösen." Er sah Grübert von der Seite an, Zweifel im Blick. „Und Sie? Wollten Sie schon immer zur Polizei? Hatten Sie keine anderen Berufswünsche als Dreizehn-Vierzehnjähriger?"

Grübert grinste. „Schon, ich wollte ein berühmter Politiker werden. So einer wie die Lichtgestalt eines Kennedy. Ich war vierzehn, als er ermordet wurde, und vierzehn Jahre später hatten wir den Deutschen Herbst, einen Ausnahmezustand, der nicht erklärt wurde. Da hatte ich längst begriffen, dass entscheidungsstarke Politiker eine funktionierende Polizei brauchen."

„Und so sind Sie hier in Woltersheim gelandet."

„Nach dem Zwischenspiel in Köln. Hab dir davon erzählt."

Kassinger schwieg eine Weile.

„Hab mal gerechnet", begann er, „dann kennen Sie den Laden hier an die zwanzig Jahre. Zwanzig Jahre als einsamer Wolf?", fügte er mit einem schnellen Seitenblick hinzu.

Grübert knurrte. Sie hatten die Autobahn verlassen und näherten sich Woltersheim. Er sah geradeaus auf die Straße und zuckte mit den Schultern.

„Es hat sich nichts ergeben." Bis zur Dienstelle in der Hauptstraße fuhren sie schweigend.

„Ich setze dich hier ab und fahre nach Haus, Bericht schreiben", sagte Grübert, „morgen kannst du mich mit dem Dienstwagen abholen, der Termin bei Frau Seibeling ist um neun."

Unterwegs zu seiner Wohnung kamen ihm Gedanken, die er lange erfolgreich verdrängt hatte. *Es hat sich nichts ergeben.* Eine Bilanz der Begegnungen mit Frauen nach seiner Scheidung. Greta, fünfunddreißig, Fotojournalistin, kennengelernt beim Anschlag in der Keupstraße, dann zufällig wieder getroffen, während er am Rhein entlang ging und sie die Industrieanlagen dort im Hafen fotografierte. Verabredung zum Essen, gute Gespräche, danach hatten sie miteinander geschlafen. Weitere Treffen in kleineren und größeren Abständen. Sie war gut in ihrem Beruf und viel unterwegs, etwas Dauerhaftes war es nicht geworden. Bei Sybille, Sportlehrerin an einem Brühler Gymnasium, war die Chance für eine dauerhafte Verbindung höher. Beide hatten ähnliche kulturelle Interessen, waren ortsgebunden und lebten keine zehn Autominuten voneinander entfernt. Bis Sybille nach Essen versetzt wurde. Ein paar Treffen hatte es zunächst noch gegeben, bis die Entfernung auch diese Beziehung unmöglich gemacht hatte. Und zu Lydia gab es nicht viel zu sagen; sie war Filialleiterin im Edekamarkt in Woltersheim, freundlich und uninteressant. Und gut im Bett. Eine Erfahrung, die er gelegentlich wiederholte.

Na gut, dachte er, als er die Wohnungstür aufschloss und Leonie ihn mit freudig bewegter Schwanzspitze empfing, wenigstens habe ich jemanden, der mich erwartet.

„Ich habe zwölf Jahre am Von-Eichendorff-Weg gearbeitet", sagte Frau Seibeling, nachdem Grübert und Krassinger eingetreten waren, „und war froh, als Herr Räbenkramp wieder geheiratet hat, und ich dann eine so nette und freundliche Chefin bekam.“ Sie senkte die Stimme und legte die Hand an den Mundwinkel. „Die Vorgängerin war eine sehr barsche Person. Frau Julia war immer sehr zufrieden mit meiner Arbeit.“

Sie wies auf ein Bild an der Wand, eine Malerei mit temperamentvollem Pinselstrich inmitten der nichtssagenden Druckerzeugnisse des Kunstgewerbehandels – ein tanzendes Paar oder auch ein streitendes, das war nicht auszumachen. Grübert hatte den Eindruck, als habe es sich verirrt in dieses Ikea-Kernseifen-Ambiente.

„Nachdem sie das Haus verkauft hatte und in die USA wollte, durfte ich mir zum Abschied etwas aussuchen."

„Und warum gerade dieses?"

Krassinger war aufgestanden und näher an das Bild heran getreten.

Frau Seibeling schien verlegen.

„Nun ja, zum einen gefiel mir der Rahmen, so ein bisschen Gold zwischen den anderen Bildern mit den langweiligen Rahmen fand ich schön und zum anderen ...", sie zögerte, dann fuhr sie fort, „ich weiß nicht genau, warum dieses. Vielleicht, weil die beiden Figuren tanzen, eng aneinander gedrückt, und gleichzeitig die Fetzen fliegen. So war sie, die Frau Julia. Es ist etwas von ihr in dem Bild."

„Sie mögen Recht haben", meinte Grübert, „aber können Sie das näher beschreiben? Da Sie für Frau Vienna gearbeitet haben, müssen Sie doch so einiges mitgekriegt haben."

„Sie war wohl sehr temperamentvoll, Ihre Chefin? Oder?" Krassinger setzte sich zu Grübert.

„Tja, wissen Sie, Herr Kommissar, ich habe ja nie darüber geredet und es ging mich ja auch nichts an, aber sie hatte viele ... na ja, Bekanntschaften, Sie wissen schon, was ich meine. Sicher schon vor ihrer Heirat und auch wieder nach dem Tod von Herrn Räbenkramp. Und da hab ich schon mal die Fetzen fliegen hören. Sogar noch am Abend vor ihrer Abreise. Aber sie ist gar nicht abgereist, sagen Sie?"

„Was haben Sie gehört an diesem Abend?"

„Sie hat telefoniert und hörte sich sehr aufgebracht an. *Das werden wir ja dann schon sehen,* hat sie gesagt und den Hörer aufgeknallt." Frau Seibeling holte tief Luft und beugte sich vor: „Herr Kommissar, ich bin keine, die an Türen lauscht, aber ihre Stimme war so laut und wütend und die Türen standen sowieso immer offen, das war nicht zu überhören."

„Ist ein Name gefallen in diesem Gespräch?"

„Aber ich sage Ihnen doch: Ich habe nur diesen einen Satz mitgekriegt und nicht das ganze Gespräch! Ich lausche nicht!"

„Was war danach? Ist Frau Vienna noch aus dem Haus gegangen?"

„Keine Ahnung. Ich war am nächsten Mittag da, um eventuell noch Ordnung zu schaffen, bevor der Käufer das Haus übernehmen würde. Zum Abschiednehmen bin ich zum Schluss noch mal durch alle Räume gegangen, im Schlafzimmer …", sie stockte, „dass ich das vergessen konnte …". Sie stockte wieder und riss erschreckt die Augen auf. „Das Bett war unbenutzt und ihr Tagebuch lag auf dem Nachtkasten, und damals habe ich gedacht, dass sie es vergessen hat, denn das Reisegepäck stand nicht mehr in der Diele, und ich hatte es ja selbst dort abgestellt. Also war sie abgereist. Hab ich jedenfalls angenommen." Sie atmete schnell. „Wer hat denn dann wohl dass Gepäck abgeholt?"

Grüberts Kopfhaut begann zu kribbeln.

„Wo ist das Tagebuch jetzt? Haben Sie es an sich genommen?"

Er atmete tief ein und aus, als wäre er zum Lungentest in der Praxis von Doktor Drieling. Jetzt rheinische Gelassenheit! ermahnte er sich, und der passende Spruch dazu fiel ihm auch ein: *Et kütt wie et kütt.* Im Moment kam allerdings etwas bei ihm an, das den Kernseifengeruch überlagerte und offensichtlich von Krassinger ausging: Ein Aftershave, das Frische signalisieren sollte, für seine Nase und zumal in dieser angespannten Situation eindeutig penetrant.

„Hätte ich das nicht tun sollen? Zuerst wollte ich es für sie aufbewahren, irgendwann wäre sie ja wohl mal wieder zurückgekommen, wenigstens für einen Besuch. Aber dann habe ich es mir anders überlegt. Ich bin nach Köln und habe es in ihrer Galerie abgegeben."

„Wem haben Sie es gegeben? Und wie sah es aus?"

„Das ist jetzt sechzehn Jahre her, ich glaube, da war eine Angestellte. Der habe ich es gegeben. Und es war hellbraun."

Grübert stöhnte. Sie waren so nah dran, und nun das.

„Chef …", murmelte Benno und drehte die Augen zur Decke. „Wir müssen hin und nachfragen."

„Genau", pflichtete er bei, „am besten sofort." Er stand auf. „Eine Frage noch, Frau Seibeling: Können Sie sich erinnern, ob Frau Julia im April oder Mai 89, also kurz vor der geplanten Abreise, Besuch von einem Curt Crimmer hatte, damals etwa fünfundsechzig Jahre alt? Er wollte einen Prozess anstrengen, und möglicherweise ist es zu einer Auseinandersetzung gekommen."

„Aber nein, von so etwas hat sie nicht gesprochen."

Im Auto meinte Grübert: „Ich fahre jetzt nach Köln und du kannst Heilmann informieren, dass wir weiter sind."

„Aye, aye Chef." Krassinger zwinkerte.

Die Ladentür wurde gerade aufgeschlossen, als Grübert auf dem Parkstreifen vor der Galerie den Zündschlüssel zog.

„Ich arbeite hier seit sechzehn Jahren, seit Herr Krecht die Galerie übernommen hat", sagte die Mitarbeiterin, eine aparte, schlanke Person mit seitlichem Nackenknoten und Mittelscheitel im lackschwarzen Haar, „aber an einen Herrn namens Curt Crimmer kann ich mich nicht erinnern. Im April oder Mai 89 soll er hier gewesen sein, sagen Sie? Das ist lange her. Vielleicht fragen Sie Herrn Krecht persönlich, er war damals häufiger anwesend."

Sie nahm eine Visitenkarte aus dem Prospektständer und reichte sie ihm.

„Da ist noch etwas", sagte Grübert und steckte die Karte in die Manteltasche. „Zu der gleichen Zeit Ende Mai 89 hat die Zugehfrau von Julia Vienna hier etwas abgegeben, ein Buch, sagt sie, das Frau Vienna gehörte, und das sie vergessen hatte nach USA mitzunehmen. Diese Frau Seibeling sagt, sie habe es einer Mitarbeiterin gegeben. Könnten Sie diese Mitarbeiterin gewesen sein, Frau …?"

„Salowski, Miriam Salowski. – Kann schon sein. Was soll das denn für ein Buch gewesen sein? Und wie sah diese Frau aus?"

„Frau Seibeling?"

Grübert zögerte einen Moment. „Gedrungene Statur, kräftig gebaut, schmales Gesicht, Haare straff nach hinten in einem Knoten und … großer Busen. Das Buch? Braunes Leder. Möglicherweise. Mit einem Eindruck auf dem Cover."

Ihre Augen schweiften durch den Raum. Dann blieb ihr Blick auf dem Tresen hängen.

„Ja, ich erinnere mich, dort hab ich es hingelegt, neben die Prospekte. Diese Frau hat mich angesprochen, als ich mit einem Kunden sprach. Sie passte so gar nicht in unser Ambiente, deshalb war sie mir aufgefallen, schwerer Busen in einem großgemusterten Sommerkleid."

„Und dann? Haben Sie es dem Besitzer weitergeleitet?"

„Ich vermute, Herr Krecht hat es an sich genommen."

„Sie nehmen es an, weil sie es danach nicht mehr gesehen haben? Aber gesagt haben Sie es ihm nicht?"

Miriam Salowschüttelte den Kopf.

Grübert konnte ein Stöhnen nicht unterdrücken. Wieder einmal nah dran und wieder nichts. Also weiter. Er fischte nach der Karte in seiner Manteltasche – in den Fasanenweg im Hahnwald.

Dort kam er gleich zur Sache.

Alexander Krecht, halblange graue Haare bei beginnender Stirnglatze, buschiger Oberlippenbart, Brille, bat ihn ohne weiteres Nachfragen in den großen Wohnraum, als Julias Name im Zuge von polizeilichen Ermittlungen fiel. Seine offensichtliche Erregung steigerte sich zu Bestürzung, nachdem sie Platz genommen und Grübert ihm die Zusammenhänge dargelegt hatte.

„Deshalb also", sagte er, „habe ich nichts mehr von ihr gehört. Wie furchtbar das alles!"

Er beugte sich vor und barg sein Gesicht in den Händen. Nach einer Weile ließ er sie zwischen die geöffneten Knie fallen, die Ellenbogen auf den Knien abgestützt.

„Sie war so beschwingt nach all der Trauer um Viktors Tod", fuhr er fort. „Sie hatte eine neue Aufgabe gefunden und ein neues Leben und wollte sich bei mir melden, sobald sie in Boston eine Wohnung gefunden hätte. Dann sollte ich den Transport ihrer Möbel und der verbliebenen Bilder veranlassen."

„Und jetzt? Wo ist das alles?"

Krecht richtete sich auf.

„Ich hatte außer der Galerie ja auch ihr Haus gekauft und ihre Sachen erst mal dort in einem Kellerraum gelagert. Inzwischen habe ich mich von dem Woltersheimer Haus getrennt und einige ihrer Bilder hier aufgehängt, zum Beispiel das da." Er wies auf die ihm gegenüberliegende Wand. „Sie nannte es *Die Himmelfahrt*."

Grübert wandte sich um.

Ein Bild in einem schlichten Rahmen, bunt, viel Grün, Gelb, viel Lila. Im Vordergrund ein Mädchen in Rückenansicht, überlange Zöpfe, die sich um den Hals winden und auf dem Rücken herunterhängen wie Seile; andere Kinder ziehen dran, und in einem Spiegel sieht man das Gesicht des Mädchens, es erstickt fast, die Augen treten schon hervor, und neben ihnen drängelt sich ein Schlangenkopf mit Menschengesicht ins Bild.

„Ziemlich skurril, das", meinte Grübert.

Krecht nickte. „Eine Art Kindheitstrauma, eine Freundin, die sie sich von der Seele gemalt hat."

Grübert schaute genauer hin. Elisabeths Kindergesicht? Möglich, er kannte nur ihr Altersgesicht. „Ist das da auch von ihr?" Er wies auf das daneben hängende Bild, eine schreitende Figur, scherenschnittartig, die ein papierenes Herz an ihre Brust drückt.

„Nein, es ist aus ihrem Besitz und hing in ihrer kleinen Wohnung über der Galerie. Vielleicht ein Malerkollege oder Freund? Signiert ist es mit CZ."

Er schaute eine Weile sinnend auf das Bild, dann wandte er sich wieder seinem Gesprächspartner zu.

„Sehen Sie, Herr Grübert, wir kannten uns gut, und sie hat mir so einiges erzählt, Viktor, ihr Mann, war mein Freund und als Gesellschafter des Kunsthauses Lempertz quasi ein Kollege. Ich selbst war damals bei Van Ham. Gerade deshalb war ich zunächst sehr verärgert, dass …“

Grüberts Handy brummte.

„Sorry“, sagte er und griff in seine Manteltasche.

„Chef, hab ein Foto von Crimmer im Internet gefunden, ist zwar aus den Achtzigern, aber hilft sicher weiter. Habs gerade gemailt.“

Grübert öffnete den Posteingang. Das Foto entsprach Grevens Beschreibung eines Mannes, der wenig von einem Womanizer an sich hatte.

Er blickte auf: „Entschuldigung, Herr Krecht, neue Erkenntnisse. Sie waren sehr verärgert, sagten Sie gerade?“

„In der Tat, ich war sehr verärgert, nichts von ihr zu hören, auch nicht, nachdem sie längst ihre Stelle in Boston angetreten haben musste und mein Anruf dort auch nichts ergeben hat. Irgendetwas musste passiert sein.“

„Sie hätten eine Vermisstenanzeige machen können.“

Der andere beugte sich vor und hieb die Hand aufs Knie. „Aber das habe ich doch! Ich hab mir Sorgen gemacht und schließlich bei der Polizei in Woltersheim nachgefragt und auf Nachforschung gedrängt. Ich habe dem Beamten am Telefon gesagt, dass sie für den 29. Mai einen Flug nach Kapstadt gebucht hatte, dort drei Tage im Sheraton sein werde, ehe sie die geplante Weltreise über drei Monate antreten wollte, das heißt bis zum Antritt des neuen Jobs als Kuratorin der Galerie d’Orsay.

Ich habe ihn gebeten, die Passagierlisten zu prüfen und die Meldezettel des Hotels. Die Passagiergierlisten hat er wohl geprüft und ich erinnere mich noch, dass es ein sehr früher Flug war. Aber erst zwei Wochen danach hat er mich informiert, nach meiner neuerlichen Anfrage. Er hatte Julia tatsächlich auf der Liste am 29. Mai gefunden."

Grübert zuckte zusammen. Er starrte auf sein Gegenüber und hielt die Luft an.

„Das … das … kann nicht sein", brachte er schließlich heraus und bewegte seinen Kopf nachdrücklich hin und her, „Julia ist als eine der beiden Toten im Hambachergrab identifiziert worden! Sollte sie zurückgekommen und erst dann getötet worden sein?" Er schüttelte den Kopf. „Oder hat der Beamte nicht korrekt ermittelt? Erinnern Sie sich an seinen Namen?"

Krecht strich mit der Rechten über seine Stirn.

„Es war ein süddeutsch klingender Name, irgendwas mit … Huber oder …Staller?"

„Stadlhuber!"

„Der war es." Krecht nickte erleichtert. „Und ich habe ihn nochmals gebeten, im Sheraton nachzufragen, ob Julia eingecheckt habe. Dieser Stadlhuber hat gemeint, das sei ja schon vier Monate her, und die Dame sei wohl längst wieder abgereist, was das jetzt noch helfen solle, und wenn sie hätte verschwinden wollen, so sei das ja gelungen. Ich wurde abgefertigt wie ein dummer Junge. Ich habe dann selbst im Sheraton angerufen, aber mir als einer Privatperson hat man Auskünfte verweigert."

Grübert nickte. „In der Regel werden Meldeformulare ein Jahr lang aufbewahrt, dann innerhalb der nächsten drei Monate vernichtet. Zu diesem Zeitpunkt hätte man noch feststellen können, ob sie im Sheraton angekommen war und dann auch gewusst, ob mein Kollege richtig ermittelt hat."

Er lehnte sich zurück. Das war ein Ding!

„Noch etwas." Grübert straffte sich. „Julia war in erster Ehe mit dem Galeristen Curt Crimmer verheiratatet, der sie möglicherweise wegen eines Rechtsstreits aufgesucht hat, kurz vor ihrer Abreise …", er unterbrach sich, „falls sie wirklich abgereist war, was ich bezweifle. Kann es sein, dass dieser Herr der Galerie einen Besuch abgestattet hat?" Er griff zum Handy und wies auf das Foto.

Krecht betrachtete es kurz, dann meinte er: „Ich erinnere mich an ihn, dieser Mann hatte einen … wie soll ich sagen … besonderen Blick, sehr durchdringend, es muss an der Stellung der Augen gelegen haben. Er schien sehr interessiert an den Exponaten – ich hatte gerade die Galerie übernommen – und stellte sich dann als Galerist vor, wobei er erwähnte, dass er regelmäßig die Art Cologne besucht. Irgendwann im Lauf unseres Geprächs fragte er nach Julia, doch soweit ich mich erinnere, war sie zu diesem Zeitpunkt schon weg."

„Und vermutlich lässt sich nach all den Jahren nicht mehr feststellen, in welchem Hotel er von wann bis wann abgestiegen ist", bedauerte Grübert, „mit anderen Worten, ob er schon vor Julias Abreise in Köln war. Schade." Er ließ das Handy wieder in der Manteltasche verschwinden. „Doch es gibt noch weitere Unklarheiten lieber Herr Krecht, und zwar wegen eines Tagebuchs, vielleicht können Sie da weiter helfen."

Aber Krecht konnte nicht. Er hatte weder ein solches neben den Prospekten vorgefunden noch sonstwo gesehen oder in Obhut genommen. Das Tagebuch war verschwunden. Und musste doch noch irgendwo existieren bei jemandem, der Kopien verschickte.

Alles in allem ein unergiebiger Vormittag, resumierte Grübert, als Alexander Krecht die Haustür hinter ihm schloss. Was nun? Zurück ins Büro und Stadlhuber zur Rede stellen. Am liebsten verprügeln.

Bevor er losfuhr, rief er Krassinger an.

„Neuer Auftrag“, sagte er. „Finde heraus, wer Crimmers Anwalt war, muss einer in Düsseldorf mit Vornamen Ludger sein oder gewesen sein, ein Freund von Crimmer. Crimmer war jedenfalls um die fragliche Zeit in Köln, Krecht hat ihn auf deinem Foto wieder erkannt – gute Arbeit übrigens! –, aber von wann bis wann er da war, ist unklar. Möglicherweise hatte er einen Termin mit seinem Anwalt und dann einen Abstecher nach Köln gemacht.“

„Wird erledigt, sowie ich wieder …“, seine Stimme brach ab, Geschrei im Hintergrund, „ sowie ich wieder im Büro bin. Bin gerade mit Stadlhuber und Gangel zu einem Einsatz in Merten, ein Hilferuf, häusliche Gewalt, eine verletzte Frau, wir versuchen gerade …“, er brach wieder ab und Grübert hörte ihn murmeln *das ist doch nicht wahr*, und dann *muss Schluss machen, Chef, bis später also.“*

Als Grübert eine halbe Stunde später das Büro betrat saß Klopp an seinem Schreibtisch, eine Pizza vor sich, und augenblicklich fühlte Grübert die Leere in seinem Magen. Klopp hob seinen Blick und schwenkte ihn vielsagend hinüber zu Grüberts Schreibtisch und wieder zurück. Ein Umschlag lag da, braun, nicht so dick wie der andere vor vierzehn Tage, ordentlich frankiert und adressiert an Hauptkommissar Lutz Grübert, das *Persönlich* dick unterstrichen. Grübert drehte ihn um. Kein Absender, wie erwartet. Seine Finger kribbelten, doch er untersagte ihnen, den Umschlag aufzureißen.

„Bin mal weg, was essen", warf er Klopp vor die fragend gekräuselte Stirn und nahm den Umschlag an sich. Am besten wäre jetzt ein halbes Hähnchen bei *Maxens Grill*, Leonie würde sich über die Reste freuen.

Er zügelte seine Neugierde und öffnete den Umschlag erst, nachdem er seine Bestellung aufgegeben hatte. Drei Seiten, wiederum Kopien, die ihm bekannte Schrift, Daten zwischen 1959 und 1986.

15. Jan. 59

Ich habe Blut geleckt und noch gestern Abend die Photoalben und diverse Schachteln nach Photos durchsucht, mit denen ich Gefühle verbinde. Ich will ehrlich sein: Insbesondere negative. Schulausflug nach Monschau, ich war zwölf, Monika, Marianne, Theo und Elisabeth sitzen nebeneinander auf der Mauer, Fräulein Griebeisen hat photographiert, und ich wollte mit aufs Photo in meinem neuen Pulli, knallorange. Kein Platz mehr, hat Marion gesagt und Elisabeth hat blöd gelacht, obwohl da noch genug Platz war, und hat sich extra breit gemacht.

Morgen werde ich sie mir von der Seele malen.

20.Jan.59

Fertig (?). Ging nicht so schnell, wie ich dachte. Auf meinem Bild ist sie von der Mauer gestürzt und liegt da als zerbrochene Puppe, Arme und Beine sind abgefallen und liegen kreuz und quer mit viel Rot drumherum von all dem Blut, die anderen lachen mit breiten Mündern, und Fräulein Griebeisen schwebt mit verrosteten Flügeln oben drüber und photographiert. Ich habe sie abgestreift, diese Mo-

nika.

Dann habe ich noch eine Bild gemacht, ich nenne es Himmelfahrt.

Elisabeth ist meine Freundin, sie möchte Betty genannt werden. Dieses Foto – wir sind auf dem Schulhof, irgend so ein Spiel, bei dem man im Kreis um andere herum rennen muss, sie zerrt an mir, die Haare stehen um meinen Kopf wie eine elektrisch geladene krause rote Wolke. Wie siehst du denn aus? Sieh dich doch mal an!, hat sie gesagt, als die Photos im Klassenzimmer an der Leiste hingen. Jetzt hab ich sie gemalt, wie sie auf dem Schulhof steht mit ihrer Zopffrisur, die Zöpfe sind sehr lang, sie sind um ihren Hals gewickelt und reichen bis zum Po, und die anderen stehen hinter ihr und ziehen an den Zöpfen, und schräg vom Himmel herab hängt der große Spiegel aus dem Schlafzimmer ihrer Eltern, in dem sieht man ihr Gesicht, puterrot mit blauen Schatten um die Augen und einer Schlange um den Hals, und die Schlange hat einen Menschenkopf mit Elisabeths Gesicht.

Gunnar fand es stark.

Elisabeth ist meine Freundin, manchmal.

4. Februar 59

Wo ich nun schon einmal dabei bin, meine Gefühle aufzuräumen: Wir sind bei Elisabeth im Garten, Monika, Marianne und ich, sie sitzen auf der Hollywoodschaukel, baumeln mit den Füßen und kichern und flüstern, und ich denke, sie reden über mich. Ich darf nicht mit ihnen zusammen dort sitzen, weil ich irgendetwas falsch gemacht habe, weiß aber nicht was und muss das Unkraut aus dem Tulpenbeet zupfen. Dabei soll ich nachdenken über das, was ich getan habe, aber sie sagen mir nicht, was es ist. Elisabeths Mutter kommt raus mit Saft und Keksen und sagt: „Na, habt ihr Spaß?“ Elisabeth springt von der Schaukel und hockt sich neben mich und tut so, als würde sie auch Unkraut zupfen. „Ja, Mami“, sagt sie, „und danke für die Kekse.“ - „Oh ja, danke“, ruft Monika, und

„danke", kichert Marianne hinterher. Ihre Mutter geht wieder rein und Elisabeth steht auf und sagt von da oben herunter: „Warum hast du dich nicht bedankt, das gehört sich so! Dafür musst du jetzt hier noch weitermachen."

Elisabeth ist es, die mich ständig ermahnt. Wenn wir uns nach der Pause aufstellen, um in Zweierreihen ins Klassenzimmer zu gehen, ist sie immer gleich hinter mir. „Steh gerade", sagt sie, „Fräulein Griebeisen guckt schon." Oder die anderen wollen wissen, was auf meinem Pausenbrot ist und machen Bemerkungen darüber, wie ich mein Brot halte oder wie ich kaue. Meistens gehen wir nach der Schule zu viert nach Hause, und ich muss hinter ihnen gehen, oder vor ihnen. Dann reden sie über mich, über meine Haare, die ich abschneiden sollte, meine Arme, mit denen ich nicht so schlenkern sollte, meinen Faltenrock, der mal wieder gebügelt werden müsste. Weiß der Geier, warum ich mir das alles habe gefallen lassen, das Gekicher wegen meiner Sommersprossen und das Fingerzeigen auf meine krausen roten Haare, „rote Haare Sommersprossen sind des Teufels Volksgenossen", haben sie hinter mir her gerufen. Ich war neun, und wußte nicht, warum sie das taten. Aber sie waren doch meine Freundinnen, und ich wollte akzeptiert werden. Sie haben mich nicht so behandelt, wenn andere dabei waren oder wenn sie bei uns zuhause waren. Meine Mutter hat ihre guten Manieren gelobt, und Brunhilde, meine eigene Schwester (!) hat gemeint, ich bilde mir das alles nur ein, die wären doch nett. Stell dich nicht so an!, hat sie gesagt.

26.Jan. 59

In der letzten Woche war ich fast täglich im Gartenhäuschen (Gott sei Dank gibt' s ein kleines Elektroöfchen!), G. hatte sich frei genommen von der Akademie und ich von der Uni, wir haben den ganzen Tag gemalt. Für mich Erholung von all dem Zahlenkram, BWL ist nicht meins, merke ich. Hab noch zwei Bilder nach Photos gemalt, eigentlich nach dem, was ich beim Anschauen empfinde.

Dann hab ich etwas anderes probiert, es gibt kein Photo, nur nach einer Erinnerung oder Vorstellung dessen, was ich gesehen habe. Unser Zuhause, mein Vater beim Schachspiel mit unserem Nachbarn Dudehoff, der fast immer verliert und ständig Züge wieder zurücknehmen will, wenn er eine Figur verloren hat. Die Unsicherheit habe ich in sein Gesicht gemalt; der Kopf ist eine haarlose helle Kugel, der Blick auf das Brett gesenkt, die Augen, aufgequollen und ohne Lider über einem kleinen, verzagten Mund, das fliehende Kinn hat vor der Freudlosigkeit des Mannes kapituliert. Mein Vater sitzt da und zeigt sein Profil, er lacht hämisch und hält die erbeutete weiße Dame in der Hand und zerquetscht sie über den anderen Figuren, die schon zerstückelt am Boden liegen, Blut tropft von seiner Hand. Die beiden Schachspieler sind vorn rechts im Bild, der Tisch aus dunklem Makassar Holz ist in schrägem Anschnitt zu sehen, meine Mutter, klein und in ihrer blauen Kittelschürze, steht seitlich links im Hintergrund und hält mit beiden Händen ein Tablett mit Schnittchen vor den Bauch, aus den Augenwinkeln sieht sie ängstlich zu den beiden Männern. An der kalkweißen Wand zwei Reproduktionen, Dürers Reiter und Hase. Gunnar hat währenddessen Photos gemacht. Von mir, von allen möglichen Gegenständen, ich hab nichts mitgekriegt.

Ist dein Vater immer so rabiat?, hat G. m ich gefragt, nachdem er mein Bild angeguckt hat. Ich: Meistens erlaubt er Herrn Dudehoff, seine Züge zu korrigieren.

Vielleicht sollte ich noch weiter an dem Bild arbeiten, ich glaube, ich bin immer zu schnell fertig.

28.Jan. 59

Gestern bin ich mit ihm in die Akademie, in seine Werkstatt, nur da kann er die großen Formate malen. Er hat etwa Neues angefangen: Auf dem Bild sieht man eine Frau, sie sitzt vorn rechts auf einem Stuhl vor einer Staffelei und wendet dem Betrachter den Rücken zu, ihre rechte Hand hängt locker herunter und hält einen

Pinsel, die Leinwand vor ihr ist noch unbemalt. Ich stutze: Ihre roten Haare! Was wird sie malen?, habe ich Gunnar gefragt, oder besser: was lässt du sie malen? – Was würdest DU malen?, hat er zurück gefragt, denn du bist es doch, die da sitzt, so wie ich dich photographiert habe letzte Woche. Ich weiß nicht, hab ich gesagt, gib mir 'ne Leinwand und ich versuch' s. Aber nicht zugucken.

Also hab ich angefangen, keine Angst vor der weißen Leinwand. Aber eine andere Angst hat sich meines Pinsels bemächtigt, eine erinnerte, von der ich nicht genau sagen kann, wann ich sie erlebt habe.

Auf meinem Bild sitzt eine Gestalt am Grund eines tiefen, engen Schachts, um sie herum ist dunkelbraune Erde, durchzogen mit einem weißschimmeligen Netz von Gängen, in denen Wörter herum irren, Ermahnungen, Befehle, Drohungen (du sollst nicht ….du darfst nicht … benimm dich … nimm dich zusammen … wehe wenn). Der Körper ist der einer Frau, der Kopf im Größenverhältnis gesehen der eines Kindes, es hat rote Haare, lang und glatt. Die Fußsohlens stemmt es fest gegen die Schachtwand und die Hände gegen den Boden. Es schaut nach oben ins Licht mit weit in den Nacken gelegtem Kopf, er sieht aus wie abgeknickt. Das Gesicht ist flach und porzellanhell wie eine Schale, die von oben Licht empfängt, der Himmel schwebt als strahlend blaue Scheibe oben drüber, ein kreisrunder Deckel, den jemand vom Schacht gehoben hat.

Das Kind ist in den Brunnen gefallen, meinte Gunnar, nachdem er mein Bild lange angeschaut hatte, dabei hat er seinen Arm um meine Schultern gelegt. Aber es hat Hoffnung, habe ich gesagt, sieh dir das Blau an, es wird raus kommen aus dem Brunnen. Hast du einen Titel?, wollte er wissen. - Angst, siehst du das nicht? - So schlimm? - Ich habe nur genickt, ohne ihn anzusehen.

Er hat meine Hand genommen, und wir sind in die Mensa gegangen und haben was gegessen.

1. Februar 59

Heute war ein langweiliger Tag. Vorlesungen am Vormittag, Seminar am Nachmittag. Mittelstandsmanagement. Mittelmäßig das alles. Die Kommilitonen, die Profs, keiner, den ich interessant finden könnte. Und wenn ich am Abend nach Hause komme, sind da meine Eltern, vor allem Vati mit seinem Kontrollbedürfnis. Ob ich voran komme, welche Vorlesungen ich besuche, welche Referate ich zu welchen Themen schreibe. Es nervt. Und Mutti steht dabei in ihrem rosa Twinset – rosa! ich hasse Rosa – und lächelt skeptisch, wenn ich vom Malen spreche, und wie wohltuend es ist, weil ich dabei etwas fühle oder auch etwas loswerden kann. Was willst du loswerden?, hat sie gefragt. Ich schaue sie nur an und begreife: Sie hat vergessen, daß sie mich als Kind, ich war drei oder vier Jahre alt, in den Keller gesperrt hat, wenn ich etwas Böses getan hatte, etwas, das der liebe Gott nicht gutheißen kann, und wie sie mich an der Hand die Treppe runter zieht und ich stolpere, weil ich so schnell nicht kann; sie hat vergessen, wie oft sie mir mit dem Kochlöffel den blanken Hintern versohlt hat; sie hat vergessen, daß sie stumm daneben stand, wenn Vati mich an den Ohren gezogen oder in meine Backe gekniffen und sie mit zwei Fingern verdreht und gesagt hat: Dass ich dich strafen muss, glaub mir, das tut mir viel mehr weh als dir.

Und da fragt sie, was willst du loswerden.

23. Mai 59

Ich bin so etwas wie ein Kuckucksei, es gibt nur wenige Mädchen, die freie Kunst studieren, die meisten studieren auf Lehramt, dann sind sie auf der sicheren Seite. Sie kommen in weißen Blusen und Twinsets (!) zur Vorlesung, tragen Faltenröcke und Pumps und in den Pausen sitzen sie in der Mensa oder im Innenhof und reden über Kleider und Jungs und kichern. Ich passe nicht zu ihnen, sie kommen mir vor wie früher meine falschen Freundinnen. (Mit

Elisabeth habe ich noch Kontakt, letzte Woche hat sie mich besucht und wir waren im Kino, Ben Hur u.a. mit Stephen Boyd, was für' n Körper!, sieht aus wie der von Gunnar.) Jedenfalls: Ich passe eher zu den Jungs und trage Jeans und schwarze Pullover und zügle meine Haare in einem Pferdeschwanz. G. gefällt das nicht wirklich, er liebt meine Mähne.) Seither gucken die Mädchen mich komisch an.

Was soll' s. Ich habe gelernt, mit sowas umzugehen.

1. März 60

Der Rundgang beginnt, der erste, an dem ich beteiligt bin mit meiner Frauenserie. Der Zeichenkurs bei Gittler hat sich darin niedergeschlagen: Frauen in unterschiedlichen Haltungen, stehend, sitzend, liegend, mal in Totale, mal in Halbtotale, als Torso oder Porträt, Frau mit Vogel, Frau mit Hut, Frau mit Kaffeetasse (unverkennbar Elisabeth, ihr langes Kinn, ihr nörgelnd verzogener Mund, der vorwurfsvolle Blick). Alle ziemlich farbig mit lockerem Pinselstrich und verwischten Farbfeldern (hab von Chagall gelernt). Und mit Leben drin! Richtmann hat' s bestätigt und Gittler war angetan. Bin gespannt auf die Reaktionen.

Signiere jetzt mit Vienna, klangvoll und einprägsam: eine Marke! Hambacher klingt hölzern!

1. Februar 61

Treffen mit Elisabeth im Café Heinemann. Sie kam mit Verspätung, ich gucke mir derweil die Leute an. Eine ältliche, dicke Frau am Nachbartisch, ich sehe sie seitlich von hinten: weiße Haare, Herrenschnitt, der Ansatz von schweren dunklen Brillenbügeln über dem Ohr, Perlenstecker im Ohrläppchen. Sie isst ihren Kuchen und tut es sehr gründlich, die Ohrläppchen wackeln, der Kiefer geht vehement rauf und runter, ich bin gerade dabei mir vorzustellen, wie ihre schlabbernden Backen geräuschvoll auf der Schulter aufschla-

gen – da kommt Elisabeth. Grüß dich Betty, sage ich und weiß den Titel für mein nächstes Bild: „Der Genuß“.

Mit E. war es kein besonderer Genuß, wir leben in verschiedenen Welten. Sie hat in der Kreissparkasse in Köln angefangen. Zahlenkram, Formulare, Verfügungen. Nachdem, was ich so erzählt habe über die Akademie und mein Leben in der WG, hatte ich den Eindruck, dass sie mich beneidet.

Auf dem Bild in der Ausstellung scheint sie sich nicht erkannt zu haben. Besser so.

12. März 1986

Am letzten Sonntag war Elisabeth bei uns in Woltersheim, ich hab gedacht, ich sollte den Kontakt halten, zumal sie ja auch was mitkriegt von Mönchengladbach. Wir haben auf der Terrasse gesessen, Kaffee und Kuchen zu dritt. Hab zwischendurch an einen anderen Gartennachmittag bei Elisabeth zuhause gedacht, wie lang ist das her? – an die vierzig Jahre, und wie sie mir im Nacken gesessen hat mit ihrer erzieherischen Tour. Sie fängt an, vertrocknet auszusehen. Viktor meinte später,sie hätte ihren Gesichtsaudruck nicht im Griff, man sehe ihre Gedanken und Gefühle, und die seien wenig herzlich.

Über Tom weiß sie, daß ihm die Mädchen nachlaufen, seine Schwester Barbara ist ein dürrer Teenager, meine Schwester Brunhilde ein Heimchen am Herd. Weiß sie alles vom Hörensagen.

Nun also Auszüge Elisabeth betreffend. Offensichtlich keine innige Freundschaft, eher eine aus Gewohnheit und der gemeinsamen Schulzeit wegen.

Warum hatte der Absender sie geschickt? Elisabeth kam als Täterin nicht in Frage. Vielleicht sollte er, Grübert, über die Art dieser Freundschaft aufgeklärt werden und Elisabeths Aussagen nicht allzu sehr vertrauen. Und:

Tom und Barbara sind wohl Brunhildes Kinder.

Er schob die Blätter in den Umschlag und widmete sich dem Hühnchen, ein paar Reste ließ er sich für Leonie einpacken.

Zurück im Büro war die Mannschaft wieder komplett. Krassinger vor dem Aktenschrank, Klopp telefonierte, Gangel ihm gegenüber hackte auf sein Laptop ein, Stadlhuber, Kahlkopf mit künstlicher Bräune im altersfaltigen Gesicht, stand am Kopierer, breitbeinig – seine bevorzugte Körperhaltung. Für Grübert gerade heute, nach seinem Besuch bei Krecht, die reinste Provokation.

„Vermasselt, Stadlhuber", rief er ihm zu, noch im Türrahmen stehend.

Der fuhr herum.

„Wie bitte?"

„Ich war heute bei Alexander Krecht, Inhaber der Galerie 89 in Köln. Er hat Sie in eben diesem Jahr neunzehnhunderneunundachtzig kontaktiert."

Grübert riss sich den Mantel von den Schultern, und während er ein paar Schritte zu seinem Schreibtisch tat, fühlte er, wie sich ein Hustenreiz in seiner Lunge aufbaute – Asthmapray? jetzt nicht!, befahl er sich – „wegen der verschwundenen Julia Vienna, die jetzt auf unserem Friedhof gefunden wurde." Mit einem tiefen Ausatmen warf er den Mantel über die Stuhllehne und baute sich dicht vor Stadlhuber auf. „Der Fall, an dem ich seit drei Wochen dran bin."

„Und?" Stadlhuber reckte sein Kinn vor. „Immer noch nicht gelöst?"

„Wir wären weiter, hätten Sie korrekt und vollständig ermittelt und das Ergebnis dem Herrn Krecht stante pede mitgeteilt!" Grübert wurde laut. „Sie haben die Passagierliste eines Flugs vom 29.05.89 nach Kapstadt geprüft und angeblich Julia Vienna darauf gefunden. Julia kann es nicht gewesen sein, sie war zu diesem Zeitpunkt schon tot. Und dann …“

„Mir wollen Sie Ihr Versagen in die Schuhe schieben?“, dröhnte Stadlhuber und schob Grübert mit einem Hieb auf den Oberarm zur Seite, „ist ja noch schöner!“

„ … und obendrein“, beharrte Grübert und verwehrte ihm den Durchgang, „haben Sie nicht wie angefordert im Sheridan nachgefragt, ob Julia eingecheckt hatte. Eine Bestätigung hätte Ihre Ermittlung glaubhaft gemacht und meine Ermittlungen in eine konkrete Richtung gebracht.“

Grübert hatte sich in Wut geredet und war kurz davor, seinem Gegenüber einen Faustst0ß in die Brust zu rammen. Mit einem gemurmelten *Arschloch* wandte er sich ab und setzte sich. Krassinger hob den Daumen, Stadlhuber den Mittelfinger.

Keine Eskalation jetzt, sagte sich Grübert. Er klappte den Laptop auf, Bericht schreiben und normal weitermachen. Er nickte Krassinger zu.

„Einsatz erfolgreich abgeschlossen, Benno?“

Der schürzte die Lippen und setzte sich an seinen Schreibtisch. Sich zu Grübert vorbeugend flüsterte er: „Ist es ein Erfolg, wenn man jemanden eingebuchtet hat?“

„Sag schon.“

„Jetzt nicht, Chef.“ Krassingers Blick zuckte hinüber zu Stadlhuber. „Später.“

Das „Später“ war nach Dienstschluss. Grübert hatte Krassinger nach Hause gebracht. Eine Zweizimmer-Mietwohnung in Merten in buntem Nebeneinander von Holz- und Kunststoffmöbeln und einer in sattem Rot gestriche-

Wand mit gelben Bildern.

„Gefällt mir", meinte Grübert, „passt zu dir."

„Kölsch?" Krassinger öffnete den Kühlschrank.

Grübert nickte. „Nun erzähl mal."

„Ich weiß nicht, wie ich mich verhalten soll", begann Krassinger und stellte zwei Kölschdosen auf den Tisch. „Da kam ein Hilferuf rein, kurz nachdem ich das Foto von dem Crimmer im Internet gefunden hatte. Wir sind gleich hin, da lag eine junge Frau im Treppenhaus, blutüberströmt, und es stellt sich heraus, dass sie aus der Familienwohnung im zweiten Stock geflüchtet ist. Wir rufen den Notarzt, der kommt sofort. Wir rauf in den zweiten Stock. Da treffen wir auf den Vater, ein Deutsch-Kosovare. Verdacht: Er hat seine Tochter verprügelt, was er nicht zugeben will. Stadlhuber rastet aus und prügelt auf ihn ein und – ich fass es nicht – er fesselt ihn! Das war gerade in dem Moment, in dem Sie angerufen hatten." Er zog den Dosendeckel mit einem Plopp hoch.

„Das reicht für den Staatsanwalt", meinte Grübert.

„Und es geht noch weiter. Der Mann hat geblutet aus `ner Platzwunde auf der Stirn und Stadlhuber hat gebrüllt *ist es üblich bei euch, dass ihr eure Frauen schlagt* und hat ihn auf's Sofa gedrückt, da sollte er sitzen bleiben. Dann ist er mal kurz ins Treppenhaus raus, und währenddessen hat der Vater mir erzählt, dass sein Sohn seine Tochter verprügelt hat, wegen ihres westlichen Lebensstils, und dass sie sich mit einem Messer gewehrt hat. Er ist dazwischen gegangen, und sein Sohn ist weg gelaufen." Er hob die Dose und prostete Grübert zu. „Aber der Stadlhuber hat ihm das nicht abgenommen und ihn abgeführt. Jetzt sitzt er."

Krassinger setzte an und trank in einem Zug leer.

„Der falsche sitzt“, meinte Grübert und nahm einen Schluck.

„Und dann, später im Auto“, fuhr Krassinger fort und stand auf, „hör ich mit halbem Ohr, weil ich ja hinten sitze, wie der Stadlhuber dem Gangel sagt, wie der den Bericht zu schreiben habe: Ohne die Schläge und ohne das Fesseln.“ Er ging rüber zum Kühlschrank. „Ich kann doch jetzt nicht den Mund halten, Chef! Korpsgeist oder so ähnlich? Denken die, sie kommen damit durch? Der Stadlhuber hat sogar fallen lassen, man müsse diesen Asylanten anzeigen, weil er seine Tochter verprügelt hat und ihn dann abschieben.“

„Ich schlage vor, du wartest den Bericht ab. Stadlhuber würde sowieso alles abstreiten und Gangel ihm die Stange halten. Wir brauchen es schwarz auf weiß.“

„Erst mal brauch ich noch `n Kölsch. Muss das runterspülen.“

„Bring zur Sprache, was der Mann dir über seinen Sohn gesagt hat, dem muss nachgegangen werden. Notfalls berichte Heilmann. Dann sehen wir weiter. Keinesfalls darf diese Geschichte unter den Teppich gekehrt werden.“

Gegen neunzehn Uhr schloss er die Wohnungstür auf – keine Leonie erwartete ihn. In ihrem Körbchen war sie nicht, nicht auf ihrem Lieblingsplatz in seinem Sessel und nicht im Schlafzimmer, wo sie sich manchmal am Fußende seines Bettes zusammenrollte. Schließlich fand er sie im Bad. Sie lag auf der schmutzigen Wäsche, die er am Morgen auf den Boden neben die Waschmaschine geworfen hatte; jetzt lag dort auch ein Häufchen Kot.

Er stöhnte. Ach, liebe Leonie! Darmprobleme? Das auch noch klären. Obwohl … vergleichsweise einfach.

Ein Zeuge

Die Tierarztpraxis Wieland in der Flammgasse lag gleich um die Ecke. Als Grübert am nächsten Morgen gegen neun das Wartezimmer betrat, warteten schon drei Patienten: ein Dackel mit Frauchen, ein Kaninchen in Begleitung einer Mutter mit Kleinkind, ein Wellensittich mit Herrchen. Grübert setzte sich zu ihm, Leonie in einem Körbchen neben sich. Das konnte dauern. Er zog den Stadtanzeiger aus der Tasche, vielleicht gab es schon etwas zum gestrigen Einsatz in Merten. Kaum hatte er den Lokalteil aufgeschlagen hatte, sprach sein Nachbar ihn an.

„Ich kenne Sie, Sie sind doch bei der Polizei, oder? Bei dem Einsatz gestern in Merten waren Sie nicht dabei, aber was da vorgefallen ist, war die reine Polizeigewalt."

Grübert ließ die Zeitung sinken.

„Woher wollen Sie das wissen?"

„Ich wohne auf dem Treppenabsatz gegenüber und hab den Krach gehört, erst den Streit zwischen dem Sohn und der Tochter von Herrn Berisha, und wie das dann eskaliert ist und der Junge weggelaufen ist und das Mädchen unten liegt und blutet wie ein Schwein und dann die Polizei kommt und den Vater für den Täter hält. Die Tür stand offen und ich hab gesehen, wie der ältere Polizist auf den Berisha eingedroschen hat. Hat ihn schließlich auch noch gefesselt. Ja das geht doch nicht!" Er beugte sich vor. „Der Berisha wollte die beiden doch auseinander bringen. Was ist nun mit ihm?"

„Das ist interessant, Herr …?"

„Grünberg, Lothar Grünberg, Herr Kommissar."
„Und Sie können das bezeugen, Herr Grünberg?"
Der andere nickte. „Kann ich."
Grüber notierte den Namen, die Adresse war ja bekannt.
„Gegebenfalls hören Sie von uns."
Er nahm sich wieder die Zeitung vor. Es gab nur eine kurze Mitteilung über eine familiäre Auseinandersetzung unter Migranten, von Verletzten war die Rede, nichts über das Vorgehen der Polizei. Dieser Grünberg konnte als externer Zeuge wichtig werden und Krassingers Version untermauern.
Er warf einen Blick auf Leonie; sie lag mit geschlossenen Augen im Körbchen und öffnete sie nur kurz, als seine Hand streichelnd über ihr Fell fuhr. Braves Tier!, dachte er, dir haben wir diesen Zeugen zu verdanken.
Nach vierzig Minuten war er wieder draußen. Dr. Wieland hatte nach gründlicher Untersuchung eine häufig bei Katzen anzutreffende Erkrankung des Magen-Darm-Traktes diagnostiziert. Sie sei gut durch Medikamente und eine spezielle Ernährung zu behandeln, eine Liste der Produkte hatte er ihm gleich mitgegeben.
Frau Clasen, Heilmanns Sekretärin, fing ihn vor der Bürotür ab.
„Gut, dass Sie da sind, Herr Grübert. Es kam ein dringender Anruf aus dem Wohnstift *Silberdistel*, Sie möchten bitte gleich zurückrufen."
Seine Mutter. Neunundsiebzig, er ihr Sohn, das einzige Kind. Vor vier Jahren hatte er den Umzug organisiert und begleitet, und sie hatte sich gut eingelebt in der neuen Umgebung. Bis auf eine leichte Herzschwäche war sie gesund. Was mochte passiert sein?

Er trat ein, Krassinger saß am Laptop.

„Es gibt einen Zeugen zum gestrigen Einsatz“, warf Grübert ihm kurz zu, bevor er zum Hörer griff. Der Anruf im Wohnstift relativierte zunächst die Dringlichkeit, von der Frau Clasen gesprochen hatte.

„Ihre Mutter ist gestürzt, Herr Grübert, heute Morgen, in ihrem Zimmer. Sie hat den Notruf betätigt und wir waren sofort bei ihr. Ihr rechtes Hüftgelenk ist stark arthrotisch, sie braucht jetzt ein künstliches Gelenk. Erfahrungsgemäß dauert die Heilung etwa zehn bis vierzehn Wochen, bei älteren Patienten länger. Es kann sein, dass Ihre Mutter danach einen Rollstuhl benötigen wird. Wir haben sie sofort in das Krankenhaus in Stockach gebracht, dort gibt es eine überregional anerkannte Gelenkchirurgie. Im Moment geht es ihr natürlich schlecht, Schmerzen und Ängste, wie es weitergehen soll. Morgen Vormittag soll sie operiert werden. Rufen Sie an, Ihre Mutter braucht Zuspruch.“

Zuspruch. Hilfe für Seele und Körper.Er würde drei Tage Urlaub nehmen und hinfahren, am besten mit dem Zug und schon morgen. Sechs Stunden hin, sechs zurück. Dazwischen ein oder zwei Nächte bleiben. Und Frau Wiesehoff informieren, Leonies Diätkost betreffend. Vielleicht sollte er auf der Rückfahrt kurz Station in Tuttlingen machen und bei seiner früheren Dienststelle vorbeischauen? Die ehemaligen Kollegen, Richard Peterson, leitender Hauptkommissar, Eckehart Wiedenborn, genannt Ecki und Michael Volmershagen, genannt Micki. Dann noch Manfred Achterer, zudem auch sein ehemaliger Schulfreund. Ecki und Micki und Manni, er schmunzelte. Und Isabel Rebers, Praktikantin. Und Landesmeisterin im Hundermeterlauf der Frauen. Und geneigt, Abstand zu halten. Er hätte gern gewusst, was sich hinter der kühlen Fassade verbarg. Es war ihm nicht gelungen, nicht wirklich. Der Abschiedsabend in seiner Wohnung … um Mitternacht waren die Kollegen gegangen, sie war geblieben; sie hatten beide etwas zuviel getrunken, sonst hätte sie ihn wohl abgewiesen.

„Was ist los? Worüber denken Sie nach, Chef?“

Grübert sah auf. „Ich muss für drei Tage weg, zu meiner Mutter, sie ist im Krankenhaus. Werde es jetzt Heilmann verklickern, dem wird das natürlich nicht passen. Hier …“, er gab Krassinger die Tagebuchkopien, „die zweite anonyme Sendung, und ich hab im Gefühl, da kommt noch mehr. Jetzt betrifft es Elisabeth Granderath. Als Täterin kommt sie nach unseren Erkenntnissen nicht in Frage, ich werde aber heute Nachmittag nochmal durchchecken, wo sie zur Tatzeit war. Ansonsten: Behalt den Stadlhuber im Auge und kümmere dich um den Bericht vom Einsatz. Kommenden Montag bin ich zurück.“

Elisabeth Granderath zeigte sich empört.

„Sie wollen wissen, Herr Kommissar, wo ich am 28. Mai war? Auch, wenn es nur eine Routinefrage ist, wie Sie sagen, finde ich das ziemlich geschmacklos. Ich war Julias Freundin und offensichtlich die einzige, der ihr Verschwinden eine Suchanzeige wert war. Wie soll ich jetzt noch wissen, was ich an diesem Tag gemacht habe? Was war das überhaupt für ein Wochentag?“ Sie schnaufte.

„Ich verstehe Ihre Empörung, Frau Granderath, aber die Frage dient nur der Abklärung des Umfeldes Ihrer Freundin. Im Übrigen: Der 28. Mai war ein Freitag.“

„Ein Freitag?!“ Elisabeth Granderath stieß ein gutturales Lachen in die Hörmuschel. „Freitags besuche ich regelmäßig die Abendvesper in St. Walburga. Sie können es es sich ja aussuchen: Vorher oder danach habe ich Julia umgebracht, es waren ja nur ein paar Schritte bis zum Grab hinter der Kirche.“

Der Hörer landete mit einem Knall auf der Gabel.

Abendvesper! Kirchgänger und Pastor befragen, die Elisabeths regelmäßige Besuche bestätigen konnten?

Nicht angebracht!

Ein Krankenbesuch und neue Tagebuchblätter

Grübert, unausgeschlafen, weil er in der Nacht die Probleme hin und her gewälzt hatte, war gerade dabei, die Haustür abzuschließen, als Krassinger den Kies auf dem Seitenstreifen zum Knirschen brachte.

„Chef!“ Er sprang aus dem Auto und schwenkte einen braunen Umschlag. „Ihr Gefühl hat Sie nicht getrogen! Das hier kam eben mit der Post, ich dachte, ich bringe es Ihnen gleich vorbei, als Reiselektüre sozusagen.“

„Richtig gedacht! Ich hoffe nur, dass der Inhalt uns diesmal weiter bringt.“

„Chef“, Krassinger rieb unschlüssig seine Stirn, er wirkte verlegen, „ist ja schon hilfreich, dass uns einer diese Briefe schickt, aber – Entschuldigung – haben Sie sich schon mal gefragt, wer das sein könnte?“

„Na klar, Benno, ich habe eine Vermutung, aber noch ist es zu früh, denjenigen zu fragen.“

„Greven?“

„Möglich. Er kannte vermutlich die Männer in Julias Umfeld. Dagegen spricht die Tatsache, dass wir schon am Tag nach unserem Gespräch die erste Sendung im Briefkasten hatten. Warten wir ab.“

Er steckte den Umschlag zu den beiden anderen ins Außenfach seiner Reisetasche. „Da du nun einmal da bist, könntest du mich gleich zum ICE nach Köln bringen, das erspart mir den Umstand mit der KBE.“

„Steigen Sie ein, ich muss sowieso noch etwas mit Ihnen besprechen.“

Am gestrigen Nachmittag, nachdem Grübert gegangen war, hatte Krassinger einen Blick auf Gangels Laptop und auf den Bericht werfen können. Tatsächlich sei er, wie von Stadlhuber gewünscht, abgefasst gewesen und kurz danach von Gangel an Heilmann weitergeleitet worden. Zudem habe Stadlhuber eine Strafanzeige gegen den Deutsch-Kosovaren losgelassen wegen häuslicher Gewalt gegen die Tochter.

„Da konnte ich nicht anders", sagte Krassinger, „und bin zum Heilmann rein und hab ihm gesagt, wie' s wirklich gewesen ist. Natürlich hat er mir nicht geglaubt, der Kollege Stadlhuber sei ein verdienter Mann, eine Führungsfigur, hat er gesagt. Tja …", er stöhnte, „was soll ich da machen? Drei gegen Einen. Womöglich gehe ich jetzt als Kameradenschwein durch."

Grübert langte in die Manteltasche.

„Das hier hab ich gestern vergessen, Benno." Er legte einen Notizzettel auf' s Armaturenbrett. „Der Name des Zeugen, von dem ich gestern gesprochen habe, hab ihn in der Tierarztpraxis kennen gelernt. Dieser Grünberg wohnt genau gegenüber und hat von der Tür aus alles beobachtet."

Er machte eine Pause, dann fügte er hinzu: „Was unseren Fall angeht: Hast du inzwischen Crimmers Anwalt ausfindig gemacht?"

„Keine Zeit bisher", erwiderte Krassinger, „werde mich gleich drum kümmern. Und Ihnen: gute Reise mit einer interessanten Lektüre!"

Der ICE nach Konstanz war pünktlich. Grübert hatte einen Fensterplatz im Ruhebereich gefunden und, kaum, dass er sich des Mantels entledigt und Platz genommen hatte, den Umschlag geöffnet. Er überflog die Datumsangaben, sie begannen im März 1986 und endeten im März 1989. Ein weiterer Verdächtiger?

12. März 1986

Überraschung!

Ein Lebenszeichen von meiner Familie! Steht ein junger Mann in der Galerie, schaut sich alles an, wirkt interessiert, ich spreche ihn an. Tag, Tante Julia, sagt er, ich bin Thomas Glüsen und soll dich von meiner Mutter grüßen. Mir bleibt die Spucke weg. Und ich realisiere, daß dieser gut aussehende Junge der Sohn meiner Schwester ist. In dem Moment muß ich so was wie Bedauern empfunden haben, zu alt zu sein für so einen, und zum ersten Mal nach langer Zeit kommt mir Shorty wieder in den Sinn. Ich muß ziemlich von der Rolle gewirkt haben, denn Thomas meinte: Ist was? Hab mich gleich wieder gefangen und die interessierte Tante gegeben, was er so macht, wie es zuhause geht, ob die Großeltern gesund sind usw. Die Großeltern wohnen seit drei Jahren in einer Seniorenresidenz in Bad Godesberg, erfahre ich. Nach`ner halben Stunde war er wieder draußen und hat gemeint, er schaut mal wieder rein. Floskel? Oder will er was von mir?

25. März

Gestern war er tatsächlich wieder da. Kannst mich Tom nennen, sagt er und erzählt was von Problemen zuhause, steht kurz vor' m Abi, danach will er studieren, Architektur in Berlin, weit weg von zuhause. Kann ich verstehen. Er wird Geld brauchen für Studium und Wohnen. Sagt er. Wink mit dem Zaunpfahl?

20. April 86

Schon wieder eine Überraschung. Die Eltern wollen uns besuchen! Am Sonntag auf dem Rückweg von Köln nach Godesberg (Besuch der Messe im Dom!) Nach so langer Zeit Interesse an ihrer „abtrünnigen" Tochter? Oder Neugierde? Oder will Vater Kindheits-

erinnerungen auffrischen, jetzt, wo dieses Woltersheim aktuell neue Bedeutung hat?

Bin nicht freudig bewegt. Abwarten.

24. April 86

Das war alles etwas verklemmt. Hab sie ja siebenundzwanzig Jahre nicht gesehen. Na klar, sie sind alt geworden, Mutter mit Rollator, Vater am Stock, aber immer noch dominant (ist im Vorstand der Residenz!), wenn auch altersgemildert. Mutter: Echo, wie immer, angesichts meines Erfolgs und des Ambientes, in dem ich jetzt lebe, etwas verunsichert. Gespräche über ihr Leben im Heim, über Krankheiten und Familie. Über Thomas, einmal hängen geblieben und jetzt vor dem Abi, und dann Architekt werden und in Berlin studieren, viel zu teuer, sein Vater mit schmalem Lehrergehalt, was die Jugend sich so denkt.

Mir kommt die alte Wut wieder hoch, warum tut er nicht was für seinen Enkel? Und dann rückt Vater mit seinem Anliegen raus: Er wolle Vorsorge treffen für sein und Mutters Ableben und auf dem Friedhof in Woltersheim beerdigt werden, hier habe er seine Kindheit verbracht und hierhin wolle er nach seinem Tod zurück. Und hatte tatsächlich schon vor ein paar Tagen bei einem Rundgang über den Friedhof eine freie Grabstelle gefunden: hinter der Kirche, erster Gang rechts, zweites Grab links neben Familie Hauenstein. Allerdings sei das ein Platz für ein Vierergrab, und er habe sich gedacht, das wäre eine Grabstelle für Hambacher und Räbenkramp. Ob ich die Formalitäten übernehmen könnte, also den Kauf für ihn abwickeln und die Rechnung erstmal an seine Adresse in Godesberg schicken lassen.

Ich war baff! Von jetzt auf gleich mit unserem Ableben kofrontiert!

Konnte aber letztendlich nicht ablehnen, Viktor fühlte sich sichtlich überrumpelt, war dann jedoch einverstanden. Vater beim Verab-

schieden: Wir könnten ihm dann später unseren Anteil zurückzahlen. Überweisen oder lieber bar, hab ich gefragt. Wie du willst, hat er gesagt. Gemeint hat er: lieber bar.

14. Mai 86

Tom hat angerufen, Abi bestanden, großes Trara zuhause, weil er an der TU in Berlin studieren will, hat schon die Zulassung. Klang ziemlich verzweifelt, der Junge, bin erinnert an meine Nöte damals und an Gunnars großzügigen Vater.

Hab ihm gesagt, daß ich die Studiengebühren übernehme, sobald er eine WG gefunden hat.

30. Juli 86

Tom hat eine WG gefunden, berichtet mir von Aushilfsjobs. Ich richte einen Dauerauftrag für die Überweisung ein.

Vater mahnt unsere Zahlung für die Grabstelle an. Soll er warten. Frage ihn, ob er seinem einzigen Enkel nicht die Wohnungsmiete finanzieren will.

10. März 87

Ein langer Brief von Tom, er scheint sich wohl zu fühlen mit seinem Studium und hat sich mit drei Kommilitonen für ein Projekt zusammen getan. Es gibt einen Wettbewerb innerhalb des Studiums, Thema: Der zeitgemäße Wiederaufbau eines alten Gebäudes. Sie wollen das Ziel, einen Preis zu gewinnen, mit einem wirtschaftlichen Gewinn verbinden und eine renovierungsbedürftige Wassermühle im Nordosten von Berlin kaufen und in mehrere kleine Mietwohnungen umwandeln. Ein Projekt, das auf Dauer gesehen, Gewinn abwirft. Die anderen drei haben finanzstarke Eltern. Er nicht – klar –, und auch klar: er fragt mich.

Wieviel hat er noch nicht gesagt, ich soll erstmal grundsätzlich nachdenken.

20. März 87

Heute sagt er mir am Telefon, daß er 20.000 DM braucht, die anderen schießen zwar mehr ein, aber mit diesem Betrag kann er mitmachen. Soll ich?

22.März 87

Hab ihm gestern das Geld überwiesen und einen Vertrag geschickt mit der Maßgabe, es mir später zurückzuzahlen, wenn er im Beruf ist. Ein kleiner Betrag im Vergleich zu dem, den Curt fordert. Den er nicht kriegt, und er wird sich hüten zu klagen, denn ich hab ihm noch mal und jetzt sehr deutlich seine Steuerhinterziehung unter die Nase gerieben.

23. Mai 87

Vielleicht sollte ich endlich das verwaiste Atelier von Viktors Ex wieder beleben, habe Bilder im Kopf aus einem Urlaub, die auf die Leinwand drängen. Spaziergang am See entlang, in der Nacht zurück zum Bachmair nach einem Essen in der Überfahrt. Der See im Dunkel so anders als tags, das Wasser dunkel und bewegungslos wie schwarzes Glas, Hotelfassaden spiegeln sich in bunt glühenden Bildern, am Ufer gegenüber schimmert die Straße blass hinter den schwarzen Scherenschnittbäumen, und ganz oben hängt der Mond am höchsten Punkt der schwarzblauen Kuppel. Ein Lichtgewölbe über dem See, ein friedliches Bild, so ganz anders als meine übrigen. Habe ich mich verändert? Oder sollte ich ihm etwas Unheimliches geben? Vielleicht, indem ich den Mond und das Licht in einem kalten Rot mit Blaustich male?

Muss drüber nachdenken.

27. Mai 87

Seit gestern sind wir zurück, die schönen Tage in Süddeutschland über der neuen Realität vergessen. In der Post eine Todesanzeige der

Eltern, tödlicher Autounfall; auf dem AB Tom, mehrfach, warum wir nicht auf der Beerdigung waren. Bin sofort auf dem Friedhof gewesen und hab mir das Grab angesehen, werde einen Stein bei Kribben aussuchen. Tom hab ich zurück gerufen und Näheres erfahren: Massenkarambolage am 23. Mai auf der A6, sie waren unterwegs zu einem Besuch bei Freunden in München. Bedrückend der Gedanke, daß wir zu diesem Zeitpunkt nicht weit weg waren. Hab Tom gesagt, daß ich mich um die Grabpflege kümmern werde. Eine etwas andere „Erstattung" unseres Anteils.

So plötzlich, das alles.

Mein Kopf registriert die schreckliche Nachricht mit Bedauern. In meinem Herzen kommt es nicht an.

1. Nov. 87

Allerseelen, Friedhofstag, Blumen bringen, Lichter aufstellen. War schon früh da, wollte keinesfalls Brunhilde und Familie begegnen, falls sie überhaupt die weite Fahrt machen. Dann zurück nach Hause, Viktor fühlt sich seit ein paar Tagen nicht gut.

5. Jan. 88

Bin wie gelähmt, konnte seit Wochen nicht mehr schreiben. Jetzt muß ich. Diagnose nach Arztbesuch und Ultraschall und CT: Pankreaskarzinom. Das Weiße seiner Augen hatte sich gelb verfärbt, und er ist endlich zum Arzt gegangen. Alles zu spät, inoperabel, Lebenserwartung zwischen drei und sechs Monaten. Wie soll ich das aushalten … wie kann ER das aushalten.

3. April 88

Hoffnung keimt, nach drei Monaten: Zwei Chemotherapien hat er gehabt, das Tumorwachstum ist gestoppt, hoffentlich dauerhaft. Viktors Konstitution ist erstaunlich, er hat wieder mit dem Joggen angefangen, oben in seinem geliebten Wald, wenn' s wärmer wird, will er wieder seine Runden im Bergweiher ziehen. Wir fangen an, wieder zu leben!

17. Mai 88

Zurück aus Vauvenargues, von unserer nachgeholten Septemberreise. Das provencalische Klima hat uns beiden gut getan. Eine wunderbare Zeit mit Irmtrud und Hannes in ihrem dörflichen schmalen Haus; auf der Dachterrasse zwischen Blumenkübeln sitzen mit Blick auf Picassos Chateau, in einer halben Stunde in Aix en Provence, weiter ans Meer, an einen einsamen Strand mit unendlich vielen Muscheln.

Victor hat beim Schwimmen nicht verstecken können, daß es ihn anstrengt.

2. Juli 88

Die dritte Chemo ist durchgestanden, der Tumor war nun doch wieder gewachsen. Viktor ist schmal geworden, läßt sich nichts anmerken, geht zur Arbeit wie immer. Er hat keine Schmerzen, sagt er. Wie lange noch?

23. Juli 88

Nun doch Schmerzen. Morphium, er bleibt zuhause. Ich auch, mag ihn nicht sich und seinen Gedanken allein überlassen. Die Terrasse ist sonnig, wir verbringen irgendwie den Tag. Gespräche, ich mit vagen Plänen für eine Reise im Herbst, er sieht mich an, lächelt, schüttelt den Kopf. Es zerreißt mich.

15. Aug. 88

Heute, 13 Uhr an Mariä Himmelfahrt, ist Viktor gestorben, ich war bei ihm und habe ihn in meinen Armen gehalten. Jetzt nur noch Leere, in meinen Armen, in meinem Kopf, ein Loch im Herzen.

Katholisch war ich einmal.

29. Aug. 88

Vor einer Woche Beerdigung in unserem Vierergrab, vom Katholisch-Sein sind mir die Riten geblieben, Gottesdienst, Gesänge, Gebete. „Er weidet seine Herde", eine Sängerin auf der Orgelempore, die Rede unseres Nachbarn auf ihn, Erlebnisse, auch amüsanter Art mit Viktor, für einen Moment war er sehr lebendig. Danach endlose Beileidsbezeugungen am offenen Grab. Die übliche Totenfeier im „Hanni's Kochtopf" mit Müh und Not durchgestanden.

27. Sept.88

Die Rechnung für die zusätzliche Beschriftung des Grabsteins ist da. Gehe hin, schau mir Viktors Daten an. Nicht zu fassen: Die Buchstaben sind total schief gesetzt! Ich bestelle Kribben zur Ortsbeichtigung, er schickt einen Mitarbeiter, und den frage ich, ob er betrunken war und sage ihm, das müsse korrigiert werden, aber presto! Was sagt dieser Mensch: Können wir damit nicht warten, bis der Letzte auch da drin liegt? Tja, das bin dann ich, hab ich gesagt, so trocken wie möglich. Da hat er sich gewunden.

8. Okt. 88

Muß mich aufraffen und weitermachen. Bin nach der Testamentseröffnung Alleinerbin und eine reiche Frau. Habe neue Ausstellungen angedacht. Vielleicht krieg ich Gunnar noch mal? Ablenkung von meinem Verlust?

15. März 89

Bei Tom nachgefragt, wie weit sie sind mit ihrem Projekt, wird ja allmählich Zeit nach einem Jahr. Kurz vorm Kaufabschluß, sagt er, es gab Probleme mit dem momentanen Pächter. Na ja.

Grübert seufzte, faltete die Blätter und schob sie zurück in den Umschlag. Mit einem tiefen Atemzug drückte er sich ins Polster und schloss die Augen. Dieser Tom war Julias Neffe, der Bruder von Barbara Glüsen. Ein Anknüpfungspunkt, sie musste noch mal befragt werden. Ebenso Greven. Ob Julia ihn noch einmal ausgestellt hatte? Hatte es Ärger gegeben zum Abschied? Konfrontationen?

Bilder stiegen vor seinem inneren Auge auf, vermischten sich mit denen, die Julia in ihrem Tagebuch beschrieben hatte – sie in einem weißen, eng anliegenden Satinkleid auf der Hollywoodschaukel, dann nackt in einem Erdloch sitzend, ihre Haare fließen wie rotes Wasser über sie, die einzige Farbe im Bild, Elisabeth schaut von oben herab und verdeckt das Himmelsblau …

Der Zug bremste, Räder quietschten und Grübert landete schlagartig in der Realität. Sein Herz klopfte. Was für eine Geschichte! Was für eine Frau! Und wieder schoss ihm der Gedanke durch den Kopf, dass er sie gern kennengelernt hätte. 1984 hatte er seine Stelle in Woltersheimheim angetreten; eine Begegnung wäre also durchaus möglich gewesen.

Er blickte auf die vorbeijagende verschneite Landschaft, mitten drin der schwarze Spiegel des Bodensees. Gerade passierte der Zug das denkmalgeschützte Bahnhofsgebäude von Überlingen; nur noch wenige Kilometer bis Stockach.

So lange hatte er geschlafen? Sträflich, aber erholsam für seine Nerven. Er packte den Umschlag wieder in die Reisetasche.

Soeben kündigte die Durchsage Stockach an. Grübert warf einen Blick auf seine Uhr, sechzehn Uhr dreißig, der Zug war pünktlich. Seine Mutter hatte die OP nun seit einigen Stunden hinter sich. Er nahm den Mantel vom

Haken und wickelte seinen Schal um den Hals, draußen drückte er die neue Stetson-Mütze tief in die Stirn. Er verließ den Bahnhof und bog in die Aachbachstraße ein, bis zum Krankenhaus am Stadtgarten brauchte er zehn Minuten. Er schritt kräftig aus, nach dem stundenlangen Sitzen tat ihm die Bewegung gut. Das gestrige Telefongespräch mit seiner Mutter ging ihm durch den Kopf. Hinter ihren zuversichtlichen Worten hatte er die Angst vor der OP wahrgenommen und gehofft, sie mit der Aussicht auf seinen Besuch und Beistand beruhigen zu können. Allerdings: Beistand? Den konnte er nur mit Worten und Anteilnahme geben, übermorgen musste er zurück.

Das Krankenhaus war ihm seit der Grundschulzeit vertraut, ein junger Arzt, der es verstand, Kindern die Angst zu nehmen, hatte ihm, dem knapp Achtjährigen, dort die Polypen entfernt. Leider hatte das die Neigung zu Atemwegsinfektionen nicht verringert, der Chemieunfall in Knapsack war dazu gekommen.

Er betrat das Foyer und begab sich zur Rezeption.

„Zur Orthopädie nehmen Sie bitte den Aufzug in den zweiten Stock, Ihre Mutter liegt auf Zimmer 269."

Grübert nahm die Treppe. Oben lange helle Flure, das Zimmer lag am Ende des Ganges. Er schlug kurz die Fingerknöchel gegen die Tür und trat ein. Linkerhand zwei Betten, von der Wand in den Raum hinein stehend, seine Mutter in dem am Fenster gelegenen. Zwischen Kissen und Decken ihr kleiner, weißhaariger Kopf, zerbrechlich aussehend wie Porzellan, helle Haut mit Altersflecken auf Stirn und Schläfen, geschlossene Augen. Er nickte hinüber zum Nachbarbett; die Patientin, eine schwergewichtige Person mittleren Alters in einem grell gemusterten T-Shirt, saß aufrecht im Bett vor einem Stück Streuselkuchen. Er nahm einen säuerlichen Geruch von Achselschweiß wahr.

„Sie sind ihr Sohn?“, ließ sie sich zwischen zwei Bissen vernehmen, wobei sie mit dem Kopf auf ihre Nachbarin wies, „Ihre Mutter hat gestern schon bei der Einlieferung von Ihnen gesprochen. Sie war ziemlich durcheinander und ist erst vor zwei Stunden aus dem Aufwachraum zurück und noch etwas benebelt. Aber alles gut verlaufen, hat die Schwester gesagt.“

„Danke.“

Grübert nickte, zog einen Stuhl zwischen Bett und Fenster und legte seinen Mantel über die Lehne, dann setzte er sich. Seine Mutter würde ihn gleich beim Aufwachen sehen. Ihre linke Hand lag auf der Bettdecke, blau geädertes Pergament. Wie die Hände von Elisabeth Granderath. Das Tagebuch fiel ihm ein.

„Das wird wohl noch etwas dauern“, meinte die Bettnachbarin und wischte sich mit dem Handrücken die Krümel aus den Mundwinkeln, „kenne das, ich hab schon etliche OPs hinter mir. Übrigens…“, sie lehnte sich vor, „mein Name ist Dünnebier, Herr …?“

„Grübert“, erwiderte er, „aber das wissen Sie ja schon.“ *Dickmilch* würde besser passen, dachte er. Um einem etwaigen Mitteilungsbedürfnis von Frau Dünnebier von vorneherein entgegen zu wirken, holte er den Umschlag aus der Tasche und fischte seinen Stift aus der Brusttasche. Randnotizen hatte er schon hinterlassen, Namen und Daten sowie Vorkommnisse unterstrichen, denen er nachgehen musste. Er begann, sie am Ende des Textes zusammen zu tragen und in eine Reihenfolge für sein Vorgehen zu bringen. Frau Dünnebier hatte inzwischen verstanden und ihre Aufmerksamkeit den Schickeria-Spalten der „Bunten“ zugewandt.

Er arbeitete konzentriert an seinen Notizen, ab und zu warf er einen prüfenden Blick auf die geschlossenen Augen seiner Mutter. Vier Namen hatte er notiert, vier Personen, die ein Interesse an Julias Verschwinden gehabt haben könnten. Greven sollte er noch einmal unter die Lupe nehmen; Curt Crimmer wollte viel Geld von ihr, und ihrem Neffen hatte sie Geld geliehen. Mitten hinein in seine Überlegungen hörte er seine Mutter sagen: „Wie schön, dass du gekommen bist.“

Er blickte auf, sie lächelte zaghaft.

„Alles wird gut“, meinte er, „du hast es überstanden, wie fühlst du dich?“

Er nahm ihre Hand zwischen die seinen – immer noch hatte er die Blätter in der Rechten gehalten, nun legte er sie beiseite und streichelte ihre Hand. Greven war fast genau so alt wie seine Mutter, dachte er, Julia wäre jetzt siebenundsechzig.

Sie seufzte. Natürlich fühle sie sich nicht gut, sei immer noch benommen. „Ein neues Hüftgelenk ist keine Kleinigkeit“, sagte sie, „und mein rechtes Bein ist unter der Zudecke fixiert. Am besten bewege ich mich gar nicht.“ Sie wies auf das Buch auf ihrem Nachttisch und das kleine Radio, das er ihr vor zwei Jahren geschenkt hatte. „Soweit reicht mein Arm gerade noch, ohne, dass ich mich verbiegen muss.“

Ihm schien, sie nehme es mit Gleichmut hin, Anpassung an Unabänderliches war eine der Fähigkeiten, die sie fast die Achtzig hatte erreichen lassen.

Es klopfte, ein Arzt trat ein, im Gefolge eine Schwester mit den Patientenunterlagen.

„Nun, meine liebe Frau Grübert, da wollen wir mal seh' n, wie es Ihnen jetzt geht." Und zu Lutz Grübert gewandt: „Schön, dass Sie schon da sind. Ich werde Ihnen nun erklären, was genau wir gemacht haben und wie wir hoffen, Ihrer Mutter wieder auf die Beine zu helfen …", er lächelte, „im wahrsten Sinn des Wortes."

Was nun folgte, war eher geeignet, diese Hoffnung zu dämpfen. Dr. Kappelt sprach davon, wie wichtig eine schnelle Mobilisation sei, besonders bei älteren Patienten. Physiotherapie, erste Gehversuche am Rollator, bald auch mit Gehstützen, Beginn spätestens übermorgen. Dann eine Reha für mindestens vier Wochen. Konsequente und regelmäßige Übungen, die man mit ihr trainieren werde, seien überaus wichtig, um die volle Belastbarkeit des Beins wiederzuerlangen.

„Natürlich bieten wir Ihnen eine gute und ausreichende Schmerztherapie, aber es kann schon mal bis zu einem Jahr dauern, bis Sie wieder völlig hergestellt sind. Es hängt von Ihnen ab, Frau Grübert, ob Sie Ihre bisherige Lebensqualität halten können."

Ein langwieriger Prozess, hatte Grübert auf seinem Weg zum *Gasthof Adler* gedacht, hoffentlich hält sie durch. Sie hatte zugegeben, den Unfall selbst verschuldet zu haben, auf einen Stuhl hätte sie nicht steigen sollen und das wegen einer blöden Blumenvase. Zwischen kurzen Berichten aus ihrem Leben im Heim waren ihr die Augen immer wieder zugefallen und er hatte seine Notizen wieder hervor geholt. *Und wie geht' s bei dir?,* hatte sie nach dem Aufwachen wissen wollen. Worauf er ihr etwas über einen lang zurückliegenden Mordfall und die Schwierigkeiten der Aufklärung erzählt hatte, nichts Aufregendes, keine schaurigen Details, die Frau Dünnebier sicher interessiert hätten. Danach Vorlesen aus dem *Südkurier.* Gegen sechs hatte es für die Patienten ein frühes Abendessen mit Tee und Brot und diversem Aufschnitt und Beilagen gegeben, danach war er gegangen.

Sein Magen meldete sich, seit dem Frühstück zuhause und einem Sandwich im Zug hatte er nichts mehr gegessen. Nach einem Schweinsbraten mit Knödel in der Gaststube des *Adler* fühlte er sich wohler. Zeit für Gedankenarbeit.

Er griff zum Handy.

„Hallo, bin gerade nicht da, leider nur meine Stimme. Sie wissen, wie' s geht." Typisch Krassinger, kurz und bündig.

„Hallo Benno, hab die neuen Kopien gelesen, hauptsächlich geht's um Julias Neffen Tom, dem hat sie eine große Summe geliehen. Hast du Crimmers Anwalt ausfindig gemacht? Und wie geht' s mit Stadlhuber weiter? Meiner Mutter geht's erträglich, morgen fahre ich zurück. Bis dann."

Frau Dünnebier hatte Besuch, als er am nächsten Tag gegen halb zehn das Krankenzimmer betrat. Ein männlicher Zwilling, was das Format betraf, nicht das Alter. Offenbar ihr Sohn und offenbar ein später Teenager. Zuviele Pommes, zu viele Burgers, zu viele Soft Drinks. Im Nachbarbett seine zierliche Mutter zwischen Kissenwülsten, halb aufgerichtet im Bett sitzend, die Tageszeitung vor sich. Sie sah besser aus als am Vortag. Er begrüßte sie mit einem Sträußchen Christrosen aus dem Blumenladen neben dem Gasthof. „Zum Glück keine Schmerzen", sagte sie, klagte jedoch, dass sie immer nur auf dem Rücken liegen könne, auch des Nachts, das sei nicht ihre Schlaflage. „Geduld!", antwortete Grübert. Während er Wasser in eine auf dem Tisch vorgefundene Vase füllte, erschien der Physiotherapeut zur Behandlung.

„Sie machen das gut, liebe Frau Grübert", befand er nach zwanzig Minuten.

Grübert bekräftigte: „Dranbleiben!" Er öffnete seine Tasche. „Hier habe ich noch etwas, an dem du dranbleiben solltest." Er legte eine Schachtel auf den Rolltisch. „Du und Papa, ihr habt doch in jeden Urlaub das Reiseschach mitgenommen, und jetzt klagst du, dass keiner im Heim mit dir spielen kann. Wie wäre es mit einer Partie?"

Während sie das Spiel aufstellten, sah er Julias Bild mit den beiden Schachspielern vor sich, den hämisch lachenden Vater und den verzagten Gegenspieler, eine Situation voller Bösartigkeit und Absurdität. Welchen Titel hatte es gehabt? Dann wieder plagte ihn die Frage, wo Julias Bilder möglicherweise noch zu sehen sein könnten. Er war unkonzentriert und verlor gleich zu Beginn ein Pferd.

„Was ist los mit dir?“ Seine Mutter schaute ihn von der Seite her an. „Hast du die klassischen Eröffnungen verlernt?“

Er verzog die Mundwinkel. Da hatte sich Berufliches ins Private gedrängt.

Die nächste Partie spielte er konzentriert und gewann. Das Mittagessen kam, danach musste er Revanche geben. Ja klar, *Revanche* war der Titel des Bildes gewesen! Wie gut, dass er das Spiel mitgenommen hatte! Ihre Lebensgeister schienen geweckt.

Als er sich gegen Mittag verabschiedete, ließ er die Schachtel da.

„Vielleicht gibt es in der Reha jemanden, mit dem du spielen kannst?“, meinte er. An der Tür wandte er sich noch einmal zu ihr um und hob abschiednehmend die Hand. „Du schaffst es“, sagte er.

Sie nickte. „Ruf an, wenn du wieder zuhause bist.“

Mehr als vierzehn Tage nach dem Leichenfund.

Grübert saß im Bus nach Tuttlingen und fragte sich, wie schnell er die Ermittlungen vorantreiben konnte. Die Tagebuchblätter waren ein veritabler Glücksfall. Welchen Grund mochte der unbekannte Absender wohl haben, sie der Polizei zu schicken? Wollte er bei der Aufklärung helfen oder sie verhindern? Seinetwegen kannte er Julia nun fast wie von innen. Die Art, wie sie schrieb … etwas schnodderig und trotzdem sensibel. Diese Frau, die Männer, von denen sie schrieb … zwei Verdächtige gab es unter ihnen, wenn er Greven ausschloss. Doch bei ihm würde er erneut ansetzen müssen, er war vermutlich der letzte, der sie lebend gesehen hatte.

Kurz nach zwölf verließ er den Bus an der Haltestelle Stockacher Straße, unmittelbar vor dem Polizeipräsidium, einem langgestreckten, mehrstöckigen Gebäude. Eine riesige, freistehende Reklametafel fiel ins Auge, die hatte es damals noch nicht gegeben: *Jetzt bewerbung@polizei.de*. Ein attraktives Gesicht unter der blauen Baseballcap lächelte ihn an, die dunklen Augen leicht beschattet vom Plastikschirm. Er dachte an Isabel, sie mochte jetzt Mitte Vierzig sein. Ob sie noch zum Team gehörte?

In der Pförtnerloge saß immer noch der Brandinger hinter der Scheibe. Die Brille hatte er damals noch nicht gebraucht, sie stand ihm gut, befand Grübert.

Er tippte gegen die Scheibe.

Brandinger sah auf.

„Wie kann ich …", begann er, stutzte, dann stand er auf, mit Einmeterneunzig ein imposanter Türhüter. „Ja sowas! Der Lutz! Was treibt dich nach all der Zeit hierher? Heimweh etwa?"

„Nicht ganz", erwiderte Grübert, eher Neugierde, dachte er. Aber das ging den Brandinger nichts an. „Sohnespflichten", ergänzte er, sprach von seiner Mutter und fügte hinzu: „Und wenn man schon mal in der Nähe ist … die alten Kumpels …".

„Und wo du die findest, das weißt du."

„Alle noch da? Ecki-Micki-Manni?"

Brandinger lachte.„Die Dreifaltigkeit? Ja, die gibt`s noch. Mit Julian Vitus jetzt eine Viererbande.Aber den kennst kennst du ja."

„Nur dem Namen nach, mein rheinischer Tauschpartner. Ohne ihn wäre ich vielleicht immer noch hier.“

„Vielleicht lernst du ihn ja jetzt kennen. Und? Wie ist’ s im Rheinland?“

„Wie überall: Mal so, mal so.“ Abschiednehmend tippte er mit den Fingerspitzen an die Stirn. „Ja dann …“, sagte er und wandte sich zum Gehen.

Michael Volmershagen stand am Drucker, als Grübert eintrat, Manfred Achterer neben ihm, beide inzwischen Grauköpfe wie auch er selbst. Sie betrachteten ein Papier, das sich soeben aus dem Drucker schob. Ein Fahndungsfoto, glaubte Grübert zu erkennen.

„Hey“, rief er.

Manni fuhr herum. Dann Micki.

„Nee nich? Der Lutz!“, sagte Manni und riss die Augen auf. Micki schloss an: „Kruzitürken! Etwa auf Heimaturlaub?“

Dann angedeutete Umarmungen, Schulterklopfen, Mantel ablegen, Kaffee aus dem Automaten, die interessantesten Fälle, wobei Grübert nur Eckdaten lieferte, sowie die neuesten Beförderungen.

Mit einem Mal stand Petersen in der Tür.

„Ist das hier ein Kaffeekränzchen?“, begann er, entdeckte Grübert und meinte lakonisch: „Ach so , der abgängige Kollege.“

Grübert verkniff sich eine Antwort, war doch gerade dieser Vorgesetzte einer der Gründe gewesen, deretwegen er sich hatte versetzen lassen.

„Und wie geht’ s in der Emigration?“, fügte Petersen hinzu und nahm den Kaffee entgegen, den Achterer ihm anbot.

„Bestens“, erwiderte Grübert. Er deutete auf Petersens Schulterklappen.

„Gratulation zum fünften Stern."

Petersen schürzte die Lippen und nickte dankend.

„Weitermachen", meinte er im Weggehen, „und das ist jetzt keine Empfehlung."

„Regelbeförderung", raunte Volmershagen, „der hat' s gerade noch geschafft, pünktlich zwei Jahre vor der Pensionierung."

„Der eingebildete Klugscheißer", ergänzte Grübert, „ich kenne noch so einen mit Uniform am Schreibtisch." Er sah sich um. „Und was ist mit Ecki und Isabel? Noch im Team?"

„Na klar. Ecki leistet sich momentan eine Grippe und Isabel hat geheiratet, das war kurz nach deinem Wechsel. Ist jetzt wieder in Teilzeit, wegen des Nachkömmlings, der ist erst drei."

„Und Ecki? Abgesehen von seiner Grippe?"

„Immer noch solo unser Macho, mit dem hält' s keine Frau auf Dauer aus."

Die Tür wurde aufgestoßen. Petersen wieder im Türrahmen. Mit missbilligendem Blick in die Runde: „Ich brauche den Bericht von gestern zum Missbrauchsfall in Immendingen."

„Macht Isabel zuhause, Chef, sie wollte ihn heute reinreichen."

Die Tür schloss sich geräuschvoll.

„Na, dann will ich mal", sagte Grübert, „sonst kriegt ihr meinetwegen noch Schwierigkeiten." Er griff nach seinem Mantel. „Und grüßt Isabel und Ecki. Schade, dass ich sie nicht angetroffen habe."

Wirklich bedauerlich, dachte er, während er das Foyer durchquerte, gerade Isabel hätte er gern wieder gesehen.

Eigentlich, gestand er sich ein, hatte er ihretwegen seine Rückfahrt unterbrochen. Sie hatte ihm gefallen, damals, und jetzt reizte es ihn, zu überprüfen, ob das immer noch zutraf. Ob es der Polizefreund war, den sie geheiratet hatte?

Er blickte auf seine Uhr. Fünf nach Eins. Sein Zug ging um fünfzehn Uhr fünfunddreißig, genügend Zeit für einen Imbiss am Bahnhof.

Unmittelbar hinter der Bushaltestelle auf der gegenüber liegenden Straßenseite stieg eine Frau aus ihrem Auto. Sie schien es eilig zu haben und rannte über die Straße, wie ihm schien, direkt auf ihn zu. Ihre Art zu laufen … eher ein Sprint? Doch sie rannte an ihm vorbei Richtung Präsidiumseingang.

„Isabel“, rief er.

Sie stoppte abrupt und wandte den Kopf. Er tat ein paar Schritte, sie sah aus wie immer – wie früher. Blaue Augen, kühl blickend.

„Hallo, Isabel, wie schön, dass ich dich doch noch treffe!“

„Lutz!“

Ihre Augen. Ihr Blick, erstaunt und zurückhaltend.

„Ja. Hab meine Mutter im Krankenhaus in Stockach besucht und dachte, ich mache einen Abstecher in mein altes Revier. Und da bin ich!“ Er legte seine Hand auf ihren Oberarm. „Und wie geht es dir so? Du bist verheiratet, hab ich gehört.“

“Ja, schon lange. Wie' s mir geht?“ Ihre Hand wedelte mit einem Papier. „Beschäftigt geht's mir. Polizistin und inzwischen Hauptkommissarin, Mutter, Haus- und Ehefrau, alles in Teilzeit.“ Sie tippte auf ihre Uhr am Handgelenk. „Ich muss den Bericht hier abliefern, willst du kurz warten? Bin gleich wieder da.“

Er nickte.

Isabel. Die Nacht von damals. Eine besondere Nähe? Nicht spürbar. Sie war eine ehemalige Kollegin, die er, rein per Zufall, auf der Straße wiedergetroffen hatte, als sie aus dem Auto sprang und über die Straße hechtete. Ihr Auto auf der anderen Straßenseite … er blickte hinüber. Jemand saß auf dem Beifahrersitz, ein junger Mann, dunkle Haare. Wohl ein Kollege.

„Da bin ich wieder.“ Isabel tippte auf seine Schulter. “Und? Wie hast du es in Köln angetroffen?“

Viel Zeit war ihm nicht geblieben, von seinem Leben zu erzählen. Der junge Mann hatte sehr bald das Fenster herunter gekurbelt und über die Straße herüber gerufen, wo sie denn bleibe, und Isabel hatte sich entschuldigt: „Mein Sohn, er muss zum Training“, und er, Grübert, hatte erstaunt gefragt: „Du hast einen erwachsenen Sohn? Was trainiert er?“ – „Schießtraining für die Abschlussprüfung.“ – „Polizei?“ – „Was sonst, liegt in der Familie.“

Dann hatten sie sich verabschiedet. Isabel hatte eine Umarmung vermieden und ihren Zeitmangel bedauert und war ohne einen Blick zurück ins Auto gestiegen.

Der Chinese im Bahnhof bot eine *Knusprige Ente* zu einem annehmbaren Preis. Während er wartete, zog er Bilanz. Nett, die Kollegen wieder gesehen und ein paar Neuigkeiten erfahren zu haben. Erinnerungen tauschen – auch nett. Und dann Isabel. Kühl, distanziert, fast ablehnend. Warum? Er hatte nichts von ihr gewollt, nichts geäußert, womit er ihr zu nahe getreten wäre. Sie wirkte gestresst, Beruf und Familie, zwei Söhne – ein kleines Kind und ein erwachsenes, Polizeianwärter wie Benno. Sie musste wohl bald nach seinem Weggang geheiratet haben. Zweiundzwanzig Jahre. Tempi passati, auch das.

Die Ente war hervorragend. Nach einem Espresso begab er sich zum Bahnsteig. Im Zug ließ er sich noch einen Kaffee bringen und holte den Umschlag wieder heraus.

Zunehmend wichtig wurde die Frage: Wer war ihr letzter Besucher gewesen? War Gunnar am Wochenende bei ihr erschienen? Und wer war an ihrem letzten Lebenstag am anderen Ende der Leitung bei dem Gespräch, das Frau Seibeling mitgehört hatte?

In seine Überlegungen hinein klingelte das Handy.

„Chef, vermutlich sind Sie jetzt auf der Rückreise und sitzen bequem im Zug und haben Zeit zum Nachdenken. Jetzt erstmal zu Crimmers Anwalt: Es muss der Inhaber der Kanzlei Börgel & Partner in der Taubenstraße sein, jedenfalls ist er der einzige Anwalt in Düsseldorf mit Vornamen Ludger, und altersmäßig kommt's auch hin. Zu Stadlhuber: Hab ihn gefragt, ob er bei seiner Anzeige gegen den Berisha nicht bedacht hat, dass es Zeugen geben könnte, laut genug war es ja. Dass ich nicht lache, hat er gesagt, wenn es überhaupt einen solchen gibt, stände das Wort der deutschen Polizei gegen das eines Migranten." Er schnaufte. „Also Chef, ich bin dafür, den Stadlhuber ins Messer laufen zu lassen. Hab den Grünberg angerufen, er schildert den Vorfall genau so, wie ich ihn mitgekriegt habe. Und", Krassinger betonte jedes Wort, „er – solle – selbst Anzeige erstatten wegen erlittener Polizeigewalt, habe ich dem Berisha gesagt, als ich ihn kurz in der JVA aufgesucht habe. Darauf war er schon selbst gekommen, aber dass einer von uns das sagt, hat ihn bestärkt. Der Stadlhuber wird sich warm anziehen müssen."

„Wenn das alles so gelaufen ist, wie du sagst, kann er sich den Nachfolger für Heilmann abschminken, und ich kann bleiben."

„Chef …?"

„Ja, glaubst du, ich könnte unter so einem Dienst machen? Du etwa?"

.Nee, sicher nicht."

„Also, dann bis Montag. Spätestens. Und mach einen Termin mit Barbara Glüsen wegen ihres Bruders und seiner Beziehung zu Julia. "

Grübert überließ sich wieder seinen Gedankengängen, abschalten ließen sie sich ohnehin nur, wenn er schlief. Der Hauptverdächtige war nach wie vor Curt Crimmer. Vielleicht war er es, mit dem Julia telefoniert hatte, bevor sie sich getroffen hatten. Es kam zum Streit und Crimmer hatte zugeschlagen, diesmal heftiger als vor sechzehn Jahren. Totschlag oder Mord? Vielleicht hatten beide einen Spaziergang gemacht und waren am Friedhof vorbeigekommen. Das Tatwerkzeug? Ein Stein, ein Stock? Im Haus hätte es besser geeignete Werkzeugegeben. Wie auch immer.

Er seufzte und spielte noch andere Möglichkeiten durch, in denen er Tom Glüsen zum Täter machte.

Alles lief darauf hinaus und bestärkte seine Vermutung, dass die Tat auf dem Friedhof verübt wurde. Er stellte sich die Situation vor: Julia, eine fünfzigjährige, selbstbewusste, schöne und erfolgreiche Frau – sie steht da mit ihrem Mörder, vielleicht am Grab ihres Mannes, sie reden oder streiten miteinander, und der Mörder schlägt zu und stößt sie hinunter in das Grab.

Crimmer traute er die Tat am ehesten zu. Nach allem, was er inzwischen wusste, war er bösartig und von Neid zerfressen.

Schließlich fing er mit der Lektüre noch einmal von vorn an und ergänzte seine Notizen, bis er gegen Zehn in Köln aus dem Zug stieg.

Eine Stunde später schloss er seine Wohnungstür auf. Leonie saß da mit zuckender Schwanzspitze und sah ihn an.

„Ach du“, sagte er und nahm sie zwischen beide Hände und hielt sie hoch in die Luft, „hab dich vermisst, meine Liebe. Hat Frau Wiesehoff dich gut versorgt? Dann schau’ n wir doch mal, ob dein Futternapf Nachschub braucht.“

Während er ihn füllte, registrierte er flüchtig, wie wohl ihm die Normalität tat, die gewohnten Handgriffe, seine Katze, die ihn erwartet und auf ihre Weise begrüßt hatte. Es half ihm, Abstand zu den Ereignissen der letzten Tage zu finden. Der Besuch im Krankenhaus, seine Mutter, aus ihrem gewohnten Alltag gerissen, den sie sich erst wieder erobern musste, ohne dass er ihr dabei helfen konnte. Dann der Abstecher zu seinem alten Revier mit einem kurzen Aufwärmen von Erinnerungen, Isabel und ihr erwachsener Sohn und Möglichkeiten, die ihm durch den Kopf geschossen waren. All das würde er schnell ablegen können. Und schließlich die Menschen, von denen das Tagebuch sprach, ihre Schicksale, denen er nachgehen musste. Ein Roman, den das Leben geschrieben hatte. Und er musste ihn zu Ende bringen.

Ein neuer Verdächtiger

Der Montagmorgen begann mit Heilmann und seiner schlechten Laune. Ob denn drei Tage Abwesenheit mitten in den Ermittlungen zu einem spektakulären Mordfall nicht absolut überzogen wären, nur für einen Krankenbesuch. Grübert ging nur kurz darauf ein, ihm war nicht nach Rechtfertigung zumute.

„Es waren nur zwei, und Sie kennen die Entfernung Köln-Bodensee. Dort lebt meine Mutter. Und Sie – haben Sie überhaupt noch eine?"

Krassinger trat ein und rief schon von der Tür aus: „Termin bei Barbara Glüsen heute elf Uhr!"

„Perfekt", antwortete Grübert und drückte ihm die neuen Blätter in die Hand, „kopieren und auf der Fahrt nach Mönchengladbach lesen." Und zu Heilmann gewandt: „Morgen früh haben Sie den Bericht auf dem Schreibtisch."

„Termin bei Barbara Glüsen?" Heilmann schaute indigniert.

„Gedulden Sie sich bis morgen."

Grübert deutete eine Kopfbewegung Richtung Tür an, und Krassinger folgte ihm nach draußen.

„Dicke Luft mal wieder?", sagte er.

„Heilmann gehört zu denen, die ihre vermeintliche Bedeutung aus der vermeintlichen Unfähigkeit der ihnen Unterstellten ziehen, nicht aus der eigenen Arbeit."

Krassinger kicherte.

„Und wie ist er zu dieser Stellung gekommen?"

„Regelbeförderung, denke ich. Vor etwa zwei Jahren wurde er von der Polizeistelle Köln-Südstadt als leitender Hauptkommissar hierher versetzt. Wahrscheinlich eine Möglichkeit ihn wegzuloben, drei Jahre vor der Pensionierung."

Er strebte zu seinem Maserati und warf Benno den Autoschlüssel zu.

„Bevor wir nach Mönchengladbach fahren", meinte er, „machen wir einen Spaziergang vom ehemaligen Wohnsitz der Vienna zum Friedhof. Ich hab da eine Theorie. Fahr hoch zum Von-Eichendorff-Weg."

Sie parkten den Wagen auf dem Seitenstreifen vor dem Haus Nr. 57. Weißer Kalksandstein mit dunkelbraunen Holzverschalungen im Giebel, eine breite Einfahrt, zwei Garagen, vor einer der beiden stand ein Porsche, knallgelb.

„Donnerwetter!", entfuhr es Krassinger, „das nagelneue 911 Carrera S Cabriolet! Wer kann sich sowas schon hinstellen?"

„Keine Ahnung, wer da jetzt wohnt. Kannst ja mal beim Einwohnermeldeamt nachfragen."

„Chef, dieser Schlitten bringt 293 km und sprintet aus dem Stand in 5 Sekunden auf Tempo 100!" Krassinger riss begeistert die Arme hoch. „Mit dem unterm Hintern kriege ich alle…"

„Benno! Nun bleib mal auf dem Teppich, wir spielen hier nicht Fangen. Welchen Weg zum Friedhof sollen wir nehmen? Links über die Röntgenstraße runter zum oberen Friedhof oder rechts die Buschgasse runter und dann rauf bis zum unteren Friedhof?"

„Hin den längeren, denke ich, zurück den kürzeren. Warum fragen Sie?"

„Hin nehmen wir ihn als Spazierweg, zurück den kürzeren bergauf, den der Mörder vermutlich genommen hat."

„Und wenn der sich überhaupt nicht auskannte hier? Ich meine, wenn es der Crimmer gewesen ist, der war doch vorher noch nie hier!"

„Ja ja, du hast recht. Ich will nur sehen, was Julia auf diesem Weg gesehen hat. Dem letzten in ihrem Leben."

Krassinger verdrehte die Augen. „Und was bringt das?"

„Weiß nicht. Will mich in diese Frau einfühlen."

„Einfühlen ist was für den Profiler, wenn es um die Person des Täters geht. Aber Julia ist hier doch das Opfer, …. also wozu?"

„Ende der Debatte!", knurrte Grübert, „wir gehen los und genießen einen Spaziergang durchs Dorf!"

Die Grabstelle hinter der Kirche war wieder belegt. Gestecke und Kränze und farbige Trauerschleifen mit Ruhesanft-Sprüchen und In-ewiger-Liebe-Poesie türmten sich auf einem Erdhügel. Mochte es der hier zur Ruhe gebetteten Frau Rübensteck so beschieden sein; doch angesichts der Gewalt, mit der Julia an diesem Ort in die ewige Ruhe gestoßen wurde, empfand Grübert die Zeugnisse des Gedenkens als makaber.

„Was passiert nun mit den beiden Skeletten, die wir hier gefunden haben?" Krassinger stand vor dem Hügel und kratzte sich am Kopf.

„Feuerbestattung, sobald auch die Identität der jüngeren Frau geklärt ist."

„Und was ist mit der Theorie, von der Sie sprachen?"

„Eigentlich keine Theorie, nur eine Schlussfolgerung. Gehen wir einmal davon aus, dass der Mord hier stattgefunden hat. Der Täter schlägt mit irgendetwas, vielleicht mit einem Stein, auf Julia ein, stößt sie ins offene oder halboffene Grab, schaufelt Erde hinein, bis sie nicht mehr zu sehen ist. Was dann?"

„Er geht zurück zum Haus. Oder zu seinem Auto?"

„In der Diele stehen Julias Koffer, am nächsten Tag will sie abreisen, und der Täter weiß das. Das Gepäck war nicht mehr da, als Frau Seibeling einen Tag später kam."

„Der Täter hat es mitgenommen." Krassinger stutzte. „Und wie ist er ins Haus gekommen?"

„Habe ich mich auch gefragt. Einbruchspuren wurden nicht gemeldet. Also zweifellos mit Julias Schlüssel, einen Zweitschlüssel wird keiner der Verdächtigten gehabt haben. Wo hatte Julia ihn während des Spaziergangs? Es ist Ende Mai 1989, die Temperaturen sind angenehm – genau genommen etwa 22°, wie ich recherchiert habe – vielleicht trägt sie am Abend eine leichte Jacke und über der Schulter eine Hängetasche mit dem Schlüssel drin."

„Na klar", nickte Krassinger, „er stößt sie in die Kuhle, die war ja nicht wirklich tief, steigt hinein und nimmt ihre Tasche."

„Oder sie ist beim Sturz von der Schulter gefallen."

„Leichtes Spiel. Und dann zurück zum Haus."

„Ja, und wir jetzt auch. Vom oberen Ausgang die Straße hoch. Und dann nach Mönchengladbach. Ich fahre, du liest die Tagebuchblätter."

„Tja, was soll ich sagen, Chef?", resumierte Krassinger und faltete die Blätter zusammen. Der Maserati brummte, der Montagsverkehr war mäßig, sie kamen gut voran. „Dieser Tom kommt natürlich auch als Täter in Frage.

Frage jedoch: Mordet einer wegen 20.000 DM, die er ja erst zurückzahlen soll, wenn er in Arbeit und Brot ist?"

„Und wenn er der letzte Besucher war und mehr haben wollte? Und Julia das als Unverschämtheit empfunden hat? Streit am Grab?"

Krassinger zog die Mundwinkel nach unten und hob die Schultern. „Bin gespannt, was seine Schwester zu sagen hat."

Barbara Glüsen empfing die beiden Kommissare mit ausdrucksloser Miene. Ihre Gesichtsfarbe war bleich und die Kleidung dunkel wie schon bei der ersten Vernehmung.

„Die scheint in den Klamotten zu schlafen", flüsterte Krassinger, während sie eintraten. Barbara Glüsen wies ins Wohnzimmer:

Dieselbe Szene wie vor drei Wochen, Häkeldecke, Cocktailsessel und Nierentisch und weiße Gardinen mit Seitenschals. Die Vase auf dem Nierentisch war neu aber leer, die Luft abgestanden.

„Was gibt' s?", eröffnete Barbara Glüsen das Gespräch, noch im Türrahmen stehend. „Sie sagten, es gebe neue Erkenntnisse. Was bitte habe ich damit zu tun? Am Telefon wollten Sie es nicht sagen."

„Frau Glüsen", begann Krassinger, „es geht um Tom. Wir haben erst jetzt erfahren, dass Sie einen Bruder haben. Warum haben Sie ihn nicht erwähnt bei unserem ersten Besuch?"

Barbara Glüsen verschränkte die Arme vor der Brust, ihre Stimme klang barsch.

„Warum sollte ich ihn erwähnen? Sie haben nicht gefragt! Wollen Sie mir ein Versäumnis anhängen?"

„Schon recht", beruhigte Grübert, „es gab für Sie keinen Anlass, von ihm zu reden.“ Er warf Krassinger einen dämpfenden Blick zu. „Doch für uns jetzt schon“, fuhr er fort, „wir haben inzwischen Zugang zu Julias Tagebuch. Aus dem geht hervor, dass sie seine Studiengebühren gezahlt und ihm überdies für ein Projekt zwanzigtausend DM zur Verfügung gestellt hat, die er später zurückzahlen sollte. Was wissen Sie darüber?“

Barbaras Blick erstarrte, sie öffnete den Mund und verharrte bewegungslos. Eine Weile schwieg sie. Dann fasste sie sich, ein kurzer Lidschlag und sie wandte den Blick ab.

„Nein, das wusste ich nicht, Tom hat nie von Julia gesprochen“, sagte sie leise.

„Aber Sie wissen etwas, und das ist Ihnen jetzt eben klar geworden.“

„Ich weiß gar nichts“, erwiderte sie und hatte ihren abweisenden Tonfall wiedergefunden, „und mit Vermutungen will ich Sie nicht belasten. Vor allem möchte ich das Verhältnis zu meinem Bruder nicht belasten, er ist der einzige noch Lebende von unserer Familie, meine Mutter ist vor einer Woche gestorben. Fragen Sie ihn doch selbst.“

„Das tut mir leid“, antwortete Grübert und Krassinger nickte. „Dann …“, er wandte sich zum Gehen, „möchten wir Ihre Zeit nicht länger in Anspruch nehmen. Wo können wir Ihren Bruder erreichen?“

Barbara Glüsen notierte etwas auf einem Zettel. Dann geleitete sie die beiden Kommissare zur Tür, die sie geräuschvoll hinter ihnen ins Schloss drückte.

„Puh, was für ’ne Frau!“ Krassinger blies die Luft durch die Lippen.

„Sie weiß was“, mutmaßte Grübert, während sie in

Richtung Parkplatz strebten, „und vermutlich hat es mit den zwanzigtausend DM zu tun. Und mit dem, was ihr Bruder damit gemacht hat. Dass es von Julia kam, hat er ihr verschwiegen, und das hat sie gerade eben fast sprachlos gemacht.“

„Genau, Chef!“

Krassinger blieb abrupt stehen und fasste Grübert am Ärmel. „Vielleicht hat Tom mit dem Geld ganz was anderes gemacht, und vielleicht gab es das Projekt nie. Soll ich mal recherchieren?“

„Gute Idee, mach das!“ Er warf ihm den Autoschlüssel zu und hob warnend den Zeigefinger.

Im Büro lag Agression in der Luft. Klopp war auf Streife, Stadlhuber und Gangel sahen kurz auf, als Grübert und Krassinger eintraten, bevor sie demonstrativ den Raum verließen.

Krassinger begab sich schnurstracks zum Rechner, Grübert setzte sich an den Bericht für Heilmann. Er kam schlecht voran, immer wieder schweiften seine Gedanken danken ab, kreisten um Julia und um das, was er von ihrem Leben wusste. Es war nicht allzu viel. Gern hätte er mehr von ihren Bildern gesehen; vielleicht sollte er Krecht bitten, ihm die zu zeigen, die er noch besaß?

Die Tür ging auf.

„Fleißig?“ Heilmann nickte gönnerhaft, um sofort hinzufügen: „Ich warte nun schon seit fast eine Woche auf neue Ergebnisse zu Ihrem Fall, Herr Kollege Grübert. Sie sind viel unterwegs, aber offenbar kommen Sie nicht voran. Schauen Sie sich den Kollegen Stadlhuber an, der arbeitet effektiv. Vernimmt gerade den …“, er wedelte mit seiner Hand, „diesen Kosovaren, den Berisha.“

Krassinger sprang auf. „Chef!“, zischte er, sein Blick war angriffslustig, der Ton scharf – „wir sind sehr wohl weiter gekommen, wie Sie den letzten Berichten entnehmen konnten. Es gibt zwei Verdächtige, und es kostet Zeit, sie nach so langer Zeit aufzuspüren, und außerdem lebt einer der beiden nicht mehr, und natürlich sind wir dabei, Verbindungen nachzuverfolgen.“ Er holte tief Luft. „Sie unterstellen uns Untätigkeit. Warum?“

Heilmann zog die Augenbrauen hoch. Grübert grinste in sich hinein – der Junge machte sich, Frontalangriff gegen den Vorgesetzten und ihn gleichzeitig *Chef* nennen. Es hatte Heilmann wohl die Sprache verschlagen. Doch dann kehrte er den Verständnisvollen heraus, der sich überlegen glaubt.

„Sie bemühen sich so gut es geht, Benno, das weiß ich“, sagte er milde, indem er sich ihm zuwandte, „und vielleicht geht es auch nicht besser oder schneller. Aber ich muss alles im Blick behalten, unsere Arbeit unterliegt öffentlicher Beobachtung und Beurteilung. Und da …“

„Und vor allem dem Anspruch der Wahrheitsfindung“, ergänzte Grübert, „und der sind wir auf der Spur und das unablässig.“

Heilmann, offenbar indigniert ob der Unterbrechung, sah zu Grübert hinüber, öffnete den Mund, schloss ihn wieder, dann wandte er sich abrupt ab.

„Noch was, Chef!“, meldete sich Krassinger erneut. „Sie sagten, Stadlhuber vernehme gerade den Berisha?“

„Und?“ Heilmann wandte sich um.

„Berishas Darstellung des Einsatzes entspricht der Wahrheit. Außer mir gibt es einen Zeugen, einen Nachbarn auf der gleichen Etage, hier …“, er kramte in seiner Hosentasche, „ist der Name. Hatte gestern Kontakt mit ihm, er bestätigt meine Version. Er sollte vorgeladen werden.“

„Wollen Sie mir jetzt meine Arbeit erklären, Sie Grünschnabel!?“ Heilmann ging hinaus, seine Schritte hallten im Flur bis zu seinem Arbeitszimmer, die Tür knallte.

„War das zuviel?“, fragte Krassinger. „Ich meine, es ist doch nicht unser Fall, sonst könnten wir ihn doch selbst vorladen.“

„Gut gemacht, Benno“, lobte Grübert, „vielleicht hat Heilmann endlich kapiert, dass seine Drängelei keine Erkenntnisse bringt.“

Erkenntnisse

Am nächsten Morgen gab es eine Erkenntnis.

Die Universität der Künste in Berlin hatte auf Krassingers Anfrage geantwortet: Ja, es gebe Forschungsprojekjekte für Architekturstudenten, aber keine, in die sie finanziell investieren müssten. Antworten der Humboldt Universität wie auch der Freien Universität Berlin lagen noch nicht vor.

„Die werden genau so lauten, Chef", meinte Krassinger zu Grübert, der soeben eingetreten war. „Wir können also davon ausgehen, dass Tom gelogen hat und das Geld anders ausgegeben hat. Und jetzt müssen wir ihn mal besuchen."

„Das vereinbarst du." Grübert wedelte mit einem braunen Umschlag. „Was habe ich dir gesagt? Neue Post."

Er setzte sich. Am liebsten hätte er sich zurückgezogen, irgendwohin, wo er allein war mit Julias Tagebuch. Doch ihm gegenüber saß nur Krassinger und von ihm war keine Störung zu erwarten.

Er öffnete den Umschlag, acht Blätter. Er faltete sie auseinander und suchte nach dem Datum des letzten Eintrags. Der war vom 25. Mai 1989, vier Tage vor ihrem geplanten Abflug. Seine Kopfhaut begann zu kribbeln – jetzt endlich, kurz vor ihrem gewaltsamen Tod, sollten eindeutigere Hinweise auftauchen!

5. *März 59*

Also sind wir zu viert nach Paris gefahren, Gunnar (sein Vater hat ihm seinen VW zur Verfügung gestellt) und ich, sein athleti-

scher Freund Shorty (!) und dessen Freundin Katharina, während meine Eltern zuhause auf den Knien lagen, ich möge als virgo intacta zurückkommen.

G. hat sich amüsiert und mich in den Arm genommen: Du bist überaus intakt, hat er gesagt.

Paris und unser Pflichtprogramm: Opéra National (auf der Treppe zum obersten Rang: sein komicher Ärger über den abgerissenen Knopf), die Museen, der Louvre. Wir stehen vor einem Chagall, oben im Bild ein Frauenkopf, unten der Maler, er blickt zu ihr auf mit verkehrt herum aufgesetztem Kopf. Wir suchen nach einer Interpretation. Ist doch klar, sage ich und blicke hoch zu Gunnars Einmeterneunzig: Sie hat ihm den Kopf verdreht! Er lacht: Kann wohl sein, meint er und küsst mich.

28. Juni 59

Wir haben endlich ein Atelier gefunden in einem ungenutzten Gebäudeteil der Stahlindustrie in der Linienstraße. Groß genug für mindestens vier Leute.

Hab unser Zimmer gemalt: diagonaler Anschnitt, in der Ecke oben rechts unter dem Dachfenster – tiefblau wie der Nachthimmel – unser großes Bett (Eigenbau!), schneeweiß, auf dunkelroten Holzdielen, an der Wand Gunnars Bild mit der Frau auf der Schaukel, habs leicht verfremdet: Ihr Kopf ist schon im Himmel verschwunden (so wie ich, wenn wir uns auf diesem Bett in den Himmel katapultieren). Shorty meinte: blau-weiß-rot, Flaggenfarben? Erinnerung an unsere Paris-Reise?

Er selbst malt eckige Landschaften, Vierecke und Dreiecke. Na!!! Kubismus ist passé, abstrakt ist seine Malerei auch nicht, er muss seinen Stil noch finden.

Wenn Katharina ihm Modell steht, ist das Ergebnis eine Frau mit Ecken und Kanten und zwei Kreisen oder Kugeln irgendwo dazwischen. Auch kein Leben drin, Seele schon gar nicht.

26.Juli 59

So was! Komme gestern schon am Mittag nach Haus und denke, ich bin allein, gehe unter die Dusche, ohne die Tür abzuschließen. Shorty kommt rein, ich höre es nicht, weil das Wasser rauscht, er schiebt den Vorhang beiseite, guckt mich von oben bis unten an und grinst. Ich war so verblüfft, dass ich nicht gleich reagieren konnte, sonst hätt ich ihm gleich eine geknallt.

Beim Abendessen, zu viert am Tisch, sieht er mich mit einem maliziösen Grinsen in den Mundwinkeln an, wenn Gunnar und Katharina anderswo hingucken. Ich sehe ihm stur gradaus ins Gesicht, ohne eine Miene zu verziehen. Was will er? Sich von den Ecken und Kanten erholen?

2. Sept. 59

Das war vor drei Wochen und ich hatte es fast vergessen. Er wohl nicht.

Heute war ich allein im Atelier, mir noch mal ältere Bilder vorknöpfen. Kommt er rein, stellt eine seiner angefangenen Landschaften auf die Staffelei, malt daran herum. Nach einer Weile sagt er: Wie findest du das, guck dir das doch mal an. Ich gehe rüber und weiß jetzt schon, daß ich ihm meine Meinung dazu nicht sagen werde. Ich stehe vor dem Bild, er hinter mir und sieht über meine Schulter. Plötzlich schlingt er die Arme um meine Mitte, dreht mich mit einem Ruck zu sich um, schiebt sein Bein zwischen meine und packt meinen Po mit beiden Händen. Warum habe ich ihn nicht sofort zurück gestoßen? Irgendetwas ist über mich gekommen bei diesem Frontalangriff, er war überall, ich konnte nicht raus aus seinem Griff.

Ich glaube, meine Wehrlosigkeit hat mich angemacht. Ausgeliefert sein, eine neue Erfahrung. Er hat nichts gesagt, mich gegen den großen Zeichentisch gedrückt und hoch gehoben ... im Stehen … Auch danach kein Wort. Er nicht, ich nicht.

6. Nov. 59

Ich glaube, S. wollte mir etwas beweisen: Ich sollte ihn ernst nehmen. Vielleicht hat er mitgekriegt, daß ich seine Kunst nicht ernst nehme.

G. und K. haben nichts mitgekriegt.

12. März 60

Die beste Reaktion, die man erwarten kann! Gunnar und ich bekommen eine Ausstellung in der Galerie Curt Crimmer in der Altstadt zu Anfang 1961! G. hat sich jetzt mehr der Photographie zugewandt im Sinne von August Sander: Photographie als Dokumentation, sachlich und nüchtern. Sein abgebrochenes Studium in Fotojournalismus kommt ihm dabei zugute, vielleicht auch seine Fachsimpelei mit Kommilitonen, u.a. Hilla Becher. Er macht Fotos von Schaufensteransichten, Handabzüge auf Silbergelatine, starre Schaufensterpuppen mit Klamotten. KEIN LEBEN DRIN! *Der Gegensatz zu meinen Bildern sei so auffallend, hat Curt Crimmer gesagt, ein reizvoller Kontrast, sie zusammen auszustellen. Pralle Malerei versus schonungslose Wirklichkeit. Genau deshalb haben wir sie im Rundgang nebeneinander gehängt.*

Unseren Erfolg haben wir ausgiebigst gefeiert, zunächst in unserer WG-Runde mit einem schönen Essen (Rouladen mit Speck nach Muttis Rezept plus einem Schuß Rotwein). Später privatissime. Shorty hat mir einen seltsamen Blick zugeworfen, als wir leicht angesäuselt in unserem Zimmer verschwanden. Ich hätte mich unter der Tür stehend nicht noch einmal umdrehen sollen.

27. Nov. 61

War zur Ausstellungseröffnung von Shorty, Matinee am letzten Samstag. G. konnte nicht mit wie geplant, hatte einen Termin mit einem Macker vom Kulturausschuss in M.Gladbach (leihweise

Hängung seiner Bilder im Rathausfoyer?), Kathi auch nicht, ihre frisch geschiedene Mutter schrie nach emotionalem Beistand.

Ja, was soll ich sagen ... Die Bilder waren gut gehängt, das Publikum überschaubar und interessiert, nur ein spontaner Verkauf. Ich wurde für seine Freundin gehalten und mit ihm zu einem anschließenden Imbiß in die Ratsstube eingeladen.

Gegen Drei sind wir zurück. Ich bin dabei, einen Kaffee aufzuschütten, er stellt sich dicht neben mich vor den Schrank, um die Tassen herauszunehmen, unsere Hüften berühren sich und mich durchfährt' s wie ein Stromstoß, ich war unfähig, mich zu bewegen. Es ist wieder passiert, und wieder diese Hilflosigkeit, dieses Sich-selbst-aufgeben-Müssen.

Warum bloß ist das so mit ihm? Bin das noch ich?

20. Dez. 61

Fast schäme ich mich. G. ist lieb und zärtlich mit mir und ich fühle mich geborgen, wenn wir zusammen sind, wir reden und haben Spaß miteinander. S. nimmt mich einfach nur, immer, wenn keiner da ist, er spricht dabei nicht, wir sind wie Ertrinkende und kämpfen uns durch die Flut, bis wir um Luft ringend wieder auftauchen. Komme nicht dagegen an. Danach bin ich wie leer.

28.Jan. 1962

Schon wieder fast vorbei, der Januar des neuen Jahres. Weihnachten war ich mit Gunnar bei seinen Eltern, meine Familie hat sich nicht gerührt, Funkstille. Silvester haben wir in der WG und später auf der Straße mit Nachbarn gefeiert. Laut und bunt!

Wenn ich Zeit habe zwischen Akademie und Spüljob und Putzjob, male ich, auch zuhause: Dinge oder Menschen, meistens in Siationen beobachtet, zu denen ich mir eine Geschichte mache. Einen anderen Stil kann ich nicht mit dem Kopf erfinden, er muß sich aus dem Bauch heraus entwickeln. Gunnar habe ich schon gemalt und nun auch S., wie er auf seinem Fahrrad durch die Landschaft fährt, die von ihm gemalte, die mit Ecken und Kanten. Werde es ihm keinesfalls zeigen.

Mein Kopf sagt mir etwas anderes: Halt dich fern von ihm, er tut dir nicht gut. Wie soll ich das? Ich bin im Atelier, er ist im Atelier, keiner sonst da, es passiert. Auf dem Boden, der wackligen alten Couch aus dem Gartenhäuschen oder gegen die Wand gedrückt. Neulich habe ich ihn gefragt: Und Katharina? Erst hat er nicht geantwortet und zur Seite geguckt. Dann zur Decke: Katharina ist eine höhere Tochter. – Wie soll ich das interpretieren? – Das weißt du schon selbst. Ich glaube, er meint damit eine gewisse Vornehm- heit, Zurückhaltung und davon zuviel. Kühle vielleicht.

Und warum dann ich?, hab ich gefragt. Er: Auch das weißt du. Und auch, daß du eine Hexe bist, und das nicht wegen deiner roten Haare. Hat gelacht und mir zwischen die Beine gefaßt.

28. März 63

S. hat nun auch seinen Abschluß gemacht, mit Erfolg, er hat seinen Stil in der informellen Malerei gefunden. Jetzt fängt auch für ihn die Suche nach Ausstellungsorten an.

Beim späten Frühstück heute morgen zu viert habe ich ihm meine Hilfe bei der Durchführung angeboten. Aber hexen kann ich nicht, hab ich spontan hinzugefügt, wohl aus Lust an Provokation. Er hat mir einen schnellen Blick aus schmalen Augenwinkeln zugeworfen und die Mundwinkel verzogen. Gunnars Blick ist zwischen uns hin und her gegangen, ich habe ihn angelächelt, als habe es sich um einen Witz gehandelt. Katharina, während sie die Kanne hob, um S.Kaffee nachzugießen: „Das ist lieb von dir, Julia, danke." Wahrscheinlich hat sie ihm hinterher Vorwürfe gemacht, weil er sich nicht bedankt hat.

Elisabeth kocht wieder hoch in mir.

Hat Gunnar doch etwas mitgekriegt?

2. Dez. 88

Große Überraschung: Ein Anruf von Shorty. Nach 22 Jahren ist er zurück in Düsseldorf. Ohne Kathi, momentan solo. Hat ein Atelier mit zwei Zimmern gemietet, malt und macht Ausstellungen. Wo? Er: Mal da, mal dort, im Januar in der Galerie Artroom. Hatte den Eindruck, es läuft nicht so richtig bei ihm. Er will mich in Köln besuchen.

2. Jan. 89

War über die Feiertage allein, Zeit zum Nachdenken. Kann nicht ohne Viktor so weitermachen wie bisher, ich brauche eine neue Aufgabe in einer anderen Umgebung. Mein schönes Zuhause hier oben ist nichts ohne ihn, keiner da, mit dem ich es teile. Denke über Boston nach.

8. Jan. 89

Habe Max Riebenstein angerufen, er erinnert sich an unseren Besuch vor zwei Jahren und war erkennbar erfreut. Zum 1. September gehe der Chefkurator in den Ruhestand, die Stelle sei noch nicht neu besetzt, ob ich nicht ....usw.

Sehr interessant. Die Zelte komplett abbrechen hier? Weg von allem, was mich an Viktor erinnert? Richtig neu anfangen, das täte gut. Neue Ziele, neue Menschen, neue Erkenntnisse.

10. Jan. 89

Warum noch lange nachdenken? Hab mich kurz entschlossen und gestern meine Bewerbungsunterlagen hingeschickt; könnte klappen.

12. Jan. 89

Mit Gunnar wird' s leider vorerst nichts, er vertröstet mich auf den Mai.

Gestern, kurz vor Ladenschluß, stand Shorty tatsächlich da. Selt-

sam, das Wiedersehen. Mit Fünfzig sieht er besser aus als damals, eisengraue Haare, schulterlang, schwarzer Dreitagebart, schmaler Blick, leicht verwegen. Hat mir einen Katalog seiner neuesten Arbeiten mitgebracht. Sein Malstil ist wild geworden, knallbunte Figurationen, keine Ecken und Kanten mehr, große Formate. Ob er sich zu den jungen Wilden zählt, frage ich, die sind doch schon fast wieder passé. Bad painting, sagt er, es gibt keine Konventionen. War noch auf ein Kölsch mit ihm im Interconti nebenan. Natürlich hat er mich eingeladen, seine Ausstellung anzusehen, werd ich machen.

Ich stelle fest: Er beunruhigt mich immer noch.

18. Jan.89

Ich war in der Artroom-Galerie, er hat mich rumgeführt. Ganz interessant, sein Malduktus, heftig und schnell, aber einen wiedererkennbaren Stil hat er nicht, viele malen ähnlich. Interessiere mich für sein Bild „Gefunden mein Herz“, wenn es nicht verkauft wird, möchte ich es haben: Blaugrüner Hintergrund, den Vordergrund füllt eine stilisierte menschliche Figur in Übergröße, schwarz umrandet, rot und dunkelviolett, sie läuft mit langen Schritten und wendet dem Betrachter das Gesicht zu und ist weder Mann noch Frau, mit beiden Händen drückt sie ein Herz aus beschriftetem Papier an die Stelle, wo ihr eigenes Herz sein könnte.

Vielleicht ist der Titel das Beste an diesem Bild. Er macht das Bild.

Interessant: Ende Mai wird er in Zürich ausstellen, in der ArtBox-Galerie. Unterschätze ich ihn?

10. März 89

Und immer noch Shorty. Er legt seine Hand auf meine Hüfte und es durchzuckt mich, und alles ist wie früher, zuerst Hilflosigkeit, dann Besessenheit, bis wir explodieren.

21.März 89

Ich konnte es ihm nicht abschlagen

Hast du nicht ein Haus auf dem Land?, hat S. gefragt, willst du es mir nicht zeigen? Also hab ich, gestern Abend. Und ihm ist klar geworden, daß ich vermögend bin. Nach Käse und Rotwein ist er nachhause gefahren, eine Besessenheit gibt' s hier nicht, nicht in Viktors Haus.

Danach Viktors Lieblings-CD, Dichterliebe von Schumann, „Ich hab die Nacht geträumet ...", hab mich in seinen Sessel gekuschelt, geheult und mich in meinen Schmerz gekniet.

7. April 89

Alles überschlägt sich jetzt:

Krecht hat zugesagt unter der Bedingung, daß er zum 1. Juni übernehmen kann. Das ist äußerst knapp, aber ich muß das machen und bin ins kalte Wasser gesprungen, Notartermin in zwei Wochen.

Shorty hat mich angepumpt. Unsere früheren Atelierräume in der Linienstraße sind zum Kauf angeboten, er will zuschlagen und von mindestens drei weiteren Künstlern Mieteinnahmen generieren. Er braucht 43.000 DM Eigenkapital für den Bankkredit, die hat er nicht. Hat mir seine Kalkulation vorgelegt, ob sie so aufgehen kann, weiß ich nicht, hat auch von seiner großen Ausstellung in der Schweiz gesprochen, und da könnte noch so einiges folgen. Hab ihm erklärt, daß ich kurz vor dem Umzug nach Boston stehe und mir die Zeit fehlt, alles gründlich zu studieren. Wir haben einen Vertrag gemacht über monatliche Rückzahlungen von 600 DM ab dem 1. Juni 1990.

1.Mai 89

Post von Curts Anwalt. Das jetzt auch noch! Hab Curt angerufen und ihm gesagt, daß ich hier alles auflöse und in die USA gehe, und daß er sich zum Teufel scheren soll!

22. Mai 89

Und nun Gunnar zum Abschied! Ich staune über seine neuen Arbeiten, wandsprengende Formate, die ins Museum gehören. Gehöriger Andrang bei der Vernissage, Presse etc. Die Ausstellung bleibt bis Mitte Juli. Krecht ist angetan, zum Zeitpunkt der Übernahme einen so hochkarätigen Künstler zeigen zu können.

Shorty und Gunnar haben sich nach all den Jahren ja auch wieder gesehen, und es war merkwürdig, die beiden nebeneinander zu sehen, in meiner Galerie, in einer Ausstellung, die ich für den einen gemacht habe, der es zur Berühmtheit geschafft hat. Der andere krebst so dahin, fast tat er mir leid.

Was mich noch merkwürdiger berührt hat: Da war eine junge Frau unter den Gästen, alarmierend jung, ich hab sie nur kurz im Gespräch mit Krecht gesehen, als ich dazu kam, ging sie weg. Zu wem gehörte sie? Was mich total verstört hat: Sie sah aus wie ich in früheren Jahren, Größe, Figur, Locken zum Verwechseln ähnlich, nur die Haarfarbe war anders. Werde Gunnar fragen, wenn er am Wochenende kommt. Bei der Gelegenheit: Gunnar bitten, gelegentlich die Grabpflege zu kontrollieren.

Morgen nicht vergessen: Bei Kribben einen Marmor für die Abdeckplatte des Grabes aussuchen.

25. Mai 89

Habe angefangen zu packen, zwei große Koffer, Wertsachen, Geld und Papiere extra im Spezialgepäck. Frau Seibeling ist `ne treue Seele, werde ihr zum Abschied ein Bild schenken.

Eine Weile saß Grübert da und blickte auf das Papier in seiner Hand. Julias letzte Worte. Ihm schien fast so, als seien sie an ihn gerichtet. Die junge Frau, von der sie da sprach, war ohne Zweifel diejenige, die mit ihr zusammen im Hambachergrab gefunden worden war. Und wieder

Greven, der befragt werden musste. Und noch einer, dem sie Geld geliehen hatte.

„Ich hab Sie gerade was gefragt, Chef!"

Krassinges Stimme hatte sich in seine Gedanken gebohrt, Grübert hob den Kopf. „Ich hab den Glüsen dran", sagte Krassinger und deckte die Hörmuschel des Telefons mit der Hand ab, „passt es Ihnen morgen Nachmittag siebzehn Uhr?"

Grübert nickte. Je schneller sich einer aus dem Kreis der Verdächtigen als unschuldig erweisen würde, desto konzentrierter konnte er die anderen Spuren verfolgen. Er griff zum Hörer. Das Gespräch war schnell beendet.

„Ich bin dann mal weg, Benno", sagte er und stand auf. Er schob ihm die Tagebuchblätter zu. „Kopieren und lesen und die Originale wieder in den Umschlag und wegschließen."

„Werden Sie jetzt zum Dauergast?", begrüßte ihn Gunnar Greven.

„Solange Sie helfen können, ein Verbrechen aufzuklären, werden Sie mich nicht los, Herr Greven", erwiderte Grübert.

„Na dann", meinte Greven und wies in die Sitzecke.

„Wir gehen verschiedenen Hinweisen nach", begann Grübert und setzte sich. „Vor vierzehn Tagen sagten Sie, dass Sie während des Studiums zusammen mit einem anderen Paar in einer WG gelebt haben. Wer war das, wie hießen die beiden?"

„Shorty studierte auch an der Kunsthochschule und seine Freundin Katharina Musik an der Folkwang, beide waren von Anfang an dabei.".

„Shorty …?"

„Ach ja, sein Spitzname!“ Greven lachte. „Er war über Einsneunzig groß, und irgendwann hat einer *Ach du Kurzer* zu ihm gesagt und dann ist daraus Shorty geworden, und keiner hat ihn mehr mit Chris angesprochen.“

„Chris – und weiter?“

„Zörner, Chris Zörner.“

„Haben Sie noch Kontakt zu ihm? Wann haben Sie ihn zuletzt gesehen?“

„Lange her, Mai 89, auf der letzten Ausstellung bei Julia in Köln. Das war ein überraschendes Wiedersehen, ich hatte ihn zuletzt 1963 gesehen, bevor er nach München gegangen ist.“

„War er erfolgreich mit seiner Malerei?“

Greven hob die Schultern und senkte die Mundwinkel. „Ich glaube, eher nicht.“

„Wirkte er angespannt?“

„Nein, ganz und gar nicht. Er sah gut aus.“ Greven nickte und schürzte die Lippen. „Ein Typ, der Frauen gefällt. Julia hat er auch gefallen.“

„Das wissen Sie?“

„Ich hab so einiges mitgekriegt damals und auch schon früher in der WG in Düsseldorf.“

Grübert lehnte sich zurück. „Wissen Sie auch etwas über den Kredit, einen ziemlich hohen, den Julia ihm gegeben hat, wenige Tage vor ihrem Tod?“

Die Überraschung war ihm gelungen und deutlich auf Grevens Gesicht zu beobachten.

„Nein!“, stieß er heraus. „Das hat sie gemacht?! Wofür nur hat sie ihm Geld geliehen?“ Er schüttelte den Kopf. „Soweit ich es mitgekriegt habe, hat sie nicht viel von seiner Malerei gehalten. Kein eigener Stil, kein Wiedererkennungswert, hat sie gesagt.“

Er legte die Fingerspitzen gegeneinander und betrachtete sie eine Weile. Dann schüttelte er den Kopf und hob den Blick, in seinen Augen lag ungläubiges Erschrecken.

„Nein, nein, das kann nicht sein, dazu wäre er nicht fähig“, sagte er. „Warum sollte er das tun?“

„Ich weiß es nicht“, meinte Grübert, „wir müssen alle Möglichkeiten durchspielen. Und es gibt noch einen Hinweis, der unter anderem auch für die Glaubwürdigkeit unserer Quelle spricht. Auf der Vernissage zu dieser letzten Ausstellung, von der Sie sprachen, war eine Frau, die Julia zum Verwechseln ähnelte. Sie ist diejenige, die mit ihr im Hambachergrab gefunden wurde und deren Gesichtsrekonstruktion Sie begutachtet haben, aber nicht eindeutig als Julia bestätigen konnten.“

Greven nickte zustimmend. „Ja, ich erinnere mich, dass Julia mich bei meinem letzten Besuch nach dieser Frau gefragt hat, aber …“, er hob bedauernd die Hände, „ich kenne sie nicht und habe sie auch nicht gesehen, es waren so viele Leute da, die meisten kannte ich nicht.“

„Könnte es sein, dass sie zu Ihrem Freund Shorty gehörte? Eine jüngere Ausgabe von Julia? Sie sagen ja, dass da etwas war zwischen ihm und Julia während Ihrer Studienzeit. Sollte jemand gewusst oder in Erfahrung gebracht haben, dass diese Frau, eine Kopie von Julia, zu Shorty gehörte, muss sie das wie eine Ohrfeige empfunden haben. Und hat dann vielleicht den Kredit sofort zurückgefordert. Als anerkannte Galeristin hatte sie zudem noch andere Möglichkeiten, ihn in der Kunstszene zu diskreditieren. Und dann …“, Grübert bewegte seinen Kopf hin und her, „… in die Enge getrieben, ist manch einer zu manchem fähig. Wir müssen auch diese Möglichkeit in Betracht ziehen.“

Er griff zu seinem Notizbuch. „Wissen Sie, wo Chris Zörner sich momentan aufhält?“

„Keine Ahnung.“

„Telefonnummer? Handynummer?“

Greven verneinte, Grüber seufzte und steckte sein Notizbuch wieder ein. Damit war nun alles wieder offen. Immer noch drei mögliche Täter, und noch ließ sich keiner von der Verdächtigenliste streichen.

Auf der Rückfahrt zur Dienststelle kam ihm eine Idee, die er zunächst verwarf. Doch offenbar hatte sie sich in ihm festgesetzt; denn er verpasste die Autobahnausfahrt nach Woltersheim und, einmal in Richtung Köln unterwegs, fuhr er weiter bis zum Neumarkt. Wie schon vor zwei Wochen konnte er dem Duft von Küppers Reibekuchen nicht widerstehen. Er nahm drei auf einem Pappteller, verzehrte sie hastig an einem der Stehtische und trank noch einen Espresso. Dann trieb es ihn auf die andere Straßenseite in die Zentralbibliothek. Im Archiv lud er wieder den Stadtanzeiger von 1989 herunter und begann mit der Suche im Juni. Elisabeth hatte eine Suchanzeige für ihre Freundin geschaltet – warum sollte irgend jemand das nicht auch für die unbekannte Tote getan haben, die Frau, die Julia so ähnlich sah? Vor zwei Wochen hatte er sein Augenmerk auf Julias unübersehbare Haarfarbe richten können, eine Erleichterung für die Suche, jetzt aber musste er noch genauer hinsehen, kleine Anzeigen beachten, möglicherweise nur mit einer Beschreibung der Vermissten. Das konnte dauern.

Vierzig Minuten später beglückwünschte er sich: In der Ausgabe vom 14.Juli 1989 stieß er auf das Foto einer Liliane Kerbeling, das auf die unbekannte Tote zu passen schien, Gesichtszüge wie Julia, so gänzlich ohne Farbe hätte es auch sie sein können. Die Frau hielt die Arme verschränkt vor dem Oberkörper, die linke Hand lag auf dem Oberarm, und am Ringfinger trug sie den Ring, den Grübert bei seinem abendlichen Gang über den Friedhof gefunden hatte, den Ring, den Gunnar Greven als sei Geschenk an Julia identifiziert hatte. Eine Brühler Adresse war angegeben sowie die dazugehörige Telefonnummer.

Grüber atmete tief aus. Sie war es, die unbekannte Tote und schlagartig wurde ihm klar, wie alles zusammenhing. Er fotografierte die Bildschirmseite und machte sich auf den Rückweg.

Unterwegs plagte ihn sein schlechtes Gewissen. Vorgestern, Sonntag, hatte er zuletzt mit seiner Mutter telefoniert, am Abend erst. Ja, es gehe ihr soweit gut, hatte sie gesagt, etwas zögerlich, wie ihm schien. Er hatte das *soweit* als Einschränkung interpretiert und nachgefragt. Sie wolle nicht klagen, hatte sie geantwortet, aber alles falle ihr schwer und Frau Dünnebier ihr auf die Nerven, und allein die Aussicht, sie und ihre lautstarke Bagage, die jeden Tag in wechselnder Besetzung auflief, noch eine ganze Woche ertragen zu müssen, verringere ihre Heilungschancen. Er hatte gelacht und ihr empfohlen, das kleine Radio ohne Kopfhörer zu benutzen, sicher ließe sich über wechselseitige Lautstärken verhandeln. Vielleicht hatte sich inzwischen die Situation beruhigt, gleich nach Dienstschluss würde er anrufen.

Krassinger saß vor dem PC und hatte auch Neuigkeiten. Bei seinem Anruf in der Kanzlei Börgel & Partner war ihm bestätigt worden, dass Curt Crimmer bis 2003

Mandant der Kanzlei gewesen war, doch nähere Auskünfte wollte man telefonisch nicht erteilen.

„Stell eine schriftliche Anfrage, Benno“, sagte Grübert, „wann hatte er Termin bei seinem Anwalt, und worum ging es. Und vielleicht weiß dieser Börgel auch, wo Crimmer abgestiegen ist und dann, na ja, du weißt schon … Und jetzt …“, er zückte sein Handy und hielt Krassinger das Foto aus dem Stadtanzeiger vor die Nase, „ich habe sie gefunden, unsere Unbekannte! Dachte mir, probier's noch mal im Archiv. Warum bloß hab ich daran nicht schon früher gedacht!“ Er blickte auf seine Uhr. „Ich fahre jetzt gleich nach Brühl zu der angegebenen Adresse, und du hältst hier die Stellung.“ Er warf eine Geste in den leeren Raum. „Wo sind die anderen?“

„Tja, Chef …“, Krassinger grinste gequält, „diesmal war Heilmann auf Zack und hat gestern noch den Berisha vorgeladen und heute Vormittag vernommen, Stadlhuber war dabei und Gangel und ich natürlich auch. Berisha und ich haben übereinstimmend ausgesagt und Gangel und Stadlhuber ebenfalls, also: zwei gegen zwei, es ging aus wie das Hornberger Schießen. Und ich erfahre, dass Stadlhuber tatsächlich den Berisha angezeigt hat wegen häuslicher Gewalt gegen die Tochter, und Berisha kontert, er werde den Stadlhuber anzeigen und vor Gericht bringen. Da hat er nur höhnisch gegrinst, der Stadlhuber, ich hätte ihm am liebsten das Grinsen aus dem Gesicht geschlagen.“

„Wenn es wirklich zum Prozess kommt, hat er Chancen, davon zu kommen, solange Gangel nicht umfällt“, gab Grübert zu bedenken. „Und nun“, er ging zur Tür, „wünsch mir Glück, dass ich an der Brühler Adresse jemanden antreffe.“

Er hatte Glück. Nach dem zweiten Klingeln meldete sich eine Frauenstimme in der Sprechanlage: „Ja bitte?“ Er sagte, er sei von der Polizei und stelle Nachforschungen über vermisste Personen an und wurde prompt hereingebeten. Die kleine Wohnung lag im dritten Stock, eine ältere Frau erwartete ihn schon in der offenen Tür, stämmige Figur, rundes Gesicht, ängstlich erwartungsvolle Augen.

„Frau Kerbeling?“

Die Frau nickte und trat beiseite. „Bitte.“

Der schmale Flur öffnete sich in ein geräumiges Wohnzimmer, hell möbliert. Er kam gleich zur Sache, angesichts der schlimmen Ahnung in ihrem Blick schienen ihm schonende Umschreibungen wie ein schmerzverlängerndes Hinausschieben der Wahrheit. Er hasste solche Momente. Jemandem den Tod eines geliebten Menschen mitteilen zu müssen, war eine Aufgabe, die er lieber anderen überließ. Während seiner Tuttlinger Zeit hatte er Isabel einige Male in solchen Situationen erlebt und für ihre Fähigkeit bewundert, sachlich gebotene Distanz mit Empathie für die Betroffenen zu paaren.

„Darf ich mich setzen?“, fragte er in der Gewissheit, dass Frau Kerbeling seine Bitte als Antwort auf die unausgesprochene Frage in ihren Augen verstehen würde: Schlechte Nachrichten sollte man sitzend empfangen, die schmerzhafte, schrittweise Annäherung an das, was er ihr mitteilen würde. Zeugnisse, die den gewaltsamen Tod ihrer Tochter belegten, Fotos über Fotos – von der Frau, der sie zum Verwechseln ähnlich sah, von der Gesichtsrekonstruktion, von dem Ring, den er im Grab gefunden hatte, der dieser Frau gehört hatte und den ihre Tochter im Augenblick des Todes am Finger getragen hatte.

Sie habe geahnt, sagte sie, nachdem Grübert geendet hatte, dass ihre Tochter nicht mehr am Leben sei.

„Die Zeitungen waren ja voll von dem Fund auf dem Woltersheimer Friedhof. Und dass es nun aber Liliane ist, die in ... dem Grab ... “, ein Schluchzer stieg ihr in die Kehle, „das ist so schrecklich, nur eine paar Kilometer von hier ... all die Jahre ... sie war so lebensfroh.“

Sie konnte nicht weiterreden und barg ihr Gesicht in den Händen.

Grübert schwieg, er wollte nicht drängen. Nach einer Weile, als sie sich gefasst hatte, zog sie mit entschlossener Geste ein Taschentuch aus dem Pulloverärmel, fast wütend, schien ihm. „Entschuldigung“, sagte sie und putzte sich die Nase. „Wer war es? Wer hat sie getötet?“

„Helfen Sie uns, Frau Kerbeling, wir wissen es nicht.“

„Was wollen Sie wissen?“

„Wer waren ihre Freunde? Welche Interessen hatte sie? Was hat sie beruflich gemacht?“

„Mein Gott, 1989 war sie fünfundzwanzig, kurz vor ihrem Abschluss an der Kunstakademie, und natürlich hat sie viele Leute gekannt. Kommilitonen, Künstler, Musiker. Und sie ging gern in Ausstellungen und besuchte Galerien.“

„Was wissen sie über Freunde, die ihr näher standen? Gab es jemanden, mit dem sie zusammen lebte?“

Frau Kerbeling zögerte. „Ob sie mit ihm zusammenlebte, weiß ich nicht“, sagte sie schließlich, „zeitweise vielleicht. Gegen Ende des Studiums jedenfalls hatte sie ein kleines Zimmer in Düsseldorf, und einmal hat sie einen Mann mitgebracht. Sie wollten ins Schlosskonzert, und vorher haben wir zusammen Kaffee getrunken. Also“, sie schüttelte den Kopf, „der gefiel mir nicht wirklich. Mindestens zwanzig Jahre älter, arbeitete in einem Antiquariat, hat sie mir erzählt, verstand was von Grafiken. Er wirkte auf mich so …“, sie suchte nach einem passenden Wort, „so glatt, so wie einer, an dem alles abperlt, keiner, mit dem man warm werden konnte.“

„Und was könnte Liliane an ihm gefunden haben?“

„Weiß nicht. Er hatte wohl `ne Menge Kontakte, die ihr beruflich hilfreich werden konnten. Auch zu Galerien.“

„Wie hieß er? Wissen Sie, in welchem Antiquariat er beschäftigt war?“

„Liliane nannte ihn Kim. Komischer Name für einen Mann. Wo er gearbeitet hat, weiß ich nicht. Aber so viele Antiquariate gibt's ja wohl nicht in Düsseldorf, das könnten Sie doch raus kriegen, oder? Sie müssen ihn finden! Sie müssen!“ Ihr Blick war drängend, fast ein Flehen.

Grübert nickte. „Werden wir, Frau Kerbeling.“

Ob Liliane Kontakte zur Galerie Vienna gehabt habe, wollte er noch wissen.

Frau Kerbeling wusste es nicht, sie hatte nie von dieser Galerie gehört.

Vielleicht erinnert Alexander Krecht sich an Liliane, hoffte Grübert.

Er schaute auf die Uhr: Gerade fünf vorbei. Kurzerhand rief er ihn noch vom Auto aus an und bat darum, vorbeikommen zu dürfen, es gebe interessante neue Anhaltspunkte.

Fünfzehn Minuten später war er da.

„Wir sitzen gerade beim Tee, nehmen Sie eine Tasse mit uns, frisch gebrüht?“, fragte Krecht.

„Gern, aber ich werde Sie nicht lange in Anspruch nehmen.“

Frau Krecht, eine elegante Dame um die Sechzig mit fülligem Haar in bemerkenswert schönem Grauton, stellte eine dritte Tasse zu den beiden anderen. Der Tee verströmte eine feine Note von Vanille, und Grübert genoss den kurzen Moment der Entspannung in einem exquisiten Ambiente. Der Tag war so voll gewesen an Terminen und Erkenntnissen. Am Vormittag die neuen Tagebuchblätter, anschließend Besuch bei Greven in Bad Godesberg, dann im Zeitungsarchiv Köln, dann wieder im Büro, danach in Brühl bei Frau Kerbeling, jetzt in Rodenkirchen. Hatte er überhaupt zu Mittag gegessen? Ach ja, fiel ihm ein, drei Reibekuchen und einen Kaffee im Stehen.

„Herr Grübert, Sie sagten, es gebe neue Anhaltspunkte?“, unterbrach Krecht seine Betrachtungen.

„Ja ja, entschuldigen Sie meine Unaufmerksamkeit“, erwiderte Grübert und stellte seine Tasse, die er zwischen beiden Händen gehalten hatte, wieder ab. „Ich komme gerade von der Mutter der bisher unbekannten Toten. Jetzt wissen wir, wer sie war und auch, dass Sie mit ihr gesprochen haben, bei der letzten Vernissage in der Galerie Vienna, vor Julias geplanter Abreise. Sie muss Julia so unglaublich ähnlich gesehen haben. Worüber haben Sie sich unterhalten?“

Krecht brauchte eine Weile; doch dann erinnerte er sich. Ja, wegen dieser Ähnlichkeit sei sie ihm aufgefallen.

„Aber nicht DU hast sie angesprochen“, warf seine Frau ein, „sie kam auf uns zu und wollte etwas über Gunnar Greven wissen, und du hast sie an Julia verwiesen, die ja mit ihm befreundet war und mehr …“

„. … und ja, ich habe ihr in diesem Zusammenhang gesagt, dass ich die Galerie übernommen habe und sicher noch weitere Foto-Ausstellungen dieser Art machen werde.“

„Das war alles? Keine weiteren Fragen oder Gespräche?“

Krecht verneinte. Seine Frau erinnerte sich noch, die Unbekannte wenig später gesehen zu haben, wie sie in ein auf dem Parkstreifen wartendes Auto stieg. Welche Marke?, wollte Grübert wissen. Ein PKW, Renault, wenn sie sich recht erinnere.

Also einer, der sie vorgeschickt hatte, etwas herauszufinden, mutmaßte Grübert.

„Möglicherweise hilft mir das weiter“, meinte er. Sein Blick fiel auf Julias Gemälde *Himmelfahrt* an der ihm gegenüber liegenden Wand. Elisabeths Kindergesicht im Schlangenkopf.

„Haben Sie noch mehr von Julia?“, fragte er und wies auf das Bild.

.„In meinem Arbeitszimmer ist noch eines. Kommen Sie mit.“

„Eine Abrechnung mit ihrer Mutter oder den Zwängen in ihrer Kindheit und Jugend, schätze ich“, urteilte Frau Krecht, während sie zu dritt davor standen. „Viele ihrer Bilder waren Abrechnungen. Und dieses hier sagt alles.“

Ein Kind sitzt auf dem Schoß einer Frau in Sepiabraun. Sie will ihm einen Löffel in den Mund schieben mit etwas, das wie gelber Schleim aussieht und kackgelb um den Mund des Kindes geschmiert ist, es tropft aufs Lätzchen und weiter auf den Boden und zur offenen Tür hinaus bis zu den Treppenstufen, die Frau reißt die Augen auf und den Mund bis zu den Ohren, wie Mütter es tun, damit Kinder es nachmachen und der Löffel eingeschoben werden kann. Das Kind sitzt brav da, zwischen seinen Schulterblättern steckt ein Schlüssel zum Aufziehen.

„Wie eine Käthe-Kruse-Puppe sieht es aus, das Kind. Diese Puppen waren in den Vierzigern sehr en vogue“, bemerkte Frau Krecht, „weil sie so lieb und natürlich aussahen. Und Kinder sind lieb, wenn sie funktionieren.“ Sie lachte. „Ich erinnere mich an meine Oma“, fuhr sie fort, „die fragte mich bei einem ihrer seltenen Besuche: *Na, warst du denn auch lieb?* Jo, äwer nit esu ärsch, soll ich gesagt haben damals, ich war vier und das Plattsprechen hatte ich von den Dorfkindern.“

„Et es wie et es“, hängte Grübert an, „und genau so gut könnte ich sagen: et bliev nix wie et wor – kölsche Weisheiten. Dinge ändern sich, und wir müssen sie akzeptieren.“ Er wandte sich zum Gehen. „Haben Sie vielen Dank für diesen angenehmen Abschluss meines Arbeitstages.“

Auf dem Nachhauseweg klingelte mehrfach sein Handy, er beachtete es nicht. Seine Gedanken waren bei Julia und ihren Bildern. Ihren Abrechnungsbildern, wie Frau Krecht treffend bemerkt hatte. In ihrem Tagebuch hatte Julia darüber geschrieben und er erinnerte sich an einige: an den schachspielenden Vater, der die Dame zerquetscht; an die von den eigenen Zöpfen strangulierte Elisabeth und ihren nörgelnd verzogenen Mund; an die Mitschülerin als zerbrochene blutige Puppe; an ihre Lehrerin mit den verrosteten Flügeln – sie wird abstürzen. Und jetzt: Die Mutter, die ihr Kind zwingt zu funktionieren. Dem gegenüber Julias Selbstbild: Ein ängstliches Kind auf dem Grund eines tiefen Schachts mit Ausblick auf ein kleines blaues Stück Himmel. Und doch: Julia hatte das alles überwunden. Die Kunst als Heilerin? Oder als ihr Verhängnis? Hatte ihr gewaltsamer Tod mit ihren

Bildern zu tun? War sie hart geworden im Umgang mit Menschen und ihrem Verhalten?

Er kam zu keinem Schluss und verbot sich schließlich jedes weitere Grübeln. Wieder zuhause schob er eine Tiefkühlpizza in den Ofen und setzte sich mit einem Glas und einer Flasche Kölsch vor den Fernseher. Nachrichten. Dann war die Pizza fertig und er zerteilte sie in acht Dreiecke. Leonie wärmte seine Knie, seine Linke hielt die Pizzastücke, die Rechte das Kölschglas, und der Fernseher hielt sich ans gedruckte Programm: Kölner Tatort mit den Kommissaren Ballauf und Schenk. Die lösten den Fall im Nullkommanix in anderthalb Stunden und lieferten eine Vorstellung, die ihn nicht überzeugte.

Danach blieb er einfach sitzen und sah noch eine Comedysendung, die er albern fand. Gegen elf schaltete er den Fernseher aus. Auf dem Weg ins Bad fiel ihm ein, dass er vergessen hatte, seine Mutter anzurufen. Gleich morgen früh, nahm er sich vor, noch vor dem Frühstück.

Fehlanzeige

Er schlief schlecht. Träumte wildes Zeug. Beim Betreten des Präsidiums in Tuttlingen sitzt Stadlhuber in der Portiersloge und will ihn nicht reinlassen. Er schert sich nicht drum und geht die Treppe hinauf. Und nun ist es die Treppe im Krankenhaus, und im Krankenzimmer ist die Hölle los. Frau Dünnebier sitzt aufrecht im Bett, ihre Bagage tobt herum und spielt Fangen, und Frau Dünnebier wiederholt in einem fort *ich kenne das, das wird noch dauern, ich kenne das, das wird noch dauern.* Seine Mutter ist verschwunden, und er rennt die Treppe runter, um sie zu suchen. Isabel kommt ihm entgegen. Aber dann ist es plötzlich Julia, die ihm von hinten auf die Schulter tippt und sagt *da bin ich wieder*. Er will sich zu ihr umdrehen, doch da wird er wach.

Schade, das war zu früh, ich hätte sie zu gern angesehen, dachte er, als lebendige Frau in meinem Traum. Eine Traum-Frau? Er grunzte und schalt sich einen Narr. Ein Blick auf die Uhr zeigte ihm: fünf nach sechs. Zu frü zum Aufstehen. In Gedanken ging er das Tagesprogramm durch: Heute war, die Dauer von Crimmers Aufenthalt betreffend, mit Aufklärung durch Börgel & Partner zu rechnen, Shorty alias Chris Zörner musste ausfindig gemacht werden, am Spätnachmittag Besuch bei Tom Glüsen.

Er verlor sich in Spekulationen, bis sein Blick wieder auf die Uhr fiel: Fast sieben, eine angemessene Zeit, den Arbeitstag zu beginnen.

Nach seinem kargen Frühstück mit Flocken und Milch – Leonie hatte er schon vorher versorgt – gönnte er sich noch einen Kaffee, extra stark. Danach griff er zum Handy, um seine Mutter anzurufen. Die Telefon-App verzeichnete drei Anrufe vom gestrigen Abend. Jetzt nicht, entschied er, zuerst das Private.

Heute gehe es ihr schon besser, sagte seine Mutter, und am Freitag werde sie wahrscheinlich entlassen. Sie bedankte sich für die Anregung, wie der dünnebierchen Lautstärke beizukommen sei, es war ihr gelungen. Gute Nachrichten, meinte er, die erhoffe er sich auch für seinen Fall.

In der Tat hatte Krassinger bei seinem dritten Anruf eine gute Nachricht hinterlassen: Crimmer schied endgültig als Täter aus. Die Kanzlei Börgel hatte auf die E-Mail-Anfrage zügig reagiert und mitgeteilt, das Gespräch mit ihrem Mandanten sei auf Montag, den 1.Juni terminiert gewesen und habe um 15 Uhr stattgefunden. Gegenstand sei die Eröffnung eines Verfahrens gegen seine Ex-Frau gewesen, und gewohnt habe Herr Crimmer im Bestwestern Savoy Hotel.

„Den können wir nun ad acta legen, Chef", hatte Krassinger noch hinzugefügt und seiner Stimme war die Erfolgsfreude anzuhören, „im Savoy waren die Meldeormulare natürlich längst vernichtet, aber Dr. Börgel erinnerte sich, dass Crimmer am Tag der Besprechung angereist war, an dem auch ein weiterer Termin für ein Treffen mit Julia gefunden werden sollte. Aber Julia war nicht mehr da, wie Crimmer bei seinem Besuch in der Galerie feststellen musste, und so ist er am übernächsten Tag wieder abgereist. Jetzt nehmen wir uns den Tom Glüsen vor. Und danach diesen -Shorty. Hab die Tagebuch-

Story gelesen, wilde Geschichte das. Bis morgen."

Gut, befand Grübert. Einen Toten als Täter zu entlarven, hätte ihm nicht genügt. Für einen kurzen Moment wurde er sich bewusst, wie sehr er Rache wollte, fast so, als wäre er selbst betroffen als einer, der die Ermordete gekannt und geliebt hatte. Aber es war nur das flüchtige Aufleuchten einer Möglichkeit, die ihm nicht vergönnt gewesen war.

„Ich bin noch einmal alles durchgegangen, Chef", begrüßte ihn Krassinger eine halbe Stunde später beim Eintreffen im Büro. „Vor allem die Punkte, an denen wir nicht weiter gekommen sind. Sie erinnern sich: Diese Telefonnummer auf der Quittung über eine Barzahlung für die Marmorplatte gibt es ja nicht mehr. Könnte es nicht sein, dass der Vermerk *Anno 89* hinter der Telefonummer eine Adresse ist? Es gibt doch hier in Woltersheim den Annograben, sollten wir da nicht mal dem Haus Nummer 89 einen Besuch abstatten?"

Grübert starrte ihn verblüfft an.

Dann schlug er sich vor die Stirn. „Dass ich darauf nicht selbst gekommen bin! Das sollten wir unbedingt tun! Und zwar sofort."

Wenig später standen sie vor einem zweigeschossigen Klinkerbau hinter einem schmalen, etwas verwilderten Vorgarten. Am seitlichen Eingang zwei Klingeln.

„Wir fangen unten bei Vosen an", meinte Grübert.

Auf ihr Klingeln öffnete ihnen ein Mann, etwa vierzig Jahre alt, schätzte Grübert.

„Herr Vosen", sagte er, „wir sind auf der Suche nach jemandem, der hier Ende der Achtziger gelebt haben soll."

„Keine Ahnung“, erwiderte der Mann, „damals lebten meine Eltern hier noch. Die obere Etage war immer vermietet, und die Mieter wechselten auch schon mal. Ich habe das Haus nach dem Tod meiner Eltern geerbt und lebe seit acht Jahren hier mit meiner Familie.“

„Wissen Sie vielleicht, seit wann der jetzige Mieter dort oben wohnt?“, schaltete Krassinger sich ein.

„Das kann ich nicht sagen, ohne in den Mietvertrag zu schauen“, bedauerte Herr Vosen, „auf jeden Fall wohnte der Herr Krommert hier schon, als ich vor acht Jahren das Haus übernommen habe.“ Er wies auf die Treppe nach oben. „Aber fragen Sie ihn doch selber.“

„Wenn das nicht auch wieder nur eine Sackgasse ist“, befürchtete Grübert, während sie hinaufstiegen.

Oben öffnete ihnen ein älterer Herr, gepflegt aussehend. Nachdem Grübert sein Anliegen vorgebracht hatte, sagte er: „Vielleicht kann ich Ihnen helfen, aber nicht so zwischen Tür und Angel. Bitte …“, er machte eine einla--dende Geste.

Drinnen bat er sie, Platz zu nehmen. Das den Raum beherrschende Möbelstück war ein Flügel, groß und schwarz glänzend, bedrängend in seiner Wucht.

„Ich bin Musikproduzent“, erklärte Krommert, der ihren Blicken gefolgt war, „und habe dieses Instument als vorläufige Leihgabe von einem Pianisten übernommen, der vorher hier gewohnt hat, jetzt lebt er in einer Einrichtung für betreutes Wohnen. Dort kann er dieses Möbel natürlich nicht aufstellen. Von ihm habe ich die Wohnung 1994 übernommen. Ich weiß auch, dass der Pianist,– Rainer Sondering ist sein Name, vier oder fünf Jahre hier gewohnt hat.“ Er kratzte sich am Kopf. „Aber damit wissen wir immer noch nicht, wer 1989 der Mieter war.

Ich könnte …“

„Haben Sie noch Kontakt zu Herrn Sondering?“, unterbrach Grübert.

„Wollte ich gerade sagen. Ich habe seine Festnetznummer, die schick ich Ihnen aufs Handy.“ Während er rumtippte, bezweifelte er, ob der Herr Sondering, inzwischen fünfundneunzig Jahre alt, sich noch erinnern könne, wer sein Vormieter gewesen war.

Wieder im Büro, startete Krassinger einen Anruf unter der Nummer, die Krommert geschickt hatte. Er musste zweimal erklären, was sein Anliegen war, aber dann, endlich, hatte der alte Herr begriffen. Und Krassinger musste feststellen, dass Krommert nicht ganz Unrecht hatte mit seiner Befürchtung.

„Chef, dieser Sondering sagt, das sei ein Mann namens René gewesen, und er habe sich das gemerkt, weil der Name ungewöhnlich war und so französisch geklungen habe …“, Krassinger grinste gequält, „doch ob Vor- oder Nachname, das konnte er nicht sagen.“

Grübert stutzte verblüfft. Für einen Moment stand er stocksteif da. Dann stieß er seinen Zeigefinger auf Krassingers Pulloverbrust.

„Aber ich kann es dir sagen, und du müsstest es auch wissen: Es ist ein Vorname!“ Er sah ihn herausfordernd an. „Na? Dämmert es dir?“

Krassinger schien irritiert. Dann zog er die Augenbrauen hoch. „Das Tagebuch?“

Grübert nickte. „Die erste Sendung, Benno.“

Krassinger rollte mit den Augen, dann tippte er mit dem Zeigefinger gegen seine Stirn.

„Da ging es um Crimmer und die kaputte Ehe und …“,

er zögerte, „ach ja, René, Julias Mitarbeiter." Er schien immer noch irritiert. „Dann haben beide in Woltersheim gewohnt?"

„Jedenfalls in den zwei letzten Jahren, nachdem Julia ihren Viktor geheiratet hatte", ergänzte Grübert, „das wirft ein neues Licht auf unseren Fall. Wir müssen neu und weiträumiger denken. Was hat dieser René gemacht, nachdem Julia ihm gekündigt und die Düsseldorfer Galerie nach Köln verlegt hat?"

„Okay, Chef, das wird interessant! Werde gleich den alten Herrn noch einmal anrufen.Wir müssen wissen, wann genau der René aus Woltersheim weg ist, und wohin er verzogen ist. Falls der Sondering das überhaupt je gewusst hat."

Er wollte zum Hörer greifen, hielt jedoch mitten in der der Bewegung inne. Die Tür wurde aufgestoßen.

Heilmann. Zornesflecken im Gesicht.

„Stadlhuber!"

Grüberts Geste demonstrierte den Raum: Kein Stadlhuber! Krassinger hob Schultern und Augenbrauen.

„Wo ist er?" Heilmann drehte sich um. Tritte im Flur. „Ach, da kommt er ja!"

Stadlhuber wollte eintreten, doch Heilmann baute sich vor ihm auf. Das heißt, er versuchte es. Der eher klein geratene Heilmann mit durchgebogenem Rücken vor dem Einsneunziger-Mann stehend und die zwanzig Zentimeter Höhendifferenz von unten her mit strafendem Blick zu überwinden bemüht, nahm sich eher lächerlich aus. So jedenfalls schien es Stadlhuber zu empfinden, denn nach einem kurzen Innehalten drückte er sich an ihm vorbei und setzte sich an seinen Schreibtisch.

Heilmann folgte ihm.

„Sie wissen, um was es geht?“, herrschte er ihn an.
„Sie werden es mir sicher gleich sagen.“
„Der hat die Ruhe weg“, murmelte Krassinger.
„Berisha hat Anzeige erstattet gegen Sie, wie angekündigt, wegen ungerechtfertigter Polizeigewalt. Und damit gegen einen Beamten in meinem Zuständigkeitsbereich. Was haben Sie dazu zu sagen?“
„Dass ich das Verfahren abwarte, und dann werden wir schon sehen, wie weit er kommt mit seiner Verleumdung.“
Heilmann setzte zu einer Erwiderung an, schien sich jedoch zu besinnen und schluckte sie herunter. Mit einem wütend heraus gestoßenen *Sowas!* verließ er den Raum.
„Verleumdung?!“ Krassinger klang verächtlich.
„Seit wann haben Anfänger hier irgendwas zu melden?“
Die Antwort klang ebenso verächtlich. Krassinger machte Anstalten aufzuspringen, ließ sich jedoch von Grüberts dämpfender Geste zurück halten.
„Es muss beunruhigend sein, von der Aussage eines einzelnen Kollegen abhängig zu sein“, meinte Grübert. „Was, wenn Gangel umfällt?“
Stadlhuber schoss einen abschätzigen Blick unter gesenkten Lidern herüber.
Gangel erschien im Türrahmen. „Was ist mit mir?“ Stadlhuber stand auf, fasste ihn beim Arm und schob ihn zurück in den Flur. Man hörte sie miteinander reden.
„Der impft ihn jetzt. Der Stadlhuber den Gangel. Wenn der nicht bei der Stange bleibt, hat er ein Disziplinarverfahren an der Backe.“ Krassinger schnaubte. „Und das wünsch ich dem Mistkerl!“
Am Nachmittag, unterwegs nach Mönchengladbach – Krassinger am Steuerrad – gingen sie noch einmal die

Tagesergebnisse durch. Sie wussten jetzt, dass die Übernahme der Woltersheimer Wohnung durch den Pianisten Sondering Ende Oktober 1989 stattgefunden hatte.

„Vier Monate nach Julias Verschwinden verschwindet dieser René aus Woltersheim. Ich kann mich des Gefühls nicht erwehren, dass er die Nähe zum Tatort nicht mehr aushalten konnte“, meinte Krassinger, „vorausgesetzt, er hat sie umgebracht.“

„Warum sollte er?“, warf Grübert ein.

„Keine Ahnung, Chef. Nur so ein Gefühl.“

Er machte eine Pause.

Dann fuhr er fort: „Vielleicht war er verliebt in seine ehemalige Chefin und hat ihr die Kündigung nicht verziehen. Und nun wohnt er in ihrer Nähe und sieht sie auch bisweilen, vielleicht beim Einkauf, an der Tankstelle, im Restaurant oder in der Kneipe, in *Hannis Kochtopf*, sonntags beim Gottesdienst oder …“

„Nun mach mal halblang, Benno, jetzt fabulierst du. *Beim Gottesdienst…*“, Grübert verdrehte die Augen, „du erinnerst dich: *Ich war einmal katholisch*, schreibt Julia, sie war wohl nur bei Viktors Beerdigung in der Kirche. Wenn’ s ans Eingemachte geht, erinnert man sich an den lieben Gott.“

„Ich mein’ ja nur, wo man sich überall begegnen kann, wenn man in demselben Ort wohnt.“

„Eine solche Begegnung erwähnt Julia in ihrem Tagebuch nicht.“

„Aber wir kennen doch nur Auszüge und auch nur solche, die der unbekannte Absender uns geschickt hat!“

„Stimmt schon. Und mit Sicherheit ist mehr passiert als das, worüber Julia schreibt.“

Kurz vor fünf standen sie vor dem Haus Nr. 67 in der Rubensstraße, einem Reiheneckhaus. Gepflegt, mit kleinem Garten und sichtverwehrender Hecke zur Straße hin. Auf ihr Klingeln öffnete ein etwa achtjähriger Junge, der, kaum dass er die beiden Männer sah, *Papaaa!* rief und die Treppe hinauf ins Obergeschoss lief.

Ein Mann erschien auf der Treppe, etwa vierzig Jahre alt, schätzte Grübert, kurzer schwarzer Kinnbart, Hornbrille.

„Genau so stelle ich mir Architekten vor", raunte Krassinger.

„Klischee!", raunte Grübert zurück.

„Sie sind die Kriminalermittler", begrüßte sie der Mann, „kommen Sie herein."

Sie betraten einen zum Garten gelegenen Wohnraum, auffallend möbliert mit einer knallroten Sitzgarnitur auf hellen Eichenpaneelen.

„Von meiner Schwester Barbara habe ich schon vor ungefähr drei Wochen erfahren, was in Woltersheim passiert ist, diese schreckliche Sache mit meiner Tante", begann er, nachdem sie sich gesetzt hatten, „und ich sagte Ihnen ja gestern schon, dass ich nicht mehr weiß als Barbara. Aber Sie bestanden darauf, mit mir zu reden." Er rückte seine Brille zurecht. „Also: Wie kann ich Ihnen helfen?"

Keine Vorrede jetzt, dachte Grübert. Frontalangriff!

„Was haben Sie mit den zwanzigtausend DM gemacht, die Julia Ihnen überwiesen hat?"

„Projekte der Art, für die Sie das Geld angeblich nötig hatten, existieren an keiner Universität", fügte Krassinger hinzu.

„Wo waren Sie am Abend des 28. Mai 1989?", schloss Grübert an.

Für einen Moment schien Tom Glüsen die Fassung zu verlieren. Er starrte Grübert an, dann Krassinger, seine Gesichtsfarbe wechselte von weiß nach rot, er atmete hörbar ein und aus. Dann sprang er auf und ging im Zimmer hin und her. Vor dem Fenster mit Blick in den Garten blieb er stehen.

„Nun?", drängte Grübert.

Tom Glüsen fuhr mit der Rechten durch' s Haar, einmal, zweimal. Dann setzte er sich wieder.

„Was Sie mir da unterstellen wollen, ist ungeheuerlich!", stieß er heraus. „Ja, meine Tante hat mir Geld geliehen, das ich längst zurückgezahlt hätte, wenn Sie noch leben würde und …", er schnappte nach Luft.

„Klartext jetzt!", fiel Grübert ihm ins Wort, „was haben Sie mit dem erschwindelten Geld gemacht?"

Tom Glüsen öffnete den Mund, um zu antworten, schloss ihn jedoch wieder und starrte vor sich hin. Dann raffte er sich auf.

„Nun gut." Er schaute Grübert an, eine Spur von Trotz im Blick. „Ich wollte das Geld anlegen, es hatte sich da eine sehr lukrative Möglichkeit aufgetan. Dachte, das wird was."

„Wurde aber nichts."

„Nein. Leider. Das heißt, einen Rest konnte ich noch retten, bin zu spät ausgestiegen. Man hofft ja immer, dass man das Verlorene wieder reinholt."

„Die trügerische Hoffnung des Spielers", bemerkte Krassinger.

„Kontounterlagen zum Beweis haben Sie natürlich nicht mehr", mutmaßte Grübert. „Vernichtet nach zehn Jahren?"

Der andere nickte.

„Die entscheidende Frage: Wo waren Sie am Abend des 28. Mai 1989?“

„Phhh …!“ Glüsen stieß die Luft durch die Zähne. „Wie soll ich das jetzt noch wissen?“

„Denken Sie nach!“

Tom Glüsen schloss die Augen, stützte den Arm auf der Sessellehne ab und rieb seine Stirn.

„Ja“, sagte er nach einer Weile, „das könnte sein.“ Er stand auf. „Die alten Terminkalender … entschuldigen Sie mich, bin gleich wieder da.“

Nach wenigen Minuten war er zurück.

„Hier, schauen Sie“, er wies auf einen Eintrag in einem kleinen Terminkalender, „da steht' s: Vom 25. Mai bis 3.Juni Architekturexkursion nach Wien. Und hier“, er zeigte ein Dokument vor, „habe ich auch die Teilnahmebestätigung in meinem Ordner für Fortbildung gefunden. Ich erinnere mich auch, dass ich Julia von Wien aus angerufen und ihr von meiner Dummheit andeutungsweise etwas erzählt habe und sie sehr ärgerlich darauf reagiert hat. Das Ganze war eine Fortbildung der Architektenkammer Berlin, ein Angebot auch für Studenten.“

„Das sie wahrgenommen haben?“

„Es gibt dieses Dokument und genügend Zeugen.“

„Na schön. Geben Sie uns einen. Namen, Adresse etc., gegebenenfalls werden wir Sie noch einmal kontaktieren.“

„Ich denke, den können wir von der Liste streichen, Chef“, sagte Krassinger, als sie wieder im Auto saßen, nun Grübert am Steuer. „Der Name auf dem Zettel, den Glüsen uns gegeben hat – erinnern Sie sich? Ein Andreas Ostermann, Architektenbüro in Düsseldorf in der Taubenstraße 23.“ Er stutzte. „Ist das nicht auch die Adresse der Kanzlei Börgel?“

„Kann sein“, nickte Grübert. „Zufall. In einem Stadthaus gibt es oft mehr als nur ein Büro. Ruf ihn morgen an und bitte um Bestätigung, damit wir den Mann endgültig abhaken können. Und dann …“, er straffte die Schultern, blendete kurz auf und drückte auf’ s Gaspedal, „nehmen wir uns Chris Zörner alias Shorty vor und den René Unbekannt. Du recherchierst Shorty und …“

„… und Sie, Chef, den René“, vollendete Krassinger.

„Kannst Lutz zu mir sagen“, meinte Grübert und stieß ihm den Ellenbogen in die Seite.

„Aye aye, Chef … will sagen: Lutz.“

Eine Stunde später hielt der Maserati vor Krassingers Wohnung.

„Werde mich jetzt ausgiebig um Leonie kümmern“, sagte Grübert, „ihren Gesundheitsproblemen haben wir schließlich die Bekanntschaft mit Herrn Grünberg zu verdanken, das hat der Aufklärung gut getan. Und du? Um wen oder was willst du dich heute Abend kümmern?“

„Sie …“, Krassinger hustete, „du willst jetzt einen Namen hören, Lutz?“ Er feixte. „Den kenne ich nicht, noch nicht. Sie ist dunkelblond, etwas kleiner als ich und legt nen kurvigen Hiphop hin …“

„Disco?“

„So ähnlich.“

„Dann viel Spaß und verrenk dich nicht! Bis morgen.“

Gewissheit

Über Nacht hatte sich die Welt verändert.

Keine Geräusche von der Straße her, die ihn wie sonst hätten wecken können. Auch auf Leonie, die manchmal zu ihm hinauf sprang und in sein Ohr schnurrte, war heute kein Verlass gewesen. Wegen der ungewohnten Helligkeit im Zimmer öffnete er die Augen nur halb und tastete mit den Füßen nach seinen Schlappen. Endlich fand er sie und schlurfte zum Fenster. Das blendende Weiß schmerzte in seinen Augen. Weiß geriffelt die Dächer, Weiß aus Kaminen schwebend, auf der Rotdornhecke weiße Wattehäufchen, die Äste der Straßenbäume wie nachgezeichnet in filigranem Weiß. In Nachbars Garten sprühte der Forsythienstrauch seine weiße Fontäne über den Zaun. Unberührtes Weiß auch auf der Straße. Er fühlte sich an Bilderbücher seiner Kindheit erinnert. Kindheit, Märchenland.

Eine Weile stand er da und blickte hinaus. Alles kam ihm mit einem Mal so unwirklich vor, wobei er nicht wusste, ob es die friedliche Schönheit vor seinem Fenster war oder die gewalttätige Realität, die er zu klären hatte. Julia. Er seufzte. Heute Morgen würde er zuhause bleiben und am PC arbeiten.

Nach dem ersten heißen Kaffee fühlte er sich besser und der Realität gewachsen. Er setzte sich an den Schreibtisch, Leonie strich um seine Beine, und er begann die Notizen der letzten Tage zu ordnen.

Dienstag:
- Shorty (Tagebuch): Große Summe von Julia erhalten.
- Besuch bei Greven: hat keine Kenntnis von Aufenthalt Chris Zörner alias Shorty.
- Zeitungsarchiv: Liliane Kerbeling ist die unbekannte Tote.
- Brühl: Vernehmung Mutter Kerbeling: Tochter kannte einen Kim (Antiquar in D.dorf).
- Besuch bei Krecht: bestätigt Anwesenheit von L.K. auf Vernissage am 24.05.1989.
- Beobachtung: L.K. steigt in ein wartendes Auto.
Mittwoch
- Telefonnr. auf Quittung (Kribben): kein Anschluss.
- Annograben 89, Krommert, Musikproduzent
- Vormieter Pianist Sondering, davor bis Okt. 89 René, Mitarbeiter von Julia (?) ab Mai 74
- Vernehmung Tom Glüsen Mönchengladbach, Zeuge: Andreas Ostermann, Düsseldorf, Taubenstraße 23

Zunächst war beim Einwohnermeldeamt Bornheim zu klären: War René, Julias Mitarbeiter von Mai bis vermutlich Dezember 1974, identisch mit dem Mieter im Annograben 89, und von wann bis wann hatte er dort gewohnt.

Er griff zum Hörer. Da er nur einen Vornamen und eine Adresse angeben konnte sowie den Monat Mai des Jahres 1989, wartete er etwas länger auf die Auskunft. Man werde zurückrufen, wurde versprochen. Der Anruf kam fast zwei Stunden später. Und warf ihn um.

Unter der Adresse sei ein René Kim gemeldet gewesen und zwar schon ab Juni 1986, Nationalität koreanisch.

Kim war also kein Vorname, René Kim war Julias Mitarbeiter und später Lilianes Freund!

Adrenalin rauschte durch sein Hirn.

„Bis wann hat er in Woltersheim gelebt und wohin ist er verzogen?"

„Im Oktober 1989 verzogen nach Düsseldorf, Erich-Müller-Straße 59", sagte die freundliche Stimme.

Grübert legte auf. Sein Puls raste. Er ist es! René Kim! Er hat Julia umgebracht! Er wird ihr Mitarbeiter, verliebt sich in sie, kriegt sie ins Bett, ein paar mal, dann wird er ihr lästig und sie schiebt ihn ab und kündigt ihm; er ist zutiefst verletzt, versucht vielleicht, sie wiederzugewinnen – was ihr noch nicht einmal eine Erwähnung im Tagebuch wert ist – er beobachtet sie, ohne dass sie es merkt. Sie weiß möglicherweise noch nicht einmal, dass er in ihrer Nähe lebt. René kriegt vielleicht auch mit, dass sie noch andere Liebhaber hat. Irgendwann lernt er Liliane kennen, eine jugendliche Kopie von Julia, zwanzig Jahre jünger als er selbst. Was hat er vor? Will er Julia irritieren, sich rächen und ihr in Liliane das Spiegelbild ihrer verlorenen Jugend präsentieren? Sie mit ihrem fortgeschrittenen Alter konfrontieren? War die Tat geplant und nicht spontan, wie er bisher angenommen hatte?

Seine Gedanken überstürzten sich.

Er klappte seinen Laptop auf. Die Erich-Müller-Straße lag in Düsseldorf-Benrath und war eine der besten Wohnlagen. Drei- bis vierstöckige Stadthäuser mit stuckierten Fassaden, Erkern und Sprossenfenstern, Gurtgesimsen, prachtvoll farblich restauriert. Wohnt René Kim zur Miete oder besitzt er eine Eigentumswohnung? Und woher hat er das nötige Kapital für eine solch noble Adresse?

Und was haben wir?

Einen Namen, eine Adresse. Keine Beweise. Aber eine begründete Vermutung, fast schon eine Gewissheit, nachdem die anderen Verdächtigen ausgeschieden sind. Halt! Da ist noch Chris Zörner.

Er rief im Büro an und verlangte Krassinger.

„Der ist gerade bei Heilmann drin“, erfuhr er.

„Soll mich gleich zurückrufen, sobald er draußen ist.“ Er forschte im Internet nach Antiquariaten in Düsseldorf und fand weit mehr als zehn Adressen. Mit welcher sollte er beginnen? Er entschied sich, nach Lage vorzugehen und stellte fest: Das Antiquariat Ganselforth befand sich in unmittelbarer Nähe der ehemaligen Galerie Crimmer, quasi nebenan in der Hohe Straße Nummer 47. René Kim war also täglich daran vorbeigekommen. Was lag näher als die Vermutung, er habe nach der Kündigung dort eine neue Anstellung gefunden?

Er rief an und hatte Glück. Der Inhaber persönlich meldete sich. Er wolle Herrn Kim sprechen, sagte Grübert. Der sei schon lange kein Mitarbeiter mehr und habe Ende 1989 gekündigt. – Wo sein jetziger Arbeitsplatz sei? Das wisse er nicht.

Sein Handy klingelte.

„Chef, ich muss …“

„Später, Benno, erst muss ich wissen, wie weit du mit der Zörner-Recherche bist.“

„Hab im Internet eine Liste seiner Ausstellungen gefunden. 1989 hatte er unter anderem auch in Zürich ausgestellt, muss noch herausfinden, wann genau.“

„Gut, mach das. Ich habe auch was herausgefunden.“ Er schwieg einen Moment. „Wir haben noch keine Bese, aber ich denke, wir haben unseren Täter.“

Krassinger atmete hörbar ein. „Ist nicht wahr! So schnell auf einmal? Und wer ist es?“

„Davon später. Schwing deinen Arsch hierher, und

dann fahren wir gleich los."

Zwanzig Minuten später war er da.

„Was wollte Heilmann von dir?"

„Ach, er wollte noch mal den genauen Hergang bei Berisha von mir wissen. Das Gericht hat einen Termin für den 3.März im kommenden Jahr angesetzt. Ich hoffe, der Stadlhuber fällt auf die Schnauze."

Sie fuhren los, heute Grübert am Steuer.

„Das ist `ne ziemlich heiße Spur", meinte Krassinger, nachdem er den neuesten Stand erfahren hatte.

„Und der folgen wir jetzt. Zuerst zum Amtsgericht Düsseldorf in die Werdener Straße, Grundbuchamt."

Die Auskunft über den Eigentümer des Hauses Nr. 59 in der Erich-Müller-Straße steigerte die Gewissheit, dem Täter auf der Spur zu sein. René Kim war nicht nur der Eigentümer dieses Hauses, im Lauf der nächsten Jahre hatte er auch die beiden Nachbarhäuser erworben.

„Weiter zur nächsten Station. Ich möchte mir Kims früheren Arbeitsplatz ansehen."

Grübert ließ den Motor an. Nach einer Viertelstunde parkte er den Wagen in der Nähe der Galerie Ganselforth.

Drinnen überquellende deckenhohe Regale voller Bücher, die einer geheimnisvollen Ordnung zu unterliegen schienen. Davor himmelhohe Leitern auf Rollen, an freien Wandstellen dazwischen und zusätzlich in einem eigens dafür vorbehaltenen Raum Grafiken und alte Stiche in bunter Reihung. Keine Kunden. Zwei Männer, offenbar im Verkauf tätig.

„Nur was für Eingeweihte", bemerkte Krassinger und schaute ratlos um sich, „ein Arbeitsplatz für ausgemachte Spezialisten."

„Deshalb sind wir hier“, gab Grübert zurück.

Einer der beiden Verkäufer näherte sich. „Kann ich bei der Suche helfen?“

„Ja, bitte“, sagte Grübert, „ich bin auf der Suche nach einem Oldtimer-Katalog von Mercedes Benz.“

Nach einer kompetenten Beratung entschied er sich für die Automobil Revue, Oldtimer Jahreskatalog von 1949.

„Warum dieses Jahr?“, wollte Krassinger beim Verlassen des Ladens wissen.

„Naja, irgendeines musste ich ja angeben, und das war ein besonderes Jahr.“

„Besonders?“

Grübert grinste. „Lutz Porsche Grübert erblickte das Licht der Welt.“

„Lutz … Porsche?“ Krassinger war abrupt stehen gelieben und starrte ihn entgeistert an.

„Zum Glück nicht“, sagte Grübert, „wurde vom Amt abgelehnt. Mein Vater hatte die kuriose Idee für meinen Zweitnamen, weil ich in einer Sturzgeburt ankam, und weil er KFZ-Mechaniker bei Porsche war.“

„Dann solltest du eigentlich ’nen Porsche-Oldtimer fahren, Lutz.“

„Zu teuer. Sieh dir doch meinen Miserati an.“ Er wies auf die am Straßenrand geparkten Fahrzeuge, unter denen seines wie ein Individualist herausstach. „Hat er nicht Charakter?“

Krassinger bejahte.

Grübert warf ihm den Autoschlüssel zu.

„Du fährst.“

Nachdem sie losgefahren waren, sagte er:„Jetzt zu René Kim. Wir brauchen Beweise. Wie gehen wir vor?“

„Hausdurchsuchung?“

„Die muss uns der Richter bewilligen, das bedeutet, wir müssen glaubhafte Zusammenhänge darstellen."

„Die haben wir doch, Chef! Kim war zur Tatzeit in der Nähe. Er wohnte in Woltersheim und vermutlich war er derjenige, der sein Freundin, diese Liliane, zur letzten Vernissage geschickt hat und sie dort auch abgeholt hat. Hat Frau Krecht sich nicht an die Automarke erinnert?"

„Sie meint, es sei ein Renault gewesen. So einer war' s, mit dem Kim Julia nach ihrem Beinbruch abgeholt hat, aber das war fünfzehn Jahre vorher. Sicher hatte er 1989 eine anderes Auto."

„Aber oft ist es doch so, dass man bei einer Marke bleibt."

Grübert nickte. „Deutlichere Zusammenhänge liefert uns der Ring an Lilianes Finger. Er gehörte Julia. Der Mörder geht nach der Tat in Julias Haus, vorher hat er den Schlüssel aus ihrer Handtasche an sich genommen. Er nimmt das bereitstehende Reisegepäck und schafft es aus dem Haus. Vermutlich hat er von Julias Plänen gewusst. Er weiß also, dass sie einen Flug nach Kapstadt gebucht hat, findet die Reisepapiere, und der Rest ist einfach."

„Wie jetzt?"

„Denk nach. Seine Freundin Liliane sieht Julia zum Verwechseln ähnlich, die Haarfarbe spielt dabei keine Rolle, die ist mal so mal so, wie du vor ein paar Wochen richtig bemerkt hast."

Krassinger knallte die Faust aufs Lenkrad. „Na klar! Sie fliegt nach Kapstadt mit dem ganzen Klumpatsch und …"

„… und so gelangt Julia auf die Passagierliste und wird nicht vermisst", unterbrach ihn Grübert, „aber den ganzen Klumpatch, wie du es so treffend ausdrückst, nimmt Liliane sicher nicht mit."

„Aber alles, was von Wert ist, unter anderem den Ring. Und kurz danach fliegt sie zurück nach Deutschland zu René …"

„ … der sie sich als Mitwisserin vom Halse schafft. So muss es gewesen sein", schloss Grübert.

Beide schwiegen eine Weile.

„Eigentlich ein genialer Plan", meinte Krassinger, „genial und mörderisch."

„Das Geniale ist weniger die Idee, Liliane Julias Platz im Flieger und im Sheraton einnehmen zu lassen", meinte Grübert, „als vielmehr die Durchführung des Plans, zeitlich musste alles nahtlos ineinander greifen. Der Rückflug musste gebucht werden, und das geht häufig nicht von einem Tag auf den anderen. Wahrscheinlich ist der auch bei der Lufthansa gebucht worden, lässt sich nun leider nicht mehr nachprüfen. Bedauerlich. Allerdings …", er stockte.

„Was allerdings?"

„Lilianes Mutter hat unmittelbar nach ihrer Rückkehr das Foto gemacht, das ich in der Zeitung gefunden habe. Wenn wir davon ausgehen, dass der zweite Mord höchstens drei Tage nach dem ersten geschieht, stellt sich die zeitliche Abfolge so dar: Am Abend des 28. Mai wird Julia ermordet, am Samstag, dem 29. Mai fliegt Liliane nach Kapstadt, und wie Krecht mir sagte, war es ein sehr früher Flug, sodass sie vor Mitternacht in Kapstadt ankommt."

„Was ist mit der Zeitverschiebung?"

„Können wir vernachlässigen, ist nur eine Stunde früher. Möglicherweise hat sie einen Rückflug für den nächsten oder übernächsten Tag bekommen, sodass sie am Sonntag oder Montag wieder zurück in Köln ist. Sie fährt zu ihrer Mutter, die macht ein schönes Foto von ihrer glücklichen Tochter mit dem teuren Ring am Finger, dann trifft sie sich mit René, und das Schicksal nimmt seinen Lauf."

„Sie verschwindet in dem Grab, das übers Wochenende natürlich nicht weiter bearbeitet wurde", ergänzte Krassinger, „eine verdammt enge Planung."

„Ich glaube, da gab's wenig Planung", korrigierte Grübert, „alles hat sich so ergeben, zwangsläufig und fatal und tödlich."

„Da ist noch was, Chef!" Krassinger sah ihn mit einem schnellen Blick von der Seite her an. „Der verkürzte Straßenname auf Kribbens Quittung für die Marmorplatte! Die hat uns doch zu Kim geführt. Er hat sie bezahlt. Bar. Mit wessen Geld wohl? Mit Julias Geld aus ihrem Gepäck. Das reicht doch für eine Hausdurchsuchung, oder?"

„Alles zusammen sollte reichen: Der Ring, die Marmorplatte, Kims Umzug und sein plötzlicher Reichtum, die Verflechtung der Personen und Geschehnisse. Ich hoffe, wir finden etwas Belastendes, vielleicht hat er irgendetwas aus Julias Besitz behalten."

„Aber was ist mit seinem Motiv?", sagte Krassinger. „Reicht es, sich verletzt zu fühlen?"

Grübert zuckte mit den Schultern. „Jeder Mensch reagiert anders, und die Motivation der anderen Verdächtigen, bei denen es um Geld ging, erscheint zunächst glaubwürdiger. Warten wir's ab."

Kaum zurück in der Dienststelle, erschien Heilmann und beorderte Grübert in sein Büro.

„Sie möchten etwas zum Stand der Dinge wissen?“, vermutete Grübert, „dann gratulieren Sie uns, ich glaube, wir haben ihn. Unser Wissensstand reicht für eine Hausdurchsuchung.“

„Wird auch Zeit, ich hab mächtig Druck wegen dieser Geschichte“, entgegnete Heilmann und bedeutete ihm, Platz zu nehmen. „Aber wegen einer anderen Sache wollte ich mit Ihnen sprechen.“

Er nahm ein Schreiben zur Hand. „Ich habe hier eine Anfrage aus dem Polizeipräsidium in Tuttlingen“, er warf ihm einen schnellen Blick über den Brillenrand zu, „Ihre frühere Dienststelle, Kollege Grübert, richtig? Die wollen uns einen schicken, frisch von der Polizeischule, verkraften Sie das? Sie haben ja schon den Krassinger. Stadlhuber kommt nicht in Frage, solange ihm ein Verfahren anhängig ist, und die anderen Kollegen haben zu wenig Erfahrung.“

Grübert nickte. „Von Tuttlingen, soso. Wie heißt er?“

Heilmann schaute wieder auf das Papier. „Rico Martens, zweiundzwanzig.“

„Okay. Rico also. Eine Kurzform?“

Heilmann zuckte mit den Schultern. „Frederico vielleicht? Oder Enrico? Keine Ahnung. Er soll in zwei Wochen anfangen, vielleicht auch schon früher, hängt davon ab, wie schnell er eine Wohnung oder ein Zimmer findet.“

Gübert stand auf. „War’ s das?“

Heilmann nickte und wedelte ihm ein *Ja* zu.

Huldvoll entlassen, befand Grübert. Er schaute kurz ins Büro, wo Krassinger ihn mit einer weiteren Erfolgsmelmeldung empfing.

„Schau hier, Lutz, was ich gefunden habe." Er wies auf eine Ausstellungsliste auf seinem Bildschirm. „Chris Zörner hat vom 27.Mai bis 20.Juli in Zürich ausgestellt, in der ArtBox-Galerie, und da wird er ja wohl anwesend gewesen sein. Wir können uns nun also voll auf René Kim konzentrieren."

„Gute Arbeit, Benno", stellte Grübert fest. „Ich besorge jetzt den Durchsuchungsbefehl."

Im Amtsgericht angekommen sagte man ihm, die Richterin sei heute nicht anwesend. Dann also zur zuständigen Staatsanwältin, Frau Kleinmann. Grübert brauchte nicht lange, ihr den Stand der Ermittlungen vorzutragen und erhielt umgehend den Durchsuchungsbefehl. Zurück in Woltersheim telefonierte er mit der für Benrath zuständigen Polizeidienststelle und bat um Verstärkung. Krassinger bekam Order, ihn am nächsten Morgen um sechsuhrdreißig mit dem Dienstwagen abzuholen. „Beginn der Aktion dann zwischen halb sieben und acht Uhr, ich will sicher gehen, dass er zuhause ist."

Hausdurchsuchung

Am frühen Morgen des einundzwanzigssten Dezembers klingelte Grübert am prachtvollen Portal des Jugendstilhauses Nummer 59 in der Erich-Müller-Straße. Er war aufgeregt. Kim wohnte im obersten Stock. Er betätigte den Klingelknopf. Keine Reaktion. Er drückte auf den untersten Knopf: Brings, Hausmeister.

„Ja, bitte?"

„Aufmachen, Polizei!"

Eine Minute, dann öffnete sich die Tür mit einem Knacken und fünf Männer, Krassinger voran, stürmten durch das Treppenhaus hinauf, vorbei an einem verdutzten Hausmeister. Grübert, seinen Ausweis in die Höhe haltend, hörte ihn hinterher rufen, Herr Kim sei erst am gestrigen Abend von einer längeren Auslandsreise zurückgekehrt. Grübert rannte, zwei Stufen gleichzeitig nehmend, hinter den anderen hinauf. Auf dem ersten Stock bekam er einen Hustenanfall. Stress, durchzuckte es ihn. Er griff nach seinem Spray in der Manteltasche, blieb kurz stehen und sprühte zwei Ladungen in den Mund, dann rannte er weiter bis in den dritten Stock. Dort endete die Treppenspirale in einem breiten Absatz unter einem in Weiß und Gold stuckierten Plafond, auf jeder Seite Sprossenfenster, dazwischen eine doppelfügelige Tür mit farbigen Glaseinsätzen. Grübert nahm das alles nur flüchtig wahr. Doch später erinnerte er sich an die diffuse Wut, die in ihm gebrannt hatte angesichts der kostbaren Schönheit des Hauses, Wut auf Kim und das

Leben, das er sich leisten konnte, indem er andere Leben zerstörte. Er sah Krassingers Daumen dauergedrückt auf dem Messing des Klingelknopfs und hörte ihn gleichzeitig gegen die Tür donnern. Mein Gott, Junge, dachte er, und sein Kopf wurde wieder klar, es ist vorerst nur eine Durchsuchung, das Schlachtfest findet später statt – wenn überhaupt. Nur Professionalität zählt jetzt, sachlich, klar.

Den Abend dieses turbulenten Tages, einem Freitag, dem ein ruhiges Wochenende folgen würde, genoss er mit einem Savigny les Beaunes, während die Tagesereignisse an seinem inneren Auge vorbei zogen.

René Kim, ein gepflegt wirkender älterer Mann im offenen Hausmantel im Türrahmen stehend, groß, kinnlange Haare, lackschwarz und offenbar gefärbt, überraschter Blick, er selbst, Lutz Grübert, wie er ihn wiedererkennt als den, der in *Maxens Grill* seine Handschuhe vergessen hatte, und wie er ihm den Durchsuchungsbefehl vor die Nase hält, die Beamten, die in die Wohnung drängen, wie sie alles von oben nach unten kehren, Akten durchwühlen, Verträge, Rechnungen, Kontoauszüge von vier verschiedenen Banken und endlich den Tresor hinter einem Bild entdecken. Eine Menge Bargeld wird gefunden und Namensaktien, ausgestellt auf Dr. Viktor Räbenkramp sowie ein Collier mit Gravur *Für Julia von Viktor 8.1.1988*, passend zu dem Ring, den er auf dem Friedhof gefunden hatte. Alles das hinter einem Bild, das eine junge Frau an einem Tisch sitzend darstellt; ihre Hand auf einem aufgeschlagenen Buch, unsicher fragender Blick, alles gemalt in einer breiten Grauskala von Weiß bis Schwarz, nur der Mund ist knallrot. Er hatte nach der Signatur gesucht und gefunden, was er erwartet hatte: *Vienna 1960.* Kim hatte ohne eine Miene zu verziehen daneben gestanden, als ginge ihn das alles nichts an. Selbstsicherheit oder Schockstarre? Erst als er, Hauptkommissar Grübert, die Durchsuchung abschließend, sagt: *Sie sind vorläufig festgenommen wegen des Verdachts, im Mai 1989 die Galeristin Julia Vienna und die Kunststudentin Liliane Kerbeling getötet zu haben,* kommt Bewegung in seine Züge. Beim Nennen der Namen zucken seine Augenlider, die Lippen pressen sich aufeinander und der Kiefermuskel tritt hervor. Krassinger und ein anderer Polizist fasssen fassen seine Arme, Krassinger mit selbstbewusster Miene, zwei weitere Beamte mit den sicher gestellten Unterlagen voran und dann über die elegant geschwungene Treppe hinunter, und er selbst als letzter schließt die Tür hinter sich und bringt das Polizeisiegel über dem Schloss an. Es war ihm, als versiegele er hinter dieser Tür das Leben des Mannes, der da gewohnt hatte. Ein Gefühl von Zufriedenheit will sich in ihm ausbreiten, doch er widersteht dem Drang, sich ihm hinzugeben. Er ist noch nicht fertig mit Kim.

Vernehmung

Am Montagmorgen – nach einem Wochenende, das er ruhig hatte angehen lassen mit seiner Joggingstrecke durch die Felder, einem ausgiebigen Frühstück mit Leonie und der Zeitung und später dann dem Schreiben des Berichts von Kims Festnahme – am Montagmorgen also, nachdem Heilmann seinen Bericht mit skeptischem Blick entgegen genommen und gelesen hatte – *der distiguierte Herr in unserer Arrestzelle soll also der Mörder sein*? – begann die Vernehmung des mutmaßlichen Täters. Der hatte übers Wochenende Zeit gehabt, sich in den Zustand eines des Mordes Verdächtigen einzufinden, zwei Tage, die ihn mürbe und aussagebereit machen sollten. Krassinger assistierte und Heilmann stand beobachtend hinter dem Einwegspiegel. Grübert, obwohl sicher, in Kim den Täter gefunden zu haben, fühlte sich leicht angespannt, trotz des erholsamen Wochenendes. Bevor er hineingegangen war, hatte er sich ein Bild von Kims Befinden machen wollen und ihn durch den Polizeispiegel beobachtet. Wie er hereingeführt wurde, sich setzte, nach einem Glas Wasser fragte, das ihm sogleich gebracht wurde. Sein Gesicht war grau wie nach durchwachten Nächten, und er wirkte kleiner als am Tag der Festnahme. Man hätte denken können, er sei ebenso ruhig und teilnahmslos wie vor drei Tagen, hätte die starre Körperhaltung nicht verraten, dass er sich nur mühsam aufrecht hielt. Er will sich nicht hinter die Fassade gucken lassen, hatte Grübert gedacht. Nach einer Weile richtete Kim seinen Blick auf den Spiegel und hielt ihn dort, er sah in sein eigenes Gesicht und schien zu wissen, dass ihn dahinter andere Augen beobachteten. Grübert hatte ihm geradewegs in die Augen gesehen, sie verrieten nichts, es sei denn, den trotzig angespannten Willen, durchzuhalten.

Nun saß er ihm gegenüber und es galt, ihn aus der Reserve zu locken. Jetzt mied Kim den direkten Blick, hielt die Arme übereinander gelegt vor dem Zwerchfell und fixierte einen imaginären Punkt auf der Tischplatte. Grübert las ihm seine Rechte vor und schaltete das Mikro ein.

„Möchten Sie einen Anwalt hinzuziehen?“

Kim verneinte.

„Herr Kim, unsere Wege haben sich schon einmal gekreuzt, vor vier Wochen in Maxens Grill in Woltersheim. Sie erinnern sich?“

Der Angesprochene reagierte nicht.

„Was hat sie dorthin getrieben? Ihr Gewissen oder die Neugierde?“

Kim rührte sich nicht.

„Den Täter treibt es zurück an den Ort des Verbrechens. Sagt man“, fuhr Grübert fort. „Erzählen Sie mir etwas über Julia Vienna.“

Der andere schwieg, sein Blick streifte kurz sein Gegenüber, dann senkte er ihn wieder auf die Tischplatte.

„Sie haben von Juni bis Dezember 1974 in der Galerie Crimmer für Julia gearbeitet, sozusagen als ihre rechte Hand. Wie war sie so als Chefin?“

Schweigen.

„Sehen Sie, Herr Kim, wir wissen durchaus, dass Julia Sie als fähigen und zuverlässigen Mitarbeiter geschätzt hat und Sie auch mit Dingen betraut hat, die nicht zu Ihrem Aufgabengebiet gehörten und eher privater Art waren.“

Kim hob den Kopf und holte Atem.

Für einen kurzen Moment schien es, als wolle er antworten, doch dann schloss er den Mund wieder und stieß die angestaute Luft aus.

„Nur zu, Herr Kim, reden Sie“, schaltete Krassinger sich ein, „sagen Sie uns, welcher Art diese privaten Dienstleistungen waren.“

„Da Sie es zu wissen scheinen, warum soll ich es noch aussprechen?“, erwiderte Kim in gereiztem Tonfall, „wollen Sie mich demütigen?“

„Die Wahrheit auszusprechen ist nicht demütigend“, warf Grübert ein, „manchmal ist sie befreiend.“

„Die Wahrheit ist, dass sie mich wie ihren Lakai behandelt hat.“

„Deshalb haben Sie sie gehasst.“

Kim schüttelte stumm den Kopf.

„Sie hatten ein Liebesverhältnis mit Julia“, stellte Grübert fest, „wie passt das zu Ihrer Aussage?“

Kim richtete sich auf. „Woher wollen Sie von so etwas wie einem …“, er presste die Lippen zusammen, “Liebesverhältnis wissen?“

„Aus Julias Tagebuch.“

Kim schien es die Sprache zu verschlagen. Eine Weile sagte er nichts und starrte Grübert an.

„Und was hat sie sonst noch über mich geschrieben?“, brachte er schließlich heraus.

„Dass Sie `ne echte Hilfe waren. Sie haben Sie ja zum Beispiel nach der OP in ihrem Urlaubsort abgeholt, als sie sich das Bein gebrochen hatte“, antwortete Krassinger.

„Ich sagte ja: Lakai! Dafür war ich gut genug. Aber sie hat mich nicht respektiert.“

„Wie ist das zu verstehen?“

Kims Rechte fuhr durch die Luft: „Zum Beispiel so: Ich

lade sie zum Essen ein, das Lokal ist ihr nicht gut genug, da lädt sie mich ein, in ein anderes hochgestochenes Restaurant, und natürlich bezahlt dann sie." Er schnaufte. „Demütigend. Sie reibt mir ihren Status unter die Nase!" Er griff nach dem Wasserglas und nahm einen Schluck.

„Hatten Sie damals Probleme mit Ihrem Status?", griff Grübert das Stichwort auf, „ich nehme an, heute nicht mehr, angesichts Julias Vermögen, das Sie sich angeeignet haben."

„Status ist keine Frage des Geldes, es geht um respektvollen Umgang miteinander, um Erkennen und Anerkennen der vielleicht anderen Wesensart, der anderen Kultur, anderer Werte." Kim redete sich zunehmend in Rage. „Vor anderen hat sie mich gedemütigt, hat mich weggeschickt, wenn ich da war, um ihr zu helfen, einfach so, kurz angebunden, als sei ich ihr lästig, hat mir gekündigt, als der Laden gut lief, und ich ihn auch schon mal alleine geschmissen habe, wenn sie verreist ist, zu irgendeinem ich weiß nicht wo, einem neuen Lover vielleicht, der kein Asiate ist, über den man sich lustig machen kann, wie mir schon als Kind passiert ist, wie sie mir Sachen nachgerufen haben, weil ich anders aussah und keinen Vater hatte …", er brach unvermittelt ab, als habe er zuviel gesagt.

Grübert:„Ihre Mutter hat Sie also allein erzogen?"

Krassinger:„Aber Sie wussten, wer Ihr Vater war?"

Grübert:„Jeder hat einen Vater. Haben Sie ihn irgendwann kennen gelernt?"

Kim antwortete nicht. Er saß vornüber gebeugt da, die Hände vor dem Bauch, die Linke umfasste die Finger der rechten Hand und drückte sie zusammen und es sah aus, als wollten sie sich vom Druck der Linken befreien. Krassinger, der seitlich des Tisches saß, beobachtete den Vorgang.

„Was hat Ihnen Ihre Mutter über Ihren Vater erzählt? Sie müssen doch eine Vorstellung von ihm entwickelt haben“, hakte er nach.

Kim presste die Lippen zusammen. Er hob den Kopf und blickte starr geradeaus an Grübert vorbei zur Wand.

Das bringt uns jetzt nicht weiter, dachte Grübert. Mit einer Kopfbewegung Richtung Tür bedeutete er Krassinger, ihm zu folgen.

„Wir kriegen ihn nicht aus der Deckung, Benno!“

„Und wenn wir ihn beleidigen?“, schlug Krassinger vor. „Das wird er nicht hinnehmen, dann muss er reagieren.“

Grübert nickte. „Ich versuch' s.“

Drinnen sah die Szene aus wie zuvor: Kim kerzengerade auf seinem Stuhl, die Wand anstarrend. Grübert ließ eine Flasche Mineralwasser und zwei Gläser bringen. Er schenkte ein und nahm einen Schluck, dann lehnte er sich entspannt zurück. Krassinger machte es ebenso. Keiner sprach.

Nach zwei zerdehnten Minuten hielt Grübert die entspannende Unterbrechung für ausreichend.

„Herr Kim“, begann er, „wir waren stehen geblieben bei Ihrem Vater und der Vorstellung, die Sie sich von ihm gemacht haben. Ist Ihnen inzwischen etwas dazu eingefallen?“

Schweigen.

„Da Sie in Deutschland aufgewachsen sind, ist Ihre Mutter vermutlich eine Deutsche. Ihrem Aussehen nach zu urteilen ist Ihr Vater jedoch kein Deutscher. Trifft das zu?“

Schweigen.

Grübert lehnte sich vor.

„Ich sage es Ihnen auf den Kopf zu: Er ist ein Schlitzauge, so wie Sie ein Schlitzauge sind."

Kim wandte ihm seinen Blick zu, die Augen verengten sich, dann ballten sich die Hände zu Fäusten, und es brach aus ihm heraus:

„Meine Mutter war eine Deutsche und hat sich von einem Koreaner schwängern lassen, … Kriegsende … und es waren wohl viele, mit denen sie es … getrieben hat … wusste nicht, wer mein Vater ist …", sein Gesicht verzog sich zu einer verächtlichen Grimasse, „ich könnte genau so gut Schmitz oder Müller heißen, wenn ich nicht so aussähe wie ein … ein … Schlitzauge", er spie das Wort durch die Zähne, „und dann hat sie gesagt, ich sei ein Trottel und wäre besser nicht geboren, und sie hätte mich wegmachen sollen, als noch Zeit dafür war, und in der Geburtsurkunde hat sie irgendeinen Namen angegeben, damit das Kind einen hat, und dann ist es einer, den es in Korea tausendfach gibt und der auch ein Vorname sein könnte, ein weiblicher, denn eigentlich, hat sie gesagt, hätte sie, wenn schon, eine Tochter haben wollen … und … und", er hielt inne und schnappte nach Luft, „sie hat mir ein Gefühl von Minderwertigkeit anerzogen, und ich musste meine Lektion lernen: Besser sein und besser funktionieren als andere."

„Und mit Julia Vienna konnte es deshalb auch nicht funktionieren. Sie wollte Sie nicht, so wie Ihre Mutter Sie nicht gewollt hat", sagte Grübert.

„Deshalb musste sie weg?", hängte Krassinger an.

„Nein nein!" Kim schrie es heraus. „Es hat funktioniert mit Julia, eine Weile ging es so, sie hat mir vertraut, und ich habe sie geliebt und hätte alles für sie getan, und dann hat sie ihre Galerie in Köln eröffnet."

„Und Sie wollten in ihrer Nähe sein und sind nach Woltersheim verzogen."

Kim stockte, als verstünde er nicht.

„Aber nein, nicht ihretwegen", stieß er dann heraus, „ich habe Liliane kennen gelernt, und sie wohnte quasi nebenan in Brühl und sah Julia so unglaublich ähnlich. Ich habe geglaubt, eine große Liebe noch einmal erleben zu können."

„Und wo ist Liliane heute?", sagte Krassinger.

Kim starrte ihn an, stumpf, bewegungslos. Eine Ewigkeit, schien ihm. Dann veränderte sich sein Blick, das Starre wich und so etwas wie das Begreifen einer Ungeheuerlichkeit nahm ihren Platz ein. Seine Lider pressten sich zusammen, sein ganzer Körper begann lautlos zu zucken.

Krassinger wechselte einen Blick mit Grübert. Der nickte und schob das Wasserglas auffordernd hinüber zu Kim.

Nach einer Weile, als das Zucken überstanden schien, griff Kim erneut zum Glas. Er nahm ein paar Schlucke, hielt das Glas vor der Brust, wobei seine Hand leicht zitterte, dann hob er es wieder zum Mund und leerte es.

„Ich wollte es nicht, ich wollte das alles nicht", sagte er leise wie zu sich selbst, „ aber dann hat sie dieses Wort gesagt ..."

„Was hat Liliane gesagt?", unterbrach Grübert.

„Nein nein, nicht Liliane, es war Julia." Er senkte den Kopf und bedeckte seine Augen mit der Hand, dann den Mund, als wolle er sich selbst am Weiterreden hindern.

„Und dann haben Sie zugeschlagen?"

„In meinem Kopf ist etwas passiert, es war, als habe sich ein Schalter umgelegt und ich musste einfach, konnte es nicht stoppen, es hat immer weiter gemacht mit mir und dann …“, er verstummte. Zusammen gesunken saß er auf seinem Stuhl, das Kinn auf der Brust. Grübert wartete.

„Ich war bei ihr“, fuhr er endlich fort, „am Abend, bevor sie abreisen würde. Das wusste ich von Liliane, bei der Vernissage hatte sie es erfahren, und ich wollte Julia doch noch einmal sehen und ihr alles Gute für die Zukunft wünschen.“ Er atmete schwer. „Aber ich hatte Angst, sie würde mich abwimmeln wollen, deshalb habe ich vorher nicht angerufen. Sie wusste ja, dass ich auch in Woltersheim wohnte, hatte mich einige Male bemerkt, beim Einkaufen oder so.“ Er klang resigniert. „Aber da hat sie eher an mir vorbei geguckt.“ Er schwieg und sein Blick wanderte zur Seite.

Grübert ließ ihm Zeit.

„Julia war überrascht von meinem Besuch“, fuhr er endlich fort, „und hat mich kurz rein gebeten und mir von ihren Plänen erzählt. Später sind wir dann zum Friedhof gegangen, sie wollte die Arbeiten am Grab kontrollieren, sie würde ja lange weg sein, und wer weiß …“, er hob unschlüssig die Hände, „vielleicht für immer?“

Er schwieg und schien seinen Worten nachzuhören. Dann fuhr er fort: „Sie wollte das Grab abdecken lassen, mit einer Marmorplatte und kleinen Pflanzinseln, und die Schrift auf dem Grabstein war inzwischen auch ergänzt worden.“ Er schwieg wieder. Als er fortfuhr, klang seine Stimme brüchig. „Und dann stehen wir an dem offenen Grab, die alte Erde war schon abgetragen und lag dane ben, da hat sie …“, er brach ab.

„Was hat sie gemacht?“

Kim verschränkte die Arme vor der Brust und senkte den Kopf.

„Was geschah dann?"

Keine Antwort.

Krassinger wechselte einen fragenden Blick mit Grübert. Der nickte. Krassinger zog sein Handy aus der Tasche, drückte ein paar Tasten und hielt Kim wortlos ein Foto vor die Nase.

Zunächst blieb sein Blick starr, dann schien er zu verstehen, was er auf dem Foto sah: Die lebensechte Rekonstruktion eines Schädels neben einem Totenschädel.

Seine Reaktion war ungeheuerlich. Ein Laut stieg aus seiner Kehle, ein röchelndes Wimmern, er rang nach Luft, der ganze Oberkörper zitterte heftig und setzte sich in schaukelnde Bewegung, vor, zurück, vor, zurück, kippte zur Seite und fast schien er vom Stuhl zu fallen, rettete sich jedoch mit einer Drehung und sank gegen die Rückenlehne. Sein Kopf fiel in den Nacken, er schluchzte.

Krassinger klappte das Handy zu, Grübert wartete. Er wartete lange. Endlich ebbte das Schluchzen ab und Grübert wiederholte seine Frage:

„Wollen Sie und jetzt sagen, was dann geschah?"

Kim setzte zu einer Antwort an, aber nur ein unverständliches Krächzen kam aus seiner Kehle. Er setzte neu an: „Dann … hat sie dieses Wort gesagt. …"

„Dieses Wort? Welches?"

„Trottel, sie hat *Trottel* gesagt."

„Sie hat *Trottel* zu Ihnen gesagt?" Grübert war zusammengezuckt. Eine Erinnerung war urplötzlich in ihm aufgeleuchtet.

Kim schüttelte müde den Kopf.

„Nein, nein, nicht … sie hat nicht mich gemeint."

„Wen dann?"

„Den, der die Buchstaben auf dem Grabstein gesetzt … den Namen ihres Mannes … die Daten …", Kim stockte immer wieder, „krumm und schief … so ein Trottel, hat sie gesagt. Dieses Wort …", er schien -unfähig, ganze Sätze zu bilden, „…plötzlich … nur noch rote Schleier vor den Augen … zugeschlagen und sie ist hineingefallen, hinterrücks … in dem Loch … die Augen offen und hat sich nicht mehr gerührt. Ich … ich konnte nicht in diese Augen sehen …, ich … musste …", er brach ab.

„Was haben Sie dann gemacht?", übernahm Krassinger.

„Erde rein … geschaufelt und geschaufelt, dann hab ich sie nicht mehr gesehen." Er wandte den Kopf zur Wand.

Grübert stand auf, er hatte sich wieder gefangen. „Kurze Pause", sagte er.

Draußen meinte er zu Krassinger: „Zum ersten Mal hat er ausgesprochen, was er getan hat, und das ist wie ein Noch-einmal-Erleben. Wir sollten ihm ein paar Minuten geben, das zu realisieren."

„Richtig, Lutz", sagte Krassinger, „aber warum hast du gezuckt, als er dieses Wort *Trottel* aussprach?"

„Gut beobachtet", erwiderte Grübert und verzog gequält das Gesicht, „aber davon später."

Sie gingen wieder hinein.

„Sie haben Julia also mit Erde zugedeckt", setzte Grübert das Verhör fort, „und was haben Sie danach getan?"

Es dauerte eine Weile, bis Kim antwortete. Doch nun klang seine Stimme anders als zuvor, klar, fast trotzig.

„Ich bin zurück ins Haus, der Schlüssel war in ihrer Schultertasche, habe ihre Koffer und die Reisetaschen in mein Auto geladen und Liliane angerufen, und wir haben alles besprochen, und sie war sofort einverstanden.“ Sein Mundwinkel zuckte. „Sie hat es als Abenteuer verstanden, bei dem es viel zu gewinnen gab.“

„Aber dann hat sie alles verloren“, sagte Krassinger.

„Und wie genau ist es abgelaufen?“, wollte Grübert wissen.“

„Ich nehme an, das wissen Sie schon.“

„Ich will es von Ihnen hören.“

„Es gibt nicht viel zu erklären. Liliane ist mit Julias Papieren nach Kapstadt und am nächsten Tag zurück geflogen.“

„Und bei der Passkontrolle ist nicht aufgefallen, dass Lilianes Alter nicht mit der Angabe im Pass übereinstimmen konnte?“

Kim schüttelte den Kopf. „Nein, Liliane hat sich darum bemüht, wie eine ältere Dame zu wirken, aber sie hat gesagt, es habe auch niemand so genau kontrolliert.“

„Dann hat sie ihre Sache gut gemacht. Warum musste sie sterben?“

Kim schwieg.

Er schwieg lange, während er den Kopf gesenkt hielt und auf seine verschränkten Hände starrte.

Schließlich richtete er sich auf und drückte seinen Rücken gegen die Stuhllehne.

„Ich habe wieder und wieder darüber nachgedacht“, begann er und seine Stimme klang wieder zittrig. „Ich hatte alles so gut geplant, und wir hatten genug für ein angenehmes Leben. Warum musste sie aus dem Abenteuer ein waghalsiges Spiel machen?“

„War sie eine Spielernatur? Es muss ihr gefallen haben, mit einem Schlag reich zu sein.“

„Sie war euphorisch bei ihrer Rückkehr. Ich glaube, sie

war begeistert von sich selbst, und wie leicht alles gewesen war und hat wohl geglaubt, dass sie alles erreichen kann, wenn sie nur mutig genug ist."

„Und dann wollte sie einen Anteil der Beute", warf Krassinger ein.

Kim schüttelte resigniert den Kopf. „Aber nein, den hätte ich ihr ja gegeben."

„Und? Weiter!"

„Sie hat mir gedroht, wenn auch indirekt." Er brach wieder ab und griff sich mit beiden Händen an den Kopf.

„Wie das?"

Kim ließ die Hände wieder fallen. Er stöhnte. „Liliane kam Samstagnacht zurück, ich habe sie vom Flughafen abgeholt und erstmal nach Hause gebracht. Am Sonntagabend sind wir dann zusammen zum Friedhof … alles so wie zwei Tage zuvor."

Er schwieg wieder und starrte vor sich hin. Als er weiter redete, klang es so, als rede er mit sich selbst, er war kaum zu verstehen. „Da steht sie vor mir, sie weiß, dass Julia da vor ihr unter der Erde liegt und … und sagt mir ins Gesicht: Du bist jetzt abhängig von mir …". Er brach ab.

„Und?" Grüberts Fingerspitzen zuckten.,

„Von ihrem Schweigen, hat sie gemeint. So, als sei sie die entscheidende Figur in dem, was sie für ein Spiel hielt."

„Und das konnten Sie nicht riskieren."

Kim antwortete nicht. Er saß mit gesenktem Kopf, die Rechte vor die Stirn geschlagen.

„Ich kann Ihnen sagen, was dann passierte", sagte Grübert. „Die Schaufel steckte noch in dem Erdhügel und Sie haben sie gepackt und zugeschlagen. Mehrfach. Dann Erde drüber. Am nächsten Tag wurde die Marmorplatte auf das Grab gelegt, und Sie waren ihre Sorgen vor Entdeckung los und haben die Platte bar bezahlt, mit dem Geld aus Julias Gepäck."

Krassinger schaltete sich ein. „Und dann, Herr Re- né - Kim ...", er ließ den Namen auf der Zunge zergehen, „haben Sie eine feine Spur gelegt. Haben Sie sich noch nicht gefragt, wie wir auf Sie gekommen sind?" Er machte eine dramatische Pause.

Kim rührte sich immer noch nicht.

„Sie haben eine Quittung bekommen, ausgestellt auf Julia Vienna, und Herr Kribben hat Ihre damalige Telefonnummer auf dem Durchschlag notiert und Ihre Adresse im Annograben 89, gleichsam als Kontaktmöglichkeit zu dem, der gezahlt hat. Ja, blöd gelaufen. Es hat eine Weile gedauert und uns etliche Umwege abverlangt, aber schließlich haben wir Sie gefunden."

„Das erste Tötungsdelikt wird als Totschlag durchgehen", stellte Grübert fest, „das zweite war glatter Mord. Das bedeutet: Lebenslänglich."

Kim antwortete nicht.

„Möchten Sie noch etwas hinzufügen, Herr Kim?"

Keine Reaktion.

„Na dann." Grübert schaltete das Mikro aus und verließ mit Krassinger den Raum.

„Eigentlich hat er nicht Julia sondern seine Mutter erschlagen", meinte Gübert, als sie draußen waren. Im Büro angekommen fügte er hinzu: „Da ist jemand schuldig geworden, und es ist nicht reine verbrecherische Bosheit, nach der es zunächst ausgesehen hat. Es sind die Umstände, die Koinzidenz von Ereignissen, die Kreuzung von Lebenswegen. Wissen wir von uns selbst, wie weit wir in der Lage sind, angesichts einer existentiellen Bedrohung ruhig und emotionslos nach einer Lösung zu suchen?" Mit zunehmendem Alter war ihm, immer wenn er sich wie jetzt am Ziel gewähnt hatte, eine innere Haltung von irgendwoher zugewachsen, sich nicht in der Hitze der Jagd zu verlieren, Emotionen gleich welcher Art die Kompetenz über sein Handeln zu entziehen.

„Wohl wahr." Krassinger nickte und puffte Grübert in die Seite. „Aber sag mal, Chef, bist du jetzt nicht erleichtert? Nach knapp fünf Wochen haben wie ihn endlich, und Heilmann hat sein Futter für die Pressemeute. Eine große Belobigung steht an. Wie fühlst du dich?"

Grübert ließ sich auf seinen Schreibtischstuhl fallen. „Ausgelaugt und ernüchtert", stellte er fest, „und fernab jeglicher Jubelstimmung." Er fuhr den PC hoch. „Julias Tod war sowas wie ein Versehen, ausgelöst durch ein Wort …", er stockte und schüttelte den Kopf, „einfach lächerlich, banal", murmelte er.

Krassinger fuhr herum. „Lächerlich?"

„Lächerlich und banal und so völlig sinnlos", sagte Grübert und öffnete das Word-Programm. „Dieser Kim hört Julia ein Wort sagen, das für ihn eine Schlüsselbedeutung hat, eine schlimme Erfahrung in seiner Kindheit, ein Wort, das ihn angestachelt hat, nach Anerkennung und Erfolg zu streben und das alles auch zu erreichen. Und dann spricht die Person, die er liebt, dieses Wort aus, in einem völlig anderen Zusammenhang und meint noch nicht einmal ihn. Da rastet er aus und schlägt zu."

Er schwieg einen Moment, bevor er fortfuhr. „Vielleicht gehörte dieses Wort auch zu Julias Repertoire."

„Was redest du da!" blaffte Krassinger. „Drehst du jetzt auch durch?"

„Hast du schon mal erlebt, dass ein einziges Wort dir eine vergangene Szene flashartig wieder vor die Augen bringt?“, sagte Grübert, er sah plötzlich sehr müde aus. „So war es wohl bei Kim, und genau so ist es mir eben ergangen. Ich hatte mir die ganze Zeit, während wir an dem Fall dran waren, gewünscht, Julia zu Lebzeiten gekannt zu haben. Und vorhin ist mir klar geworden, dass ich sie einmal gesehen habe, in einer unangenehmen Situation, in der sie eben dieses Wort *Trottel* benutzt hat. Das war auf dem Edeka-Parkplatz. Ich kam gerade aus dem Laden, und da standen ein paar Leute um ein Auto herum, ein Mercedes Coupé war das, und eine Frau mit einem Stirnband, es war grün, um die Haare gewickelt und die waren rot und kraus … sie stand also daneben und wies auf eine breite Abschürfung am hinteren Kotflügel und sagte *so' n Trottel*, und sie sagte es zu einem jungen Mann, der betreten guckte. Ich hab das alles nur aus dem Augenwinkel wahrgenommen, aber ich erinnere mich noch, dass ich den jungen Mann bedauert habe. Und jetzt erst weiß ich, dass es sich um Julia handelte.“

„Merkwürdige Zusammenhänge gibt es“, sagte Krassinger, „und etwas anderes finde ich auch merkwürdig. Wir sind immer davon ausgegangen, dass Julias letztes Telefonat, bei dem sie ausgerastet sein soll, mit ihrem Mörder zu tun gehabt haben musste. Mit wem mag sie telefoniert haben? Nicht mit Kim, soviel steht fest.“

Grübert nickte.

„Könnte Crimmer gewesen sein, wegen eines gemeinsamen Termins bei seinem Anwalt. Oder Tom Glüsen mit dem Bekenntnis seiner Dummheit.“

Damit begann er, auf die Tastatur einzuschlagen. Zu Krassinger gewandt fügte er hinzu: „Bitte hol mir die

Tonbandaufnahme aus dem Vernehmungsraum. Brauch ich zur Kontrolle.“

Wie erwartet: Heilmann zeigte sich äußerst zufrieden und war geneigt, dem Ermittlerduo für den Rest des Tages frei zu geben.

Grübert lehnte ab. Er brauchte jetzt den normalen Polizeialltag, der ihn vom Grübeln abhalten sollte. Auf Streife gehen zum Beispiel. Das Hochgefühl nach Kims Festnahme hatte sich verflüchtigt und einer inneren Leere Platz gemacht. Er hatte seine Aufgabe erfüllt und einen Mörder überführt, doch der war nicht wirklich ein böser Mensch sondern selbst ein Opfer. Es gab zu viele Opfer in diesem Fall. Und Gewinner, die es nicht verdient hatten.

Er war dann tatsächlich mit Gangel auf Streife gegangen. Unterwegs hatte er das Gespräch auf den bevorstehenden Prozess im Berisha-Fall gebracht und versucht, Gangels Schilderung des Vorfalls auf gleich oder ähnlich klingende Aussagen mit Krassingers Bericht abzuklopfen. Gangel wollte nicht so recht, was Grübert als Unsicherheit auszulegen bereit war. Immerhin, dachte er, scheint er noch darüber nachzudenken, wie er aussagen soll.

Am Abend gab' s ein Festmenu: Leonie eine Fischpastete aus der Dose und knusprige Leckerlis mit Truthahn und Cranberries. Für sich legte er eine Tiefkühl-Dorade unter den Ofengrill, dazu gab`s einen frischen grünen Salat mit Tomaten und Radieschen.

Während er am Tisch saß und die Dorade zerlegte, ab und zu einen grätenfreien Bissen zu Leonie hinunterwarf, wurde ihm klar, dass zur Aufklärung des Falls noch etwas fehlte: Wer hatte die Tagebuchblätter geschickt? Keiner von denen, die verdächtigt worden waren, soviel stand fest. Wer überhaupt hatte die Gelegenheit gehabt, an sie heranzukommen? Die letzte Person, die sie in der Hand gehabt hatte, war Frau Seibeling gewesen.

Er stand auf und holte sein Notizbuch. Unter dem 24. November hatte er notiert: *Seibeling bringt Tagebuch in Galerie, Miriam Salowski nimmt es entgegen, Krecht weiß von nichts.-*

„Facit“, sagte er laut zu sich selbst, „es ist verschwunden, irgendeiner, ein Ausstellungsbesucher vielleicht, hat es mitgenommen.“ Er horchte seiner Stimme nach: Ausstellungsbesucher – wem hatte diese letzte Ausstellung gegolten? Er blätterte in den Tagebuchauszügen. Richtig: *Und nun Gunnar zum Abschied*, hatte Julia geschrieben. Gunnar! Er war der einzige, der Interesse an diesem Buch gehabt haben konnte. Und natürlich Interesse an einer Aufklärung des Mordes.

Grübert schlug mit der Faust auf den Tisch. Gleich morgen früh würde er in Bad Godesberg anrufen.

Eine Überraschung

Am Dienstag zeigte das Thermometer knapp über null Grad, es war trocken und versprach, sonnig zu werden. Er begann den Tag mit seiner Joggingstrecke: Die Buschgasse hoch zum Wald, dann Richtung Tonweiher, drumherum und zurück über die Phantasialandstraße. Für die knapp zehn Kilometer brauchte er fünfundvierzig Minuten. Danach fühlte er sich adrenalingesättigt und gönnte sich noch eine Wechseldusche, bevor er zum Hörer griff.

Greven war gleich dran, und Grübert wagte einen Überfall.

„Guten Morgen Herr Greven. Gute Nachrichten! Wir haben ihn, Julias Mörder! Doch es ist keiner von denen, über die Sie uns eine Auswahl aus Julias Tagebuchnotizen zugeschickt haben."

Schweigen.

„Herr Greven?"

„Bin dran."

„Ich merke, es hat Ihnen die Sprache verschlagen. Aber nur Sie konnten das Tagebuch aus der Galerie mitgenommen haben, und nur Sie hatten ein echtes Interesse daran, Julias Tod aufzuklären. Eines allerdings hat mich nicht gleich darauf kommen lassen: Wie haben Sie es geschafft, uns nach nur einem Tag nach unserem ersten Besuch bei Ihnen den Auszug über Crimmer in den Briefkasten zu stecken?"

Eine Weile kam nichts. Dann hörte Grübert einen tiefen Seufzer am anderen Ende.

„Na schön, jetzt haben Sie mich überrumpelt, aber warum sollte ich es abstreiten? Ja, ich habe das Buch neben der Kasse in der Galerie gefunden und an mich genommen und wollte es für Julia aufbewahren. Als sie auch nach einem Jahr nichts von sich hören ließ, habe ich es gelesen.“ Er machte eine nachdenkliche Pause. „Dieser Crimmer war mir immer schon unsympathisch gewesen“, fuhr er fort, „schon bevor Julia ihn geheiratet hatte und erst recht, nachdem ich das Tagebuch gelesen hatte. Und dann kommen Sie und erzählen was von unbekannten Skeletten in einem Grab, für das ich jahrelang die Grabpflege gezahlt habe. Meine erste Reaktion war: Crimmer hat sie auf dem Gewissen. Ich war mir so sicher, dass ich die Seiten kopiert habe und noch am Abend nach Walberberg gefahren bin und den Umschlag in Ihren Briefkasten gesteckt habe.“

„Aber dann sind Ihnen Zweifel gekommen?“

„Hm.“ Greven zögerte. „Nicht wirklich Zweifel. Aber nachdem ich Julias Eintragungen noch einmal in Gänze gelesen hatte, hielt ich auch Shorty und Tom für verdächtig und wollte sie Ihnen nicht vorenthalten.“ Er räusperte sich. „Aber nun sagen Sie, es war keiner von denen?“ Er klang nach Enttäuschung und angedeuteter Neugierde.

„Trotzdem haben Sie uns geholfen, denn das Tagebuch hat uns Einblick in Julias Leben vermittelt, und zudem war in einigen Eintragungen auch von dem die Rede, der sie erschlagen hat. Den hätten wir allerdings auch ohne das Tagebuch gefunden. Die Presse wird berichten.“

Am späteren Nachmittag war er zurück, und Heilmann empfing ihn im Eingangsbereich mit ausgestreckten Armen.

„Lieber Kollege Grübert“, sagte er und strahlte förmlich, „Sie haben es geschafft in knapp fünf Wochen! Gratuliere Ihnen! Und natürlich auch Ihrem Assistenten, dem Benno Krassinger. Tüchtig, tüchtig!“ Er machte eine kurze Pause und wies auf sein Arbeitszimmer am Ende des Flurs. „Kommen Sie mit, der neue Anwärter Rico Martens ist überraschend heute schon gekommen, in Begleitung seiner Mutter. Ein netter junger Mann.“

Grübert grinste. Mit seiner Mutter! Wird schon so ein Bürschchen sein.

Heilmann ging voran. Er öffnete die Tür.

Grüberts erster Blick fiel auf Isabel. Sie saß neben dem netten, jungen Mann in der Besucherecke, und er wusste sofort, wann und wo er den schon gesehen hatte.

„Na sowas!“, platzte er heraus und zu Heilmann gewandt sagte er: „Meine frühere Kollegin aus Tuttlingen – aber das hat sie Ihnen sicher schon erzählt?“

Heilmann nickte. „Das hat sie, und dass Rico sich zum Berufsbeginn einen anderen als den heimatlichen Wind um die Nase wehen lassen sollte.“

„Und dass er in dir einen guten Mentor hat“, fügte Isabel hinzu. Sie lächelte, doch Grübert schien es, als verberge sich eine Anspannung unter ihrem Lächeln. Er warf ein, er habe den *netten jungen Mann,* als der Rico ihm angekündigt wurde, schon vor zehn Tagen vor dem Präsidium in Tuttlingen gesehen. Eine Weile ging es noch hin und her, Mitteilungen über Dienstzeiten, Kollegen, und wie es möglich gewesen war, so schnell eine Bleibe für Rico zu finden.

„Ihr rheinischer Tauschpartner, Herr Grübert, der Julian Vitus, kommt aus Brühl und hatte ruckzuck eine Adresse in der Uhlstraße parat, und da habe ich nun ein Zimmer – für' s erste jedenfalls", sagte Rico.

„Und jetzt", Grübert machte eine einladende Geste, „zeige ich Ihnen Ihren Arbeitsplatz und mache Sie mit den Kollegen bekannt."

Im Büro trafen sie nur Klopp und Gangel an, Krassinger hatte das Angebot des freien Nachmittags wahrgenommen und Stadlhuber war irgendwo unterwegs.

„Den werden Sie …", Grübert zögerte, dann sagte er: „Jungspunde wie du, Rico, werden hier geduzt. Also fangen wir gleich damit an. Unser Alphatier …", er lachte, „den Stadlhuber, wirst du morgen kennen lernen, wie auch Benno Krassinger, den anderen Jungspund. Mit ihm habe ich heute endlich den Fall abgeschlossen, an dem wir uns wochenlang die Zähne ausgebissen haben."

„Gratuliere", sagte Isabel. Klopp und Gangel klopften anerkennend auf ihre Schreibtische.

„Und jetzt?" Grübert schlug die Handflächen gegeneinander. „Jetzt lade ich euch in *Hannis Kochtopf* ein."

Dienstag. Die Gaststube war fast leer. Und wie vor fünf Wochen Piet am Tresen. „Und?" Fragend zog er die Augenbrauen hoch. „Wie steht's?"

„Job erledigt, wir haben ihn", meinte Grübert, während er seine Gäste in einen abgetrennten Bereich des Raums begleitete, „die nächsten Tage könnt ihr' s in der Zeitung lesen."

Franz Büderich brachte die Speisekarten.

„Is et einer von hier?", wollte er wissen.

„Nee, einer aus Düsseldorf."

„Düsseldorf!" Büderich plusterte die Backen auf. Was Grübert veranlasste, Isabel und Rico über die zwischen

Köln und Düsseldorf gepflegte Konkurrenz im Gerangel um den Titel *Landeshauptstadt NRW* aufzuklären.

Nachdem die Speisenauswahl getroffen war: Rheinischer Sauerbraten mit Apfelrotkraut und Knödel und drei Kölsch dazu, räusperte sich Isabel. Dann sagte sie: „Ich muss jetzt eine kleine Rede halten, Lutz! Du hast dich sicher gewundert, dass ich mitgekommen bin. Aber glaub mir: nicht aus mütterlicher Fürsorge, sondern weil ich denke, du hast Anspruch darauf, dass ich selbst es dir sage. Und zwar persönlich und nicht am Telefon und nicht im Brief." Sie machte eine kleine Pause und legte ihre Rechte auf Ricos Hand. „Er ist dein Sohn. Unser Sohn."

Grübert öffnete den Mund, einen Augenblick lang hielt er die Luft an und blickte von Isabel zu Rico, hin und her, immer wieder, als müsse er sich ihrer Gegenwart versichern.

„Mein Sohn!?", brachte er schließlich heraus. Seine Stimme klang fragend und bestätigend zugleich. „Unsere Abschiedsfeier vor meiner Abreise?" Und als Isabel nickte: „Warum jetzt? Und was sagt dein Mann dazu?"

„Er weiß es schon lange und …"

„ … und ich weiß es seit deinem Besuch in Tuttlingen", ergänzte Rico, „ich wollte wissen, wer das war, mit dem sie sich vor dem Präsidium unterhalten hat, es sah so aus, als kenntet ihr euch schon lange." Er sah seine Mutter an." Da hab ich dich gelöchert, bis du es mir gesagt hast und der Rest …"

„Na ja", fuhr Isabel fort, „ da wurde der Gedanke geboren, euch beiden die Chance zu geben, einander kennenzulernen, über einen längeren Zeitraum hinweg. Und danach?" Isabel hob die Hände.

„Danach entscheide ich, wie' s weitergeht", fügte Rico hinzu, „vielleicht bleibe ich dann im Rheinland."

Grübert sah ihn an. Ein neues Kapitel war aufgeschlagen. Mein Sohn, dachte er. Du siehst gut aus mit dem dunklen Haar deiner Mutter, ihren kühlen blauen Augen, deinem schlanken Körperbau. Ähnlichkeit zwischen uns kann ich nicht entdecken, noch nicht. Und doch bist du auch ein Sohn von Max Martens und sagst *Vater* zu ihm. Laut sagte er: „Da bin ich Vater von jetzt auf gleich, ohne es geworden zu sein, so allmählich, meine ich. Jetzt hast du zwei Väter?"

„Der andere heißt Papa", antwortete Rico.

„Und meine Mutter wird sich über den lang ersehnten Enkel freuen", meinte Grübert.

Büderich brachte die Getränke.

„Das Kölsch nehmen wir zum Sauerbraten, Franz, jetzt brauchen wir erst mal einen Sekt zum Anstoßen."

„Gibt' s was zu feiern, darf man gratulieren?"

„Und ob! Bin gerade befördert worden." Grübert zwinkerte.

Der Sekt kam fast sofort und Grübert hob sein Glas: „Auf unsere neue Beziehung!"

Epilog

Freitag, 3. März 2006.

„Gut gelaufen!“, meinte Grübert und hob sein Glas. Nach der Verhandlung im Fall Berisha gegen Stadlhuber hatte er Rico und Benno in die Caféteria des Amtsgerichtes Köln eingeladen. „Und vor allem: gerecht! Du hast gute Figur gemacht, Benno, darauf nehmen wir einen zur Brust!“

„Hättest du mir nicht den Rücken gestärkt, Lutz, wäre es schwierig geworden“, sagte Benno, „die haben doch tatsächlich bis zum Schluss versucht, mich mundtot zu machen. Ob ich nicht wegen des Sauklimas auf der Wache meine Aussage zurückziehen wolle. Dann hätte es mit Grünbergs Aussage nur noch Eins zu Drei gestanden. Aber das ging nun gar nicht, dass der Stadlhuber davonkommt.“

„Wusstet ihr, dass er zu einer Chatgruppe gehört, die sich Alphateam nennt?“, sagte Krassinger, „und hunderte antisemtische und rassistische Symbole im Netz gepostet hat?“

„Das wussten wohl nur die, die dazu gehören“, vemutete Rico, „einer von denen muss geplaudert haben. Und da hat der Gangel Schiss gekriegt und ist umgefallen.“

„Aber er hat gesagt, der Stadlhuber habe nur einmal zugeschlagen“, erregte sich Krassinger, „dabei hat er fünfmal zugelangt. Wäre der Berisha ein Deutscher gewesen, hätte er sicher nicht zugeschlagen.“

Grübert mischte sich ein. „So hat’s Kollege Gangel gesagt, und Klopp hat dazu genickt. Der Stadlhuber hat zwar nur eine saftige Geldstrafe kassiert, aber das Disziplinarverfahren kommt noch. Und das wird ihn aus dem Dienst kegeln. Und das weiß er."

Alle schwiegen.

„Und was macht man danach?", meldete sich Rico, „als gechasster Polizist?"

„Ach, da gibt's so einiges", antwortete Grübert, „Personenschützer, Sicherheitsdienst, Türsteher, Detektiv, ich kenne einen, der 1982 die Sicherheitsabteilung bei General Motors übernommen hat, allerdings ohne vorher rausgeflogen zu sein. Und schließlich …", er spitzt maliziös die Lippen, „gibt' s noch die Chance, als Kommissar für Film und Fernsehen gecastet zu werden."

„Was dem Stadlhuber wohl am besten gefallen würde." Krassinger grinste. „Da könnte er sich selbst bewundern."

„Mag wohl sein", stimmte Rico zu, „so wie ich ihn in den drei Monaten kennen gelernt habe, ist er schwer von sich eingenommen."

„Bewundern …", Grübert klang nachdenklich, „nein, das ist nicht das passende Wort. G-e-wundert habe ich mich – nein, auch nicht. Es hat mich überrascht, wie Kim letzte Woche das Urteil entgegengenommen hat. Auf mich wirkte er sehr gefasst, er hat wohl mit dem Lebenslänglich gerechnet."

„Hatte ja drei Monate Zeit, sich darauf einzustellen."

„Das meine ich nicht, Benno. Ich glaube nicht, dass es nur eine Zeitfrage ist, sich auf ein solches Urteil einzustellen. Ich hatte den Eindruck, dass er eine Entwicklung durchgemacht hat. Du warst ja bei der Vernehmung dabei und hast gesehen, wie total zerstört er am Ende war. Ich glaube, er hat da erst begriffen, was er getan hat, er hat – wie man so sagt – in *seine Abgründe* gesehen."

„Meinst du, er hat erkannt, dass er eigentlich seine Mutter erschlagen wollte, und dass Julia ihre Stellvertreterin war? Wie kann man mit so etwas klarkommen?"

Grübert schwieg eine Weile. „Ich weiß es nicht", sagte er schließlich, „klarkommen? Das heißt: weglegen, ablegen, vergessen?" Er schüttelte den Kopf. „Das geht nicht." Er schwieg wieder. „Ich denke, er hat verstanden, dass nicht andere für seine Tat verantwortlich sind oder sie heraufbeschworen haben. Ich hatte den Eindruck, er hat das Urteil nicht nur akzeptiert – notgedrungen, es blieb ihm ja auch nichts anderes übrig – sondern, dass er einverstanden war. Ich meine, eine solche Haltung macht ihm vieles leichter."

„Und erhöht die Chance, ihm nach fünfzehn Jahren wegen guter Führung den Rest der Strafe zur Bewährung auszusetzen", fügte Rico hinzu.

„Und dann kommt er raus mit Mitte siebzig und was hat er davon?" Benno kratzte sich hinter dem Ohr. "Was ist inzwischen mit seinem geklauten Vermögen passiert?"

„Gute Frage", nickte Grübert, „Julia hatte keine Kinder und es gibt kein Testament, da erbt die noch lebende bucklige Verwandschaft. Also Barbara und Tom Glüsen."

„Pff", Benno stieß die Luft durch die Lippen, „wie ich das finde …"

„Tja!", resumierte Grübert, „das Leben ist eines der schwierigsten!"

Julias Tagebuch
vollständig und chronologisch

8. Januar 1959

Mein Geburtstag! Mein einundzwanzigster! Ein neues Jahr, ein neues Kapitel, in jeder Hinsicht. Endlich weiß ich, was ich will. Und was ich nicht mehr ertragen kann. Und in diesem Buch will ich alles rauslassen, weg damit! Ich bin soweit, endlich, vielleicht ist sogar ER daran schuld.

Ich kenne ihn nun seit ein paar Wochen, er heißt Gunnar und studiert Kunst in Düsseldorf. Hat dunkle Haare und erstaunlich blaue Augen. Die fielen mir zuerst auf. Ich steh am Fahrkartenschalter, hole mir meine Monatskarte Brühl/Köln, dreh mich abrupt um und ramme meinem Hintermann aus Versehen den Ellenbogen in den Bauch. Der zuckt zurück, und ich stammele ein Pardon, und er lacht und sagt: Sind Sie immer so temperamentvoll? Und sieht mich an mit seinen umwerfend blauen Türkisaugen.

Auf dem Bahnsteig haben wir uns wieder getroffen, ich nach Köln auf der linken Seite, er rechts nach Düsseldorf. Beim Warten hat er mir dann erzählt, daß er an der Kunsthochschule studiert, schon im vierten Semester. Das hat mich natürlich sehr interessiert, und er hat gefragt, ob ich mir den Rundgang ansehen möchte, er lädt mich ein. Hab zugesagt, was sonst?!

Bisher habe ich nicht gewusst, dass man die Jahresabschlussausstellung der Studenten Rundgang nennt.

11. Januar 59

Bin hingefahren, er hat mich am Bahnhof abgeholt, ne knappe halbe Stunde zu Fuß. Unterwegs musste ich ihn immerzu ansehen, diese Augen! Ich glaube, er mag mich. Und ich ihn. Sehr sogar.

Ne Menge Volk war da, ich wollte vor allen Dingen wissen, was er selbst macht. Er photographiert, in seiner Werkstatt hängen große Formate an den Wänden, er malt sie auf Leinwand nach, aus Schwarz-Weiß wird Farbe mit erkennbarem Pinselstrich. Mehrere Bilder von ihm waren ausgestellt, eines fand ich umwerfend. Auf dem Photo sitzt eine junge Frau im Garten auf einer Schaukel – auf seinem Bild hängt die Schaukel rechts im Vordergrund vor einem Pastell-Himmel über einer tiefen Landschaft in Zitronen- und Apfelgrün, mit weitem cyanblauem Horizont, einfach schön. Die Frau lehnt sich gegen das rechte Trageseil und schaut nach unten, mit der Linken hält sie sich fest. Sollte sie jetzt Schwung nehmen, sage ich zu Gunnar, wird sie im Himmel landen. Er lacht: Es gefällt dir? Ich nicke.

Zwei Stunden sind wir rum gelaufen, er hat mir viel gezeigt und erklärt, mich auch mit einigen seiner Kommilitonen bekannt gemacht. Eine besondere Atmosphäre war das, kreativ aufgeladen, ganz anders als die in der Uni. Dann sind wir zurück zum Bahnhof und er hat mich in sein Atelier eingeladen. Bin gespannt …

14. Januar 59

Vorgestern war ich in dem, was er sein Atelier nennt, einem ungenutzten, klapprigen Gartenhäuschen eines Nachbarn. Dort hat er seine Ruhe, sagt er. Ist nicht weit von uns, mit dem Fahrrad zehn Minuten. Unordnung allüberall, außen rum alles verwildert und verwuchert, drinnen auch, aber anregend unordentlich, da kann ich alles aus meinen Kopf rausschmeißen, was mich stört. Hab ihn gefragt, ob ich das auch mal probieren darf, das Malen nach einem Photo. Aber es ist was anderes geworden, weil ich das Photo (meine sepiabraune Mutter, ich auf ihrem Schoß und sie füttert mich) nicht vor mir liegen hatte. Ich hab beim Malen den Haferschleim geschmeckt, den wir zum Frühstück hatten und hab meinen Ekel um meinen Mund gemalt mit kackgelber Farbe, die auf mein Lätzchen tropft und weiter bis auf den Boden und zur offen stehenden Tür hinaus. (Wäre auf der Leinwand noch Platz gewesen, hätte ich den Schleim noch die Treppe runter bis auf die Straße fließen lassen (kein süßer Brei wie im Märchen!). Meine Mutter ist dabei nicht gut weggekommen, sie reißt die Augen auf und auch den Mund bis zu den Ohren, wie Mütter es tun, damit Kinder es nachmachen und dann: Hinein mit dem Löffel! Ich sehe auf dem Bild wie eine Käthe-Kruse-Puppe aus, mit einem Schlüssel zum Aufziehen zwischen den Schulterblättern.

Gunnar fand' s interessant, ich hätte ein Talent, hat er gemeint. Ich weiß, meine Schulnoten waren immer die besten, hab ich geantwortet und ihm einen schnellen Wangenkuß verpaßt.

15. Jan.59

Ich habe Blut geleckt und noch gestern Abend die Photoalben und diverse Schachteln nach Photos durchsucht, mit denen ich Gefühle verbinde. Ich will ehrlich sein: insbesondere negative.

Schulausflug nach Monschau, ich war zwölf, Monika, Marianne, Theo und Elisabeth sitzen nebeneinander auf der Mauer, Fräulein Griebeisen hat photographiert, und ich wollte mit aufs Photo in meinem neuen Pulli, knallorange. Kein Platz mehr, hat Monika gesagt, obwohl da noch genug Platz war, und hat sich extra breit gemacht.

Morgen werde ich sie mir von der Seele malen.

20. Jan. 59

Fertig (?). Ging nicht so schnell, wie ich dachte. Auf meinem Bild ist sie von der Mauer gestürzt und liegt da als zerbrochene Puppe, Arme und Beine sind abgefallen und liegen kreuz und quer mit viel Rot drumherum von all dem Blut, die anderen lachen mit breiten Mündern, und Fräulein Griebeisen schwebt mit verrosteten Flügeln oben drüber und photographiert. Ich habe sie abgestreift, diese Monika.

Dann hab ich noch ein Bild gemalt, ich nenne es Himmelfahrt.

Elisabeth ist meine Freundin, sie möchte Betty genannt werden. Dieses Foto – wir sind auf dem Schulhof, irgend so ein Spiel, bei dem man im Kreis um andere herum rennen muss, sie zerrt an mir, meine Haare stehen um meinen Kopf wie eine elektrisch geladene krause rote Wolke. Wie siehst du denn aus? Sieh dich doch mal an!, hat sie gesagt – damals, ist ja schon Jahre her, als die Photos im Klassenzimmer an der Leiste hingen. Jetzt hab ich sie gemalt, wie sie auf dem Schulhof steht mit ihrer Zopffrisur, die Zöpfe sind überlang, sie sind um ihren

Hals gewickelt und reichen bis zum Po, und die anderen stehen hinter ihr und ziehen an den Zöpfen und schräg vom Himmel herab hängt der große Spiegel aus dem Schlafzimmer ihrer Eltern, in dem sieht man ihr Gesicht, puterrot mit blauen Schatten um die Augen und einer Schlange um den Hals, und die Schlange hat einen Menschenkopf mit Elisabeths Gesicht.

Gunnar fand es stark. Elisabeth ist meine Freundin.

Manchmal.

26. Jan.59

In der letzten Woche war ich fast täglich im Gartenhäuschen (Gottseidank gibt' s ein kleines Elektro-Öfchen!), G. hatte sich freigenommen von der Akadamie und ich von der Uni, wir haben den ganzen Tag gemalt. Für mich Erholung von all dem Zahlenkram. BWL ist nicht meins, merke ich. Hab noch zwei Bilder nach Photos gemalt, eigentlich nach dem, was ich beim Anschauen empfinde (Priesterjubiläum von „Herrn Pastor" und ich mit Schillerlocken als Gratulantin, und dann noch Brunhilde und ich mit unserem kleinen Bruder Klaus).

Tat gut, wieder etwas weg gemalt.

Dann hab ich etwas anderes probiert, es gibt kein Photo von dem, was ich gesehen habe, nur eine Erinnerung oder eine Vorstellung. In unserem Wohnzimmer, mein Vater beim Schachspiel mit unserem Nachbarn Dudehoff, der fast immer verliert und ständig Züge wieder zurücknehmen will, wenn er eine Figur verloren hat. Die Unsicherheit habe ich in sein Gesicht gemalt; der Kopf ist eine haarlose helle Kugel, der Blick auf das Brett gesenkt, die Augen aufgequollen und ohne Lider über einem kleinen, verzagten Mund, das fliehende Kinn hat vor der Freudlosigkeit des Mannes kapituliert. Mein Vater sitzt da und zeigt sein Profil, er lacht hämisch und hält die erbeutete

Dame in der Hand und zerquetscht sie über den anderen Figuren, die schon zerstückelt am Boden liegen, Blut tropft von seiner Hand. Die beiden Schachspieler sind vorn rechts im Bild, der Tisch aus dunklem Makassar Holz ist in schrägem Anschnitt zu sehen, meine Mutter, klein und in ihrer blauen Kittelschürze, steht seitlich links im Hintergrund und hält mit beiden Händen ein Tablett mit Schnittchen vor den Bauch, aus den Augenwinkeln sieht sie ängstlich zu den beiden Männern. An der kalkweißen Wand zwei Reproduktionen, Dürers Reiter und Hase.

Gunnar hat währenddessen Photos gemacht. Von mir, von allen möglichen Gegenständen, ich hab nichts mitgekriegt.

Ist dein Vater immer so rabiat?, hat G. mich gefragt, nachdem er mein Bild angeguckt hat. Ich: Meistens erlaubt er Herrn Dudehoff, seine Züge zu korrigieren.

Vielleicht sollte ich noch weiter an dem Bild arbeiten, ich glaube, ich bin immer zu schnell fertig.

28.Jan.59

Gestern hat er mich mitgenommen in die Akademie, in seine Werkstatt, nur da kann er die großen Formate malen. Rundum Leinwände, wenige sind fertig und manchmal übermalt er sie komplett.

Er hat etwa Neues angefangen: Auf dem Bild sieht man eine Frau, sie sitzt vorn rechts auf einem Stuhl vor einer Staffelei und wendet dem Betrachter den Rücken zu, ihre rechte Hand hängt locker herunter und hält einen Pinsel, die Leinwand vor ihr ist noch unbemalt. Ich stutze: Ihre roten Haare! Was wird sie malen?, habe ich Gunnar gefragt, oder besser: was lässt du sie malen? - Was würdest DU malen?, hat er zurück gefragt, denn du bist es doch, die da sitzt, so wie ich dich photographiert habe letzte Woche. Ich weiß nicht, hab ich gesagt, gib mir 'ne Leinwand und ich versuch' s. Aber nicht zugucken.

Also hab ich angefangen, keine Angst vor der weißen Leinwand.

Doch eine andere Angst hat sich meines Pinsels bemächtigt, eine erinnerte, von der ich nicht genau sagen kann, wann ich sie erlebt habe. Auf meinem Bild sitzt eine Gestalt am Grund eines tiefen, engen Schachts, um sie herum ist nur feuchte dunkelbraune Erde, durchzogen von einem weißschimmeligen Netz von Gängen, in denen Wörter herumirren, Ermahnungen, Befehle, Drohungen (du sollst nicht … du darfst nicht … nimm dich zusammen ... benimm dich … wehe wenn …); der Körper ist der einer Frau, der Kopf im Größenverhältnis gesehen der eines Kindes, es hat rote Haare, lang und glatt. Die Fußsohlen stemmt es gegen die Schachtwand und die Hände gegen den Boden. Es schaut nach oben ins Licht mit weit in den Nacken gebeugtem Kopf, er sieht aus wie abgeknickt. Das Gesicht ist flach und porzellanhell wie eine Schale, die von oben Licht empfängt, der Himmel schwebt als strahlend blaue Scheibe oben drüber, ein kreisrunder Deckel, den jemand vom Schacht gehoben hat.

Das Kind ist in den Brunnen gefallen, meinte Gunnar, nachdem er mein Bild lange angeschaut hatte, dabei hat er seinen Arm um meine Schultern gelegt. Aber es hat Hoffnung, habe ich gesagt, sieh dir das Blau an, es wird raus kommen aus dem Brunnen. Hast du einen Titel?, wollte er wissen. - Angst, siehst du das nicht? - So schlimm? - Ich habe nur genickt, ohne ihn anzusehen. Er hat meine

Hand genommen und wir sind in die Mensa gegangen und haben was gegessen. Mein Bild hab ich da gelassen.

1. Februar 59

Heute war langweiliger Tag. Vorlesungen am Vormittag, Seminar am Nachmittag. Mittelstandsmanagement. Mittelmäßig das alles. Die Kommilitonen, die Profs, keiner, den ich interessant finden könnte. Und wenn ich am Abend nach Hause komme, sind da meine Eltern, vor allem Vati mit seinem Kontrollbedürfnis. Ob ich voran komme, welche Vorlesungen ich besuche, welche Referate ich zu welchen Themen schreibe. Es nervt. Und Mutti steht dabei in ihrem rosa Twinset – rosa! ich hasse Rosa – und lächelt skeptisch, wenn ich vom Malen spreche, und wie wohltuend es ist, weil ich dabei etwas fühle oder auch etwas loswerden kann. – Was willst du loswerden?, hat sie gefragt. Ich schaue sie nur an und begreife: Sie hat vergessen, daß sie mich als Kind, ich war drei oder vier Jahre alt, in den Keller gesperrt hat, wenn ich etwas Böses getan hatte, etwas, das der liebe Gott nicht gutheißen kann, und wie sie mich an der Hand die Treppe runter zieht und ich stolpere, weil ich so schnell nicht kann; sie hat vergessen, wie oft sie mir mit dem Kochlöffel den blanken Hintern versohlt hat; sie hat vergessen, daß sie stumm daneben stand, wenn Vati mich an den Ohren gezogen oder in meine Backe gekniffen und sie mit zwei Fingern verdreht und gesagt hat: Dass ich dich strafen muss, glaub mir, das tut mir viel mehr weh als dir.

Und da fragt sie, was willst du loswerden.

Ich habe nicht geantwortet.

Schließlich hat sie gesagt: So ein Getue!

Und jetzt will ICH etwas vergessen: Daß sie meine geliebte Käthe-Kruse-Puppe im Bunker aus dem Grundwasser gefischt hat, wobei sie fast selbst hinein gefallen wäre und dann im Backofen getrocknet hat; daß Vati ein Märchen erfunden und für mich aufgeschrieben hat, während er im Russlandkrieg war, und Bildchen zwischen die Zeilen gemalt hat.

Aber das ist schon so lange her.

3.Februar 59

Ich habe tatsächlich Talent, von höherer Stelle bestätigt! Gunnar hat mich gestern zuhause angerufen, er hatte Besuch von seinem Prof, der hat mein Bild gesehen und gemeint, das sei doch ein fremder Pinselstrich. Da musste er natürlich zugeben, dass es von seiner Freundin stammt. Professor Richtmann: Talent hat sie, Ihre Freundin.

Na bitte!

Ob ich schon mal daran gedacht hätte, mich für ein Studium zu bewerben, wollte G. wissen.

8. Februar 59

Wo ich nun schon einmal dabei bin, meine Gefühle aufzuräumen:

Wir sind bei Elisabeth im Garten, Monika, Marianne und ich; sie sitzen auf der Hollywoodschaukel, baumeln mit den Beinen und kichern und flüstern und ich denke, sie reden über mich. Ich darf nicht mit ihnen zusammen dort sitzen, weil ich irgendetwas falsch gemacht habe, weiß aber nicht was und muss das Unkraut aus dem Tulpenbeet zupfen. Dabei soll ich nachdenken über das, was ich getan habe, aber sie sagen mir nicht, was es ist. Elisabeths Mutter kommt raus mit Saft und Keksen und sagt: „Na, habt ihr Spaß?" Elisabeth springt von der Schaukel und hockt sich neben mich und tut so, als würde sie auch Unkraut zupfen. „Ja, Mami", sagt sie, „und danke für die Kekse." – „Oh ja, danke", ruft Monika, und „danke", kichert Marianne hinterher. Ihre Mutter geht wieder rein und Elisabeth steht auf und sagt von da oben herunter: „Warum hast du dich nicht bedankt, das gehört sich so! Dafür musst du jetzt hier noch weitermachen."

Elisabeth ist es, die mich ständig ermahnt. Wenn wir uns nach der Pause aufstellen, um in Zweierreihen ins Klassenzimmer zu gehen, ist sie immer gleich hinter mir. „Steh gerade", sagt sie, „Fräulein Griebeisen guckt schon." Oder die anderen wollen wissen, was auf meinem Pausenbrot ist und machen Bemerkungen darüber, wie ich mein Brot halte oder wie ich kaue. Meistens gehen wir nach der Schule zu viert nach Hause, und ich muss hinter ihnen gehen oder vor ihnen. Dann reden sie über mich, über meine Haare, die ich abschneiden sollte, meine Arme, mit denen ich nicht so schlenkern sollte, meinen Faltenrock, der mal wieder gebügelt werden müsste.

Weiß der Geier, warum ich mir das alles habe gefallen lassen, das Gekicher wegen meiner Sommersprossen und das Fingerzeigen auf meine krausen roten Haare, „rote Haare Sommersprossen sind des Teufels Volksgenossen" haben sie hinter mir her gerufen. Ich war neun, und wußte nicht, warum sie das taten. Aber sie waren doch meine Freundinnen, und ich wollte akzeptiert werden. Sie haben mich nicht so behandelt, wenn andere dabei waren, oder wenn sie bei uns zuhause waren. Meine Mutter hat ihre guten Manieren gelobt, und Brunhilde, meine eigene Schwester! (ich hatte ihr mal was erzählt) hat gemeint, ich bilde mir das alles nur ein, die wären doch nett. Stell dich nicht so an!, hat sie gesagt.

Tempi passati!

14. Februar 59

Ich bin glücklich, glücklich, glücklich! Es hat tatsächlich fünf Wochen gedauert, bis es passiert ist. Und über die Büstenhaltergrenze und Strumpfgürtelzone hinausgegangen ist. Ich bin richtig weggetreten. Kein unsicheres und gieriges Fummeln wie letztes Jahr bei R. ; G. ist ein Mann, ernsthaft und ernsthaft zärtlich. Sicher hat er schon andere Frauen gehabt, aber hinterher hat er zu mir gesagt: Bisher war ich immer noch irgendwie bei Bewusstsein, aber heute mit dir hab ich fast den Verstand verloren.

Ist das Liebe?

19. Februar 59

Natürlich haben sie zuhause gemerkt, dass sich etwas bei mir verändert hat. Ich bin abends häufiger weg und komme spät zurück. Wo warst du denn?, heißt es dann. Bei Freunden, sage ich. Du nimmst dein Studium nicht ernst genug, mäkelt mein Vater. Ich hab' s geschluckt, kein Widerspruch, obwohl er mir auf der Zunge lag. Es ist noch zu früh für Genaueres.

G. überlegt, sich ein Zimmer in Düsseldorf zu nehmen, er ist die Fahrerei satt und müsste einen Atelierraum mieten, vielleicht mit anderen zusammen. Soll ich mir ein Zimmer in Köln mieten? Dann wäre ich außer Kontrolle.

25. Februar.59

Was Neues! Ob ich mit ihm und einem Kumpel und dessen Freundin nach Paris will, Donnerstag hin, Sonntag zurück. Natürlich wollte ich! Und natürlich wollten meine Eltern nicht. Dann könnte ich zuhause ausziehen, haben sie gedroht. Na und?, hab ich gesagt, dann zieh ich mit einer Kommilitonin zusammen, die hat mich eh' schon gefragt. Und ich suche mir einen Job.

Das wollten sie nicht, klar, wegen der Kontrolle.

5. März 59

Hab mich durchgesetzt, und wir sind zu viert nach Paris gefahren, Gunnar (sein Vater hat ihm seinen VW zur Verfügung gestellt) und ich, sein athletischer Freund Shorty und dessen Freundin Katharina, während meine Eltern zuhause auf den Knien lagen, ich möge als virgo intacta zurückkommen. G. hat sich amüsiert und mich in den Arm genommen: Du bist überaus intakt, hat er gesagt.

Paris und unser Pflichtprogramm: Opéra National (sein komischer Ärger über den abgerissenen Knopf auf der Treppe zum obersten Rang!), die Museen, der Louvre. Wir stehen vor einem Chagall, oben im Bild ein Frauenkopf, unten der Maler, er blickt zu ihr auf mit verkehrt herum aufgesetztem Kopf. Wir suchen nach einer Interpretation. Ist doch klar, sage ich und blicke hoch zu Gunnars Ein-Meter-Neunzig: Sie hat ihm den Kopf verdreht! Er lacht: Kann wohl sein, meint er und küsst mich.

Auf der Rückfahrt, wir redeten über die Bilder, die uns besonders beeindruckt haben: Willst du dich nicht für ein Studium bewerben? Die Frist läuft in ein paar Tagen ab. – Du meinst, ich hätte das Zeug dazu? – Ja, hat er gesagt und die Einwände beiseite gefegt, die meine Kunstlehrerin vorgebracht hatte: Wenn man nicht brennt für die Kunst, wenn man es nicht machen MUSS, dann sollte man es lassen.

Inzwischen scheint mir: Ich MUSS.

10. März 59

Hab mich tatsächlich auf den letzten Drücker beworben und etwas zusammengestellt, man braucht eine Mappe mit 10 - 20 Blättern. G. hat mit mir Zeichnungen ausgesucht aus meinem Kunstseminar während des Abiturjahres und einige von den Bildern, die ich zuletzt gemalt habe. Die Kommission will zeichnerisches Talent sehen, Individualität und Originalität und Entwicklungspotential. Wenn ich in die Klasse von Professor Richtmann wolle, sagt G., solle ich mich notfalls vor seine Tür setzen und ihn ansprechen, wenn er raus kommt. Wenn er mich schon kennt, hätte ich größere Chancen bei der Kommission. Die braucht zwei Tage für die Entscheidung, das geht ruckzuck, bei DER Menge an Bewerbungen muss die Mappe stimmig sein.

So hab ich' s gemacht, gestern, … mal abwarten … Zitterpartie …

15. März 59

Geschafft! Zum Sommersemester kann ich anfangen, Mitte April, vorgemerkt für die Klasse von Richtmann. Jetzt nur noch: Wie bringe ich es den Eltern bei? Ich glaube, es wird schlimm werden, aber ich werde es durchstehen, G. stärkt mir den Rücken.

18. März 59

Wie erwartet.Vater im Wortlaut: Kunst kann man zu Hause machen, als Hobby, Einlegearbeiten mit Mosaiksteinchen oder Muscheln bemalen. Und wenn ich BWL hinschmeiße, zahlt er nicht mehr, ein Geklekse-Studium finanziert er nicht.

Was hat Mutti damals gesagt, als ich geweint habe wegen Mobbing in den ersten Schuljahren? – Deine Mutter gibt dir diesen Rat: Du musst härter werden, laß dir nichts gefallen! – Warum spricht sie von sich in der 3. Person? Sie hätte mich stattdessen in den Arm nehmen sollen. Und Vater heute: Du hast kein Stehvermögen, wenn es anstrengend wird im Studium, gibst du auf. Dass es um mein Leben geht, hat er nicht verstanden. Nun gut, ich bleibe hart und ziehe es durch.

20. März 59

G. sagt, er kenne Kommilitonen, die an einer Wohngemeinschaft interessiert sind. Gute Idee, dann sind wir zusammen und teilen uns die Miete.

5. April 59

Es hat gedauert, aber jetzt ist alles geritzt: Wir haben eine Dachwohnung in Oberbilk gefunden, sieht aus wie ein umgebauter Speicher. Altbau. Keine schöne Gegend, aber nah am Hauptbahnhof und die Miete ist akzeptabel. Für die Kommunikation ein großes Zimmer mit einer Kochecke, ein Klo mit Dusche, ein Zimmer für Gunnar und mich und eines für Shorty und Katharina (studiert an der Essener Folkwang Musik auf Lehramt.) Heute wird der Vertrag unterschrieben. JUBILEE! Und dann zieh ich sobald wie möglich hier aus.

11. Apr. 59

Das war eine Woche! Zuhause der reinste Horror. Studiengelder ein Jahr zum Fenster rausgeschmissen! Schluß mit Zahlemann und Söhne! Keinen Pfennig mehr! Na schön, such ich mir halt einen Job, Kellnern vielleicht. Außerdem: Gunnars Eltern unterstützen ihn großzügig, werden auch für die Atelierkosten aufkommen (müssen wir noch finden). Der Umzug gestern war dann zunächst noch ein Problem, aber G. hat einen alten VW-Kombi organisiert, und viel Zeug haben wir ja ohnehin nicht.

3. April 59

Die erste Nacht in unserem gemeinsamen Zuhause. Wir haben uns geliebt wie doll, die ganze Nacht …

15. April 59

Es geht los. Zum Studienbeginn erst mal Zeichnen, Kurs bei Dozent Heinrich Gittler. Aktzeichnen, neu für mich, ich hatte Gesichter gezeichnet, Hände, Füße, Frisuren, Katzen, Bäume, Straßenansichten. Nun also nackte Körper. Ein Modell, eine Frau mittleren Alters, Kaugummi kauend, hingerotzt auf ihrem Stuhl. Herr Gittler richtet sie auf, rückt sie zurecht. Seine Maxime: Zeichnen Sie, was Sie sehen, ein Körper muss nicht schön sein. Ich gebe mir Mühe, die Kohle kratzt übers Papier, aber Herr Gittler ist nicht zufrieden. Keine Leben drin, sagt er, keine Seele. Aber Sie schaffen es schon. Üben Sie. Studieren Sie Haltungen, Gesten, Blicke. Herr Gittler beugt sich über mein Blatt, sein schwarzes Haar riecht nach Pomade.

23. Mai 59

Ich bin so etwas wie ein Kuckucksei, es gibt nur wenige Mädchen, die freie Kunst studieren, die meisten studieren auf Lehramt, dann sind sie auf der sicheren Seite. Sie kommen in weißen Blusen und Twinsets (!) zur Vorlesung, tragen Faltenröcke und Pumps, und in den Pausen sitzen sie in der Mensa oder im Innenhof und reden über Kleider und Jungs und kichern. Ich passe nicht zu ihnen, sie kommen mir vor wie früher meine falschen Freundinnen. (Mit Elisabeth habe ich noch Kontakt, letzte Woche hat sie mich besucht und wir waren im Kino, Ben Hur u.a. mit Stephen Boyd, was für' n Körper!, sieht aus wie der von Gunnar.) Jedenfalls: Ich passe eher zu den

Jungs und trage Jeans und schwarze Pullover und zügle meine Haare in einem Pferdeschwanz. (G. gefällt das nicht wirklich, er liebt meine Mähne.) Seither gucken die Mädchen mich komisch an.

Was soll' s. Ich habe gelernt, mit sowas umzugehen.

5. Juni 59

Jede Woche Vorlesung in Kunstgeschichte, im Dunkel sitzen und Dias anschauen von Römern und Griechen, Säulen und Skulpturen, meistens zerbrochen, ohne Arme oder Beine, zerschlagene Nasen, verlorene Penisse. Im Dunkel ein Grabscher neben mir, traut sich, mir die Hand aufs Knie zu legen – Schrecksekunde; dann hab ich meine Hand auf seine gelegt und mit zwei Fingern seine Haut gepackt und verdreht. Hastiger Rückzug. Beim Rausgehen im Hellen hab ich versucht, ihn zu Gesicht zu kriegen, aber er hat sich in der Gegenrichtung davon gemacht, ein mittelgroßer Bubi in groß kariertem Pullunder, gelbrotschwarz. Deutschlandflaggenfarben.

10. Juni 59

Zuhause angerufen. Mutti war dran, hab gesagt, daß es mir gut geht, ich einen Spüljob in der Mensa ergattert habe und einen Putzjob bei einer alten Dame einmal die Woche, und daß es mit der WG gut läuft. Und das Studium Klasse ist und ich vorankomme (letzteres ist zu hoffen). Sie wollte mich noch in ein längeres Gespräch reinziehen, ich habe gesagt: ein andermal.

28. Juni 59

Wir haben endlich ein Atelier gefunden, in einem ungenutzten Gebäudeteil der Stahlindustrie in der Linienstraße. Groß genug für mindestens vier Leute, die sind wir ja. Hab unser Zimmer gemalt: diagonaler Anschnitt, in der Ecke oben rechts unter dem Dachfenster, tiefblau wie der Nachthimmel, unser großes Bett (Eigenbau!), schneeweiß, auf dunkelroten Holzdielen, an der Wand Gunnars Bild mit der Frau auf der Schaukel, habs leicht verfremdet: Ihr Kopf ist schon im Himmel verschwunden (so wie ich, wenn wir uns auf diesem Bett in den Himmel katapultieren). Shorty meinte: blau-weiß-rot, Flaggenfarben? Erinnerung an unsere Paris-Reise?

Er selbst malt eckige Landschaften, Vierecke und Dreiecke. Na!!! Kubismus ist passé, abstrakt ist seine Malerei auch nicht, er muss seinen Stil noch finden. Wenn Katharina ihm Modell steht, ist das Ergebnis eine Frau mit Ecken und Kanten und zwei Kreisen oder Kugeln irgendwo dazwischen. Auch kein Leben drin, Seele schon garnicht.

2. Aug. 59

Wir waren zu viert auf der Documenta in Kassel und sind überwältigt! Picasso, Pollock, Max Ernst, UNSER Mataré, Malewitsch, Nay, Vasarely, Beckmann, Kirchner, lauter große Namen, Mondrian, (den mag ich nicht so), Magritte, den hab ich da zum ersten Mal gesehen, einfach klasse! Dinge malen, die es so nicht geben kann, aber nicht Phantasie, so wie meine Bilder, sondern veränderte Perspektiven, neue Sichtweisen. Mal ganz anders!

5. Sept. 59

So was! Komme gestern schon am Mittag nach Haus und denke, ich bin allein, gehe unter die Dusche, ohne die Tür abzuschließen. Shorty kommt rein, ich höre es nicht, weil das Wasser rauscht, er schiebt den Vorhang beiseite, guckt mich von oben bis unten an und grinst. Ich war so verblüfft, dass ich nicht reagieren konnte, sonst hätt ich ihm gleich eine geknallt.

Beim Abendessen, zu viert am Tisch, sieht er mich mit einem maliziösen Grinsen in den Mundwinkeln an, wenn Gunnar und Katharina anderswo hingucken. Ich sehe ihm stur geradaus ins Gesicht, ohne eine Miene zu verziehen.

Was will er? Sich von den Ecken und Kanten erholen?

28. Sept. 59

Das war vor drei Wochen und ich hatte es fast vergessen. Er wohl nicht.

Heute war ich allein im Atelier, mir noch mal ältere Bilder vorknöpfen. Kommt er rein, stellt eine seiner angefangenen Landschaften auf die Staffelei, malt daran herum. Nach einer Weile sagt er: Wie findest du das, guck dir das doch mal an. Ich gehe rüber und weiß jetzt schon, daß ich ihm meine Meinung dazu nicht sagen werde.

Ich stehe vor dem Bild, er hinter mir und sieht über meine Schulter. Plötzlich schlingt er die Arme um meine Mitte, dreht mich mit einem Ruck zu sich um, schiebt sein Bein zwischen meine und packt meinen Po mit beiden Händen. Warum habe ich ihn nicht sofort zurück gestoßen? Irgendetwas ist über mich gekommen bei diesem Frontalangriff, er war überall, ich konnte nicht raus aus seinem Griff.

Ich glaube, meine Wehrlosigkeit hat mich angemacht. Ausgeliefert sein, eine neue Erfahrung. Er hat nicht gesprochen, mich gegen den großen Zeichentisch gedrückt und hoch gehoben ... im Stehen …

Auch danach kein Wort. Er nicht, ich nicht.

6. Nov. 59

Ich glaube, S. wollte mir etwas beweisen: Ich sollte ihn ernst nehmen. Vielleicht hat er mitgekriegt, daß ich seine Kunst nicht ernst nehme.

G. und K. haben nichts mitgekriegt.

15. Dez. 59

Hab in der Mensa den Bubi mit dem karierten Pullunder gesehen, als ich die Tabletts in die Spülküche abräumte. Er hat immer wieder rübergeguckt. Ich fand es blöd und habe ihn fixiert, da hat er weggeguckt.

2. Januar 1960

Weihnachten und Neujahr schon wieder vorbei. Am 2. Feiertag hab ich noch mal zuhause angerufen, Mutti hat nur gejammert, daß ich nichts von mir hören lasse, und Vati wollte nicht mit mir reden. Also lasse ich es in Zukunft bleiben.

1. März 60

Der Rundgang beginnt, der erste, an dem ich beteiligt bin mit meiner Frauenserie. Der Zeichenkurs bei Gittler hat sich darin niedergeschlagen: Frauen in unterschiedlichen Haltungen, stehend, sitzend, liegend, mal in Totale, mal in Halbtotale, als Torso oder Porträt, Frau mit Vogel, Frau mit Hut, Frau mit Kaffeetasse (unverkennbar Elisabeth, ihr langes Kinn, ihr nörgelnd verzogener Mund, der vorwurfsvolle Blick). Alle ziemlich farbig mit lockerem Pinselstrich und verwischten Farbfeldern (hab von Chagall gelernt). Und mit Leben drin! Richtmann hat' s bestätigt und Gittler war angetan. Bin gespannt auf die Reaktionen.

Signiere jetzt mit Vienna, klangvoll und einprägsam – eine Marke! Hambacher ist hölzern!

12. März 60

Die beste Reaktion, die man erwarten kann!

Gunnar und ich bekommen eine Ausstellung in der Galerie Curt Crimmer in der Altstadt zu Anfang 1961! G. hat sich jetzt mehr der Photographie zugewandt im Sinne von August Sander: Photographie als Dokumentation, sachlich und nüchtern. Sein abgebrochenes Studium in Fotojournalismus kommt ihm dabei zugute, vielleicht auch seine Fachsimpelei mit Kommilitonen, u.a. Hilla Becher. Er macht Fotos von Schaufensteransichten, Handabzüge auf Silbergelatine, starre Kleiderrpuppen mit Klamotten. KEIN LEBEN DRIN! Der Gegensatz zu meinen Bildern sei so auffallend, hat Curt Crimmer gesagt, ein reizvoller Kontrast, sie zusammen auszustellen. len. Pralle Malerei versus schonungslose Wirklichkeit. Genau deshalb haben wir sie im Rundgang nebeneinander gehängt.

Unseren Erfolg haben wir ausgiebigst gefeiert, zunächst in unserer WG-Runde mit einem schönen Essen (Rouladen mit Speck nach Muttis Rezept plus einem Schuß Rotwein). Später privatissime. Shorty hat mir einen seltsamen Blick zugeworfen, als wir leicht angesäuselt in unserem Zimmer verschwanden. Ich hätte mich unter der Tür stehend nicht noch einmal umdrehen sollen.

18. März 60

Was weiß ich eigentlich von Katharina?

Sie ist nett, fleißig und ehrgeizig. Bei aller Freundlichkeit zurückhaltend, ich komme nicht wirklich an sie heran. Gelingt es Shorty? Was empfindet er, wenn er sie malt? Hat er dabei Geometrie im Kopf?

28. Nov. 60

Gemalt, gemalt, gemalt in den letzten Monaten, meine Frauenserie erweitert. Fräulein Griebeisen auf unserem Sofa zuhause, ihre kalkweißen Beine bis zu den Füßen, die breite Taille und der längliche Rübenkopf mit dem Kapotthut oben drauf, den sie zum Sonntagsgottesdienst trug. Ihre Lippen sind schmal, ihr Blick abschätzig. Katharina hat mir auch Modell gestanden. Zart, blond, etwa farblos. Ich hab sie mit einem Buch gemalt, es liegt aufgeschlagen vor ihr auf dem Tisch, ihr Kopf ruht in der aufgestützten rechten Hand und sie sieht den Betrachter von der Seite her an. Ihr Blick ist unsicher, so, als stelle sie eine Frage, vor deren Beantwortung sie sich fürchtet. Ich habe das Bild in einer breiten Skala von Grautönen gemalt, etwas Schwarz, etwas Weiß und eine Prise Knallrot: Ihre Lippen, leicht geöffnet.

Katharinas Kommentar: Bin ich so farblos? Ich habe auf den Mund gedeutet: Deine Wünsche sind es nicht.

15. Dez. 60

Brunhilde hat geheiratet! Sie heißt jetzt Glüsen, ihr Mann ist ein Victor. Die Eltern sind begeistert. Habe ihr eine selbst bemalte Karte geschickt und eine Einladung zur Vernissage.

Jan. 1961

Vorgestern: Mein 23. Geburtstag, unspektakulär, mit G. im Kino: Dolce Vita.

Gestern wurde gehängt und G. und ich waren gegen Abend zur Begutachtung in der Galerie. Interessant gemacht! Crimmer hat unsere Arbeiten gemischt gehängt, in der Gegensätzlichkeit einander zugeordnet, so wird die Aussage sinnfälliger. Morgen Abend Vernissage, hab Elisabeth eingeladen, ob sie kommt?

15. Jan. 61

Full house! Musik und Sekt, Presse, Freunde, Glückwünsche, dass ich es schon in meinem ersten Studienjahr zu einer Galerie-Ausstellung gebracht habe. Hatte mir Gedanken gemacht darüber, was ich anziehe zur Vernissage. Nicht zu feierlich, nicht zu konventionell, nicht künstlerisch schlampig. Habe mich für eine schwarze Hose mit Schlag entschieden, dazu meine kleine Kostümjacke, rot, und einen schwarzen Herrenhut mit schmaler Krempe auf meiner krausen Mähne, flache Schuhe. G. meinte: Klasse!, er selbst ganz in Schwarz, Jeans und Rolli. War schon ein besonderes Gefühl, bei der Einführung neben Crimmer vor der versammelten Meute zu stehen. Eine Pressetante wollte wissen, welchen Weg in der Malerei ich gehen wolle. Was weiß ich? Ich will Menschen malen, hab ich gesagt, und etwas von ihnen zeigen, etwas über sie erzählen, momentan jedenfalls; was noch kommt – keine Ahnung. Gunnars Photos fand sie grandios, eine neue Richtung, hat sie gesagt und mich dabei angeguckt. Na ja, meine Richtung ist nicht neu.

G. hat 3 Photos verkauft. An eine Bank, sagt Crimmer.

Brunhilde war nicht da. Mit Elisabeth habe ich nur kurz gesprochen, ich weiß nicht, ob sie sich auf meinem Bild erkannt hat, wir wollen uns in drei Wochen treffen zum Quatschen.

Danach ins neu eröffnete Restaurant „Ham Ham bei Josef“, recht rustikal. In der Rheinischen Post war heute ein Artikel mit Photo von uns beiden, ich neben Fräulein Griebeisen („Der Besuch“), G. neben seinem Schaufensterphoto eines Herrenausstatters: eine Hosenparade auf parallel ausgerichteten Beinpaaren in Seitenansicht, Titel: „Hoffnungsvolle Newcomer“; klingt zunächst mal gut, aber wenn ich ein Fragezeichen anhänge, hört es sich nach Zweifel an.

1. Februar 61

Treffen mit Elisabeth im Café Heinemann.

Sie kommt mit Verspätung, ich gucke mir derweil die Leute an.

Eine ältliche, dicke Frau am Nachbartisch, ich sehe sie seitlich von hinten: weiße Haare, Herrenschnitt, der Ansatz von schweren dunklen Brillenbügeln über dem Ohr, Perlenstecker im Ohrläppchen. Sie isst ihren Kuchen und tut es sehr gründlich, die Ohrläppchen wackeln, der Kiefer geht vehement rauf und runter, und ich bin gerade dabei mir vorzustellen, wie ihre schlabbernden Backen geräuschvoll auf der Schulter aufschlagen – da kommt Elisabeth. Grüß dich Betty, sage ich und weiß den Titel für mein nächstes Bild: „Der Genuß“.

Mit E. war es kein besonderer Genuß, wir leben in verschiedenen Welten. Sie hat in der Kreissparkasse in Köln angefangen. Zahlenkram, Formulare, Verfügungen.

Nach dem, was ich so erzählt habe über die Akademie und mein Leben in der WG, hatte ich den Eindruck, dass sie mich beneidet.

Auf dem Bild in der Ausstellung scheint sie sich nicht erkannt zu haben. Besser so.

Crimmer hat noch drei von Gunnars Arbeiten verkauft, von meinen insgesamt zwei.

31. März 61

Schon wieder Semesterende und Rundgang. Hab meine „Richtung“ (noch) nicht geändert, Curt Crimmer hat mein Bild mit den Schachspielern („Die Revanche“) erworben, G. hat sein Bild mit der Schaukel und zwei Silbergelatineabzüge verkauft. Überraschung: Shorty bekommt eine Ausstellung in der Rathausgalerie in Kaarst, voraussichtlich Ende des Jahres. Hat er doch etwas Neues mit seiner Malerei zu bieten und ich hab' s nicht mitgekriegt?

Jedenfalls: Schön für ihn!

2. Juni 61

Eine weitere Ausstellung, selbst organisiert und durchgeführt! Auf einer ausgiebigen Fahrradtour haben wir Hindsbeck entdeckt und dort eine alte Scheune: ein Ziegelbau mit Gebälk, ausstellungsgeeignet. Der Eigentümer war bereit, sie uns für eine Ausstellung zu überlassen. Einige Wände haben wir geweißt, einen langen Holztisch mit ein paar Stühlen in einem Abstellraum gefunden, Gunnars Großformate an den geweißten Wänden mit Nägeln aufgehängt und meine Bilder auf die Querbalken vor die gemauerten Ziegel gestellt.

Die weitere Organisation habe ich übernommen, Einladungen, Werbung, Zeitung, Vorbereitung und Durchführung der Vernissage. Viel Arbeit, hat Spaß gemacht. An die fünfzig Leute waren da, viele Kommilitonen, Leute aus dem Ort, Bürgermeister etc, Pressefritzen. So was wie eine Kunstausstellung gab' s hier noch nicht, entsprechend das positive Echo, gute Kritiken. G. hat an diesem Abend drei Bilder aus seiner „farbigen Periode“ verkauft, eines an die Frau des Bürgermeisters, sie wollte ein *Zeugnis des Events,* wie sie sagte, an ihrer Wohnzimmerwand haben. Drei Kommilitonen haben mich schon gefragt, ob ich sowas auch für sie organisieren knnte. Kann ich – aber will ich? Und: Gibt' s ein Honorar für meine Arbeit?

27. Nov. 61

War zur Ausstellungserffnung von Shorty, Matine am letzten Samstag. G. konnte nicht mit wie geplant, hatte einen Termin mit einem Macker vom Kulturausschuss in M.Gladbach (leihweise Hängung seiner Bilder im Foyer des Rathauses?), Kathi auch nicht, ihre frisch geschiedene Mutter schrie nach emotionalem Beistand.

Ja, was soll ich sagen ... die Bilder waren gut gehängt, das Publikum überschaubar und interessiert, ein einziger spontaner Verkauf. Ich wurde für seine Freundin gehalten und mit ihm zu einem anschließenden Imbiß in die Ratsstube eingeladen. Gegen Drei sind wir zurück. Ich bin dabei, einen Kaffee aufzuschütten, er stellt sich dicht neben mich vor den Schrank, um die Tassen herauszunehmen, unsere Hüften berühren sich, und mich durchfährt' s wie ein Stromstoß, ich war unfähig, mich zu bewegen. Es ist wieder passiert, und wieder diese Hilflosigkeit, dieses Sich-selbst-aufgeben-Müssen. Warum bloß ist das so mit ihm? Bin das noch ich?

20. Dez. 61

Fast schäme ich mich. G. ist lieb und zärtlich mit mir und ich fühle mich geborgen, wenn wir zusammen sind, wir reden und haben Spaß miteinander. S. nimmt mich einfach nur, immer, wenn keiner da ist, er spricht dabei nicht, wir sind wie Ertrinkende und kämpfen uns durch die Flut, bis wir um Luft ringend wieder auftauchen. Komme nicht dagegen an. Danach bin ich wie leer.

28. Jan. 1962

Schon wieder fast vorbei, der Januar des neuen Jahres. Weihnachten war ich mit Gunnar bei seinen Eltern, meine Familie hat sich nicht gerührt, Funkstille. Silvester haben wir in der WG und später auf der Straße mit Nachbarn gefeiert. Laut und bunt!

Wenn ich Zeit habe zwischen Akademie und Spüljob und Putzjob, male ich auch zuhause: Dinge oder Menschen, meistens in Situationen beobachtet, zu denen ich mir eine Geschichte mache. Einen anderen Stil kann ich nicht mit dem Kopf erfinden, er muß sich aus dem Bauch heraus entwickeln. Gunnar habe ich schon gemalt und nun auch S., wie er auf seinem Fahrrad durch die Landschaft fährt, die von ihm gemalte, die mit Ecken und Kanten. Werde es ihm keinesfalls zeigen.

Mein Kopf sagt mir etwas anderes: Halt dich fern von ihm, er tut dir nicht gut. Wie soll ich das? Ich bin im Atelier, er ist im Atelier, keiner sonst da -- es passiert. Auf dem Boden, auf der wackligen alten Couch aus dem Gartenhäuschen oder gegen die Wand gedrückt. Neulich habe ich ihn gefragt: Und Katharina? Erst hat er nicht geantwortet und zur Seite geguckt. Dann zur Decke: Katharina ist eine höhere Tochter. – Wie soll ich das interpretieren? – Das weißt du schon selbst.

Ich glaube, er meint damit eine gewisse Vornehmheit, Zurückhaltung und davon zuviel. Kühle vielleicht.

Und warum dann ich?, hab ich gefragt. Er: Auch das weißt du. Und auch, daß du eine Hexe bist, und das nicht wegen deiner roten Haare. Hat gelacht und mir zwischen die Beine gefaßt.

10. April 62

Gunnar hat seinen Abschluss gemacht, mit Auszeichnung! Wir haben ausgiebig gefeiert (mit allem, was dazu gehört) und werden im Sommer eine Woche Urlaub machen, an der adriatischen Küste in Italien, Geschenk von Gunnars Vater.

2. Sept. 62

Tolle Reise war das, haben viel gesehen. Wir durften den VW von Gunnars Mutter nehmen und waren fast vierzehn Tage unterwegs, Bozen, Venedig, Verona, Bologna, Florenz und über Mailand zurück.

Was ich von dieser Reise mitbringe: eine Menge Bilder im Kopf, von der Kunst, die wir gesehen haben und von der, die ich machen werde:

- Eine ältere Frau am Frühstückstisch, die Haare zu schwarz, die Hose zu rot und zu eng, Rillen im weichen Volumen der Hüfte, das weiße T-Shirt wie angepappt.
- Am Strand in Venedig: Plastikbüsten, bonbonfarbene T-Shirts, behoste Beinpaare, Armeen kopfloser Ganzkörperpuppen (eher was für Gunnars Gesellschaftskritik).
- Am Pool: Kahlköpfige Muskelpakete tragen ihre Tätowierungen durch die nachmittägliche Kaffeerunde, hübsche Mädchen verstecken ihre neugierigen Blicke hinter goldgrün spiegelnden Sonnenbrillen.

Auf dem Straßenpflaster eine alte Frau, spielt Blockflöte mit gespitzten Lippen, zusammengeraffte Kleidungsstücke um sie herum. Straßenkehricht.

Jazz im Partykeller: Der Gitarrist führt uns Extase vor! Rhythmus ist ihm ins Gebein gefahren, wippende Knie, zitternde Beine, die Stirn hämmert vor eine imaginäre Wand, sein Kinn schlägt Löcher in die Luft, der dünne Hals wackelt mit dem Kopf, eines Tages wird er abfallen und rhythmisch auf dem Boden herum hüpfen. „Burning Desire“, haben sie sich genannt!!!

Und so werde ich ihn malen – ein hüpfender Kopf! Ha! Lauter böse Bilder. Ist das mein Genre?

18. Okt. 62

G. ist jetzt viel unterwegs, er schaut sich Cafés an, Rathäuser, in denen er ausstellen könnte oder Kneipen, Foyer von Oper und Tonhalle, schleppt seine Mappe mit Fotos seiner Arbeiten überall hin, auf Anfragen kann man nicht warten. Ich helfe, wo ich kann, habe die Organisation für die September-Ausstellung in der orthopädischen Arztpraxis von Dr. Hedenanger gemacht, tolle Adresse auf der Kö, betuchte Klientel, 3 Bilder verkauft, alle aus der gemalten Serie. Die Leute brauchen noch Zeit, Photografie als Kunst anzuerkennen.

7. Dez. 62

Zielgerade auf meinen Abschluss, das gleiche gilt für S. Es hat sich nichts geändert zwischen uns, eher verstärkt. Wir sind oft nur zu zweit im Atelier, und manchmal bin ich diejenige, welche… Dann hat er wieder sein freches Grinsen im Gesicht, sagt „so so?“ und tut so, als habe er es nicht eilig damit, läßt mich zappeln und ich werde schier verrückt nach ihm, und dann kämpfen wir uns wieder durch die Abgründe. Und wenn es vorbei ist, bereue ich es. Und sehne mich nach Gunnars Zärtlichkeit.

28. Februar 1963

Curt Crimmer hat mir beim Rundgang eine Einzelausstellung angeboten, meine bösen Bilder gefallen ihm! Auch als Titel für eine Ausstellung. Die wird schon im Juli sein, Ferienzeit, Saure-Gurken-Zeit, Pausenfüller. Egal.

Der neue Professor macht von sich reden, Joseph Beuys, G. kennt ihn persönlich; als Meisterschüler aus der Bildhauer-Klasse Mataré hat er mal in der Akademie ein eigenes Atelier unter dem Dach gehabt. Zwei sogenannte Fluxus-Abende hat er neulich veranstaltet, viel Gerede drum.

28. März 63

S. hat nun auch seinen Abschluß gemacht, mit Erfolg, er hat seinen Stil in der informellen Malerei gefunden. Jetzt fängt auch für ihn die Suche nach Ausstellungsorten an. Beim späten Frühstück heute Morgen zu viert habe ich ihm meine Hilfe bei der Durchführung angeboten. Aber hexen kann ich nicht, hab ich spontan hinzugefügt, wohl aus Lust an der Provokation. Er hat mir einen schnellen Blick aus schmalen Augenwinkeln zugeworfen und die Mundwinkel verzogen. Gunnars Blick ist zwischen uns hin und her gegangen, ich habe ihn angelächelt, als habe es sich um einen Witz gehandelt.

Katharina, während sie die Kanne hob, um S. Kaffee nachzugießen: „Das ist lieb von dir, Julia, danke.“ Wahrscheinlich hat sie hinterher S. Vorwürfe gemacht, weil er sich nicht bedankt hat.

Elisabeth kocht wieder hoch in mir.

Hat Gunnar doch etwas mitgekriegt?

17. Juli 63

Vor drei Tagen Vernissage in der Galerie Crimmer. Er hat nun doch noch einen Bildhauer dazu genommen, um die Mitte der beiden Räume zu füllen. Ich hatte achtzehn Bilder dort, verschiedene Formate. Meine Freunde waren da, Kommilitonen, Crimmers Stammpublikum sowieso und natürlich auch unbekannte Gesichter. Zwei meiner Bilder bekamen den ersehnten roten Punkt. Am nächsten Tag kleiner Bericht in der Westdeutschen mit meinem Bild „Extase“: Vier Musiker in grotesken Verrenkungen, vier Köpfe mit verzerrten Gesichtern in unterschiedlichen Stadien der Ablösung vom Rumpf, untertitelt: Was will die Malerin uns sagen? Diese Frage wird im Artikel nicht beantwortet. Leider, denn ich habe dem Pressefritzen geantwortet: Kunst jeglicher Art überzeugt durch sich selbst und sollte nicht zur Show verkommen.

Was mich beschäftigt: Am Vortag, nachdem meine Bilder gehängt waren, hat Crimmer mich noch zum Essen ins noble LUCA nebenan eingeladen. Spontan? Mir sah es mehr nach Planung aus, und ich fühlte mich in meiner Arbeitskluft nicht ganz wohl bei all der Vornehmheit in diesem Laden. Na ja. Das Essen war wie das Ambiente: erlesen! Er hat das Gespräch auf meinen Abschluß gebracht und meine Vorstellungen für die Zukunft. Die sind recht vage, habe ich ihm gesagt, ich werde es so machen wie alle und mich um Ausstellungen bemühen. Und dann kam' s: Ob ich nicht Lust hätte, in seiner Galerie mitzuarbeiten, er brauche jemanden für die Planung und Organisation! Ich war baff. Offensichtlich hat er mitgekriegt, daß ich sowas schon mal gemacht habe. Beobachtet er mich? Ist die Ausstellung ein Köder? Ich werde es mir überlegen, habe ich geantwortet.

G. meint, ich solle annehmen, so eine Tätigkeit gebe eine gewisse finanzielle Sicherheit, eigene Ausstellungen könnte ich parallel akquirieren.

1. Aug 63

Crimmer hat angerufen. Habe ihm gesagt, dass ich geneigt bin, anzunehmen, aber Genaueres wissen müsse über das, was er von mir erwartet. Wir haben einen Termin gemacht für nächste Woche, Donnerstag in der Galerie.

7. Aug. 63

So ein Tag! Heute morgen eröffnet uns S., daß er nach München gehen will, weil die Künstlerszene dort lebendiger sei als in Düsseldorf, Kathi kommt mit, im nächsten Frühjahr ist sie auch fertig.

Meine Gefühle sind gemischt.

Und dann am Nachmittag: Ich komme in der Galerie an, C. zeigt mir Mappen mit Dokumentationen aller Ausstellungen, von der Akquise bis zu den Presseberichten. Das nehme viel Zeit in Anspruch und hindere ihn am Reisen. Er möchte sich weltweit in der Kunstszene umtun, sagt er, in USA tue sich momentan einiges in punkto Malerei. Das sei nur möglich, wenn in der Zwischenzeit jemand die Galerie betreut, anderenfalls müsse er zeitweise schließen und das tue dem Renommé nicht gut.

Während er mir das alles erklärt, hin und her geht, weitere Unterlagen ausbreitet und macht und tut, beobachte ich ihn, so wie ich etwas beobachte, um es später zu malen. Ich sehe eine Mischung aus Geschäftsmann und Künstler, geschätzt Anfang Vierzig mit ergrauenden Schläfen, tief liegenden Augen unter buschigen Brauen, eine dominante Nase, durchsetzungsstarkes Kinn mit Grübchen, das gefällt mir. Denken Sie immer noch nach?, sagt Crimmer und bleibt vor mir stehen. Habe ihm gesagt, daß ich es machen werde, wenn ich meinen Abschluss habe, vorausgesetzt, die Arbeitszeiten sind flexibel. Wir haben noch Einzelheiten besprochen (Lohn ist akzeptabel) und dann wollte er unser Abkommen begießen und hat mich nach oben gebeten. Das Haus gehört ihm, er bewohnt die oberen beiden Etagen. Edle Einrichtung, eine gekonnte Mischung zwischen modern und antik. Er holt einen Sekt aus dem Kühlschrank, wir stoßen an auf die neue Gemeinsamkeit, und dann bietet er mir völlig überraschend das DU an. Ist das üblich in einem Arbeitsverhältnis? Beim Händeschütteln zum Abschied hat er seine Linke noch oben aufgelegt. Was will er von mir?

3. Jan. 64

Außer dem Neuen Jahr ist nichts neu, alles beim Alten. Ich büffele fürs Examen, male und schlafe mit zwei Männern, der eine ist für die Zärtlichkeit und die Zugewandtheit, der andere für die Lust, eher die Obsession.

Hat G. wirklich nichts gemerkt? Oder tut er nur so? Und ist selbst auch auf Abwegen?

28. Apr. 64

Lange nicht geschrieben. Aber jetzt muss es raus.

Shorty und Kathi sind ausgezogen, ich sollte erleichtert sein. Stattdessen eine seltsame Leere, meine dunkle Seite ist abgeschaltet.

In ihrem Zimmer wohnt seit zwei Monaten eine ehemalige Kommilitonin von Katharina, eine Henny, drittes Semester Musikwissenschaft. Klein, zierlich, wasserstoffblond, temperamentvoll. Ganz nett, habe ich geglaubt.

Neulich gegen Abend komme ich nach Haus, räume den Einkauf in den Kühlschrank, mache einen Tee und gehe damit in unser Zimmer. Gunnar liegt im Bett, nackt, ich biete ihm eine Tasse Tee an und lege mich zu ihm, wir schmusen. Plötzlich geht die Tür auf, Henny erscheint in der Unterhose mit verkniffenem Gesicht und wirft etwas in unsere Richtung. Die Tüte, die ich auf dem Küchentisch hatte liegen gelassen, zerplatzt und die Brötchen fliegen uns um die Ohren. Gunnar lacht, ich bin erschrocken. Was war denn das, sage ich. Eifersucht, sagt er, wir sind zu zweit, sie ist allein. Ich habe es ihm nicht abgenommen. Vielleicht hat er sie schon gekannt und etwas mit ihr gehabt, bevor sie hier eingezogen ist.

5. Juni 64

Bin nun seit ein paar Wochen bei Crimmer. Montags ist geschlossen, ansonsten von elf bis siebzehn Uhr geöffnet, samstags nur dann, wenn am Abend keine Vernissage ist. Ich soll fünfzehn Stunden in der Woche anwesend sein, wie ich mir die einteile, kann ich selbst entscheiden. Besucher drängeln sich normalerweise nicht während der Öffnungszeiten, und so kann ich dann die planerische und organisatorische Arbeit erledigen, bzw. mit Curt zusammen (habe mich noch nicht an seinen Vornamen gewöhnt).

Die nächste Ausstellung ist in der Mache, meinen Vorschlag, afrikanische Malerei anzubieten, hat er aufgegriffen: Edward Saidi Tingatinga, Maler aus Tansania, sein Thema: Afrika und seine Tierwelt, sein Stil: eine Mischung aus naiver und dekorativer Malerei, schön anzusehen, wird sich sicher gut verkaufen.

21. Juli 64

Wie ich erwartet habe: Erfolg auf der ganzen Linie!

Die Besucher waren angetan, die Presse auch, und das

Wichtigste: Fast alles verkauft (die Preise waren moderat, aber die Menge macht' s)!

Gunnar meinte, ich hätte ein Händchen und hat den Erfolg gebührend mit mir im Bett gefeiert – nachdem ich zurück war. Die alten Zeiten …

Vorher, an diesem letzten Tag der Ausstellung, hatte es noch eine Finissage gegeben mit Keyboard und einer Jazzsängerin und Häppchen (meine Idee), und es wurden noch drei Bilder verkauft. C. war voll des Lobes: Das sollten wir immer so machen! Wir sind dann nach oben, haben auf den Erfolg angestoßen mit Sekt und einer Umarmung – einer freundschaftlichen, habe ich gedacht. Er hatte anderes vor, seine Hände sind nicht nur auf meinem Rücken geblieben, und ich habe mich anstecken lassen.

Habe schon seit längerem geahnt, daß es irgendwann passieren würde, so, wie er mich immer ansieht. Und dann, eine Stunde später: Gunnar.

Mein Gott, was tue ich. Was tut das mit mir!

11. Nov. 64

Bin am Boden zerstört: Anfang 65 geht Gunnar mit Toni, einem ehemaligen Kommilitonen, nach New York. Dessen Tante hat ein Haus in Brooklyn, in dem sie seit sieben Jahren allein wohnt und sich allein fühlt. Sie brauchen keine Miete zu zahlen und können sich ein Atelier und eine Dunkelkammer einrichten. Ich würde gern mitkommen, aber G. sagt, das geht nicht. Er will also nicht. Nun werde ICH die sein, die sich allein fühlt. Du schaffst das schon, sagt er.

Keinesfalls werde ich in dieser Wohnung bleiben. Mit Henny und noch irgendeinem durchgeknallten Typ.

18.Nov. 64

Was soll ich dazu sagen: C. hat mir einen Antrag gemacht! Heute Morgen hab ich ihm gesagt, daß ich ab Januar eine kleine Wohnung brauche und ob er jemanden kennt, der eine vermietet. Habe versucht, ihn meinen Kummer nicht merken zu lassen. Ich könne bei ihm wohnen, hat er da angeboten, in seinem Gästezimmer mit separatem Bad. Das geht gar nicht, wie stellst du dir das denn vor!, hab ich ihn gefragt, als Mätresse eines stadtbekannten Galeristen? Da hat er sich auf sein Knie herabgelassen, mich mit einem Dackelblick angesehen, soweit seine tiefgründigen Augen dazu überhaupt in der Lage sind, hat meine Hand genommen, einen Kuß drauf gedrückt und gesagt: Dann heirate mich. Ich war total verblüfft. Dann musste ich lachen über diese Situation und über diesen Mann, zu dem ein Kniefall so gar nicht passt. Das hast du dir jetzt überlegt, so auf die Schnelle? – Er: Die Gelegenheit war wie gemacht; ich biete dir ein Heim und einen gesellschaftlichen Status, eine interessante Arbeit und meinen Körper. Steht auf und flüstert mir ins Ohr: Willst du? – Und was ist mit Liebe?, habe ich gedacht. Gesagt habe ich: Werde es mir überlegen.

6. Jan. 65

Die Tage sind vergangen wie geschnitten Brot. Könnte ich mein Brot doch dünner schneiden und damit die Zeit verlängern! Weihnachten vorbei, das letzte mit Gunnar, danach ist er weg. Einen Abschied am Flughafen wollte ich nicht, er auch nicht, hatte ich den Eindruck. Also kurz und schmerzvoll an der Haustür. Hab mich zusammengenommen und gelächelt. Meine Tränen dahinter hat er wohl geahnt. Ich komme ja wieder, hat er gesagt. – Wann? Er lächelt und hebt die Schultern.

Bin zurück in die Wohnung, hab den Frühstückstisch abgeräumt, gedankenlos irgendwas gemacht.

Von Curts Antrag hab ich nichts gesagt.

18.Jan. 65

Ich halte es nicht aus, das Alleinsein in dieser Wohnung. Alles erinnert mich an ihn.

Bin gestern in die Stadt gefahren, um mich abzulenken, die Kö rauf und runter, rein zu Heinemann und Kuchen mit ordentlich Sahne, dann in eine neu eröffnete Boutique, alles anprobiert und mit einem viel zu teuren Kleid wieder raus.

Zuhause packe ich es aus, stecke meine Nase rein, es riecht nach Kummer, und er fließt mir aus den Augen.

29. Jan. 65

Henny will, dass ihr momentaner Lover einzieht, ich kann das nicht. Auch nicht allein sein im Atelier. Das Malen lenkt mich nur zeitweilig ab, weil meine Gedanken immer abschweifen. In der Galerie geht es mir schon besser, weil ich anders gefordert bin. Und außerdem bin ich da nicht allein.

Heiraten? Wir schlafen miteinander, C. ist gut im Bett, aber ich liebe ihn nicht. Vielleicht lerne ich es noch …

10. Febr. 65

Ich hab' s mir überlegt: Ich werde ihn heiraten, wenn er mir die Hälfte der Galerie überschreibt. Umsonst kriegt er mich nicht, eine mittellose, arbeitende Ehefrau will ich nicht sein. Weiß auch nicht, ob' s gut geht. Liebt er mich überhaupt oder braucht er mich nur zur Gesellschaft und als Aushängeschild?

21. März 65

Frühlingsanfang und ich habe es getan!

Vor einer Woche haben wir geheiratet! Standesamt und Kirche, letzteres wohl eher der Konvention geschuldet und der Show. An die sechzig Gäste waren da, keiner von meiner Familie, obwohl eingeladen. Brunhilde hat stellvertretend einen Glückwunsch geschickt. Elisabeth war als Einzige aus meinem früheren Leben da; Neuigkeiten von Zuhause: Brunhilde ist immer noch nicht schwanger, ihr Mann ist Lehrer, Klaus studiert Jura.

Ansonsten: Curts Eltern, (sympathisch und hocherfreut, daß ihr Sohn nun endlich heiratet), seine ältere Schwester mit Mann und natürlich Kollegen, Freunde, Stammkunden. Mein Kleid: weißer Satin, eng anliegend, lange Ärmel bis über den Handrücken, ultratiefer V-Ausschnitt, langer Seitenschlitz.

Unsere Hochzeitsnacht ging daneben, C. war zu alkoholisiert. Egal.

In der Nacht habe ich von G. geträumt. Ich bin auf einer weiten Rasenfläche, rundum Dunkel, kein Himmel, kein Ausblick irgendwohin, der einzige Farbfleck ist das Grün des Grases unter meinen nackten Füßen, ich bin unruhig und weiß nicht, in welche Richtung ich gehen soll. Dann merke ich, dass jemand hinter mir steht, ich lehne mich an ihn, er umfasst mich und ich fühle mich geborgen. Ach, Gunnar …

10.Okt. 65

Nächste Woche fliegen wir nach USA, Boston: Unsere nachgeholte Hochzeitsreise, auch eine Kulturschnupperreise, genauer gesagt: Galerienschnupperreise. Wir werden Max Riebenstein aufsuchen, einen früheren Kommilitonen von Curt und Mitarbeiter der Galerie d' Orsay.

G. hat geschrieben, endlich. Sie haben es gut angetroffen, er hat sein Spektrum erweitert, macht jetzt auch Porträts und orientiert sich an Helmut Newton und Man Ray. Hat mich gefragt, was ich so mache. Galerie, hab ich ihm geschrieben, und wen wir ausstellen, und daß ich umgezogen bin und über der Galerie wohne.

Die Heirat hab ich nicht erwähnt, ich will keine Fragen beantworten.

27. Nov. 65

Zurück. Eine sehr interessante Reise, viele Eindrücke. Ein halbes Hundert Galerien gibt es in Boston, wir konnten uns informieren, was gerade so läuft und in etwa zwei Jahren in Deutschland auch angekommen sein wird. Die Galerie d' Orsay ist eine der ältesten in Boston und ein absolut magischer Ort, zeigt alte Meister und Moderne und Pop-Art, die gerade sehr IN ist, Minimalismus und die Verbindung von beidem. Siehe Jonathan Borofsky. Wir wollen in Kontakt bleiben.

März 66

Soviel Zeit ist vergangen! Gunnar hat mal wieder von sich hören lassen. Hat Kontakte zur Leo Castelli Gallery, will dort mal ausstellen, wenn' s klappt. Hat auch ne Menge Leute kennen gelernt, u. a. Rauschenberg und Claes Oldenberg, näher ist ihm Jeff Riedel sowohl mit seinen Promi-Porträts wie auch den sozialkritischen Fotos. In der Kunstszene tut sich viel dort, im Juni gab' s ein Attentat auf Warhol. Zum Schluss wollte er wissen, was ich so mache.

Daß ich eine Galeristin geworden bin, habe ich ihm geschrieben, daß ich bedaure, nicht mehr zu malen, weil es mich nicht weiter bringt. Weil ich nicht daran oder damit wachse. Weil mich alles andere auffrißt. Weil es mir an Begabung fehlt. Und zum Schluß: Kommst du je zurück nach Deutschland? Auch hier gibts eine Kunstszene, in der sich was tut. Vor allen Dingen wird protestiert..

Daß ich C. geheiratet habe, hab ich ihm nicht gesagt. Hab' s nicht fertig gebracht.

***

15. Januar 1972

Sieben Jahre verheiratet und fast sieben Jahre nicht geschrieben. Nun tue ich es doch, ich muss es rauslassen, das verflixte siebte Jahr loswerden. Differenzen, Missverständnisse. Ich war zu Anfang zuständig für den Papierkram, er hat Künstler rekrutiert. Die haben oft nichts gebracht. Ich wollte Rizzi und Otmar Alt haben, weil sie neu und erfrischend sind, er meinte: Kinderkram. Hab mich durchgesetzt und wir haben verkauft. Eine Fotoausstellung haben wir gehabt mit Jones und Baruch, Street Photography, Flower-Power, Black-Panther-inspiriert, man muss Neues bieten, auch Zeitkritisches.

Letztes Jahr wollte er unbedingt eine Ausstellung mit meinen Bildern, und ich hab mich überreden lassen und noch neue Bilder dazu genommen, signiert mit Vienna, dem Künstlernamen, den ich mir nach dem Abschluss zugelegt habe.

Ergebnis: Ein einziges Bild verkauft. Ich kann es nicht mehr, bin nicht gut genug, mein Stil ist nicht neu.

Jetzt läuft es so:

Ich suche die Künstler aus und stelle den Kontakt her und mache die Organisation, er kümmert sich um den Rest und den Papierkram und erledigt häufig den Einkauf, wofür ich dankbar bin. Unser Erfolg ist MEIN Erfolg. In der Presse werde ich mehr beachtet als er, ich bin der Ansprechpartner für Kunden.

Quintessenz: Curt ist eifersüchtig, meint wohl, ich wollte immer bestimmen, wo' s lang geht.

18. Febr. 72

Hält er mich für naiv?

Gestern Nachmittag wollte er zu Ludger, seinem besten Freund. Weshalb der „beste", weiß ich jetzt. Habe mich gewundert, daß er am Abend nicht nach Haus gekommen ist, in der Nacht war er auch nicht da, hab mir schon Sorgen gemacht.

Früh geh ich runter und hole die Zeitung, da steht sein Auto auf unserem Parkplatz vor der Galerie, ich gucke rein, er sitzt da. Was um Himmels willen sitzt du hier? – Er: Es ist gestern so spät geworden bei Ludger, ich hatte meinen Schlüssel vergessen und wollte dich nicht mit Klingeln stören. Lobenswerte Rücksichtnahme! Vor zwölf bin ich nie im Bett, und das weiß er! Hab mir verkniffen, Ludger anzurufen, er hätte ihn gedeckt. Das ist jetzt neu: Mein Mann, ein Fremdgänger. Reimt sich auf Blind-gänger.

2. Apr. 72

Wieder mal passiert auf einer Fahrt zu einer Einladung in Köln: Er ist ein rasanter Autofahrer und manchmal macht mir das Angst. Bei 220 auf der Autobahn soll er sich bitte mäßigen, er missachtet meine Bitte, kneift die Lippen zusammen und drückt aufs Gas: Jetzt hat ER das

Sagen. Ich habe mich unterstanden, seine Fahrtüchtigkeit anzuzweifeln!

Unsere Kommunikation an diesem Abend war natürlich ein voller Misserfolg. Auf dem Weg zum Parkplatz lief er wieder 5 m vor mir her, wahrscheinlich glaubt er, ich ginge extra langsam, um ihn zu zwingen, sich anzupassen. Zehnzentimeterabsätze sind nicht geeignet für einen Sprint.

Auf der Rückfahrt fällt ihm auf, dass er nicht angeschnallt ist. Er läßt das Lenkrad los, das Auto driftet etwas nach rechts ab, ich greife mit der Linken rüber, solange der Gurt noch nicht geschlossen ist, voller Wut schubst er meine Hand weg.

1. Mai 72

Heute Tee mit einem Stück Kuchen verspätet um halb Sieben. Er sagt, er brauche kein Abendessen mehr, legt sich mit seinem Buch ins Bett, ich bleibe vor dem TV. Um 22:15 h kommt er rein und meint: Hier gibt es auch nur Abendbrot, wenn DU Hunger hast.

Ich bin nicht mehr fähig, ihm einen Gute-Nacht-Kuß zu geben, überflüssig, dieses Ritual: Er knallt mir eine harte und flüchtige Berührung in jeden Mundwinkel.

Wir schlafen seit einem halben Jahr nicht mehr miteinander.

30. Juni 72

Banal, lächerlich. Wir sind beide im Büro, ich muss weg und klebe in der Eile eine 70-Pfennig-Marke auf meinen Brief. Er sieht es, macht einen Heidenlärm, ich sage, der Brief muss heute noch weg, er hört gar nicht hin und löst die Marke über Wasserdampf, weil er noch eine hat, die 10 Pfennig billiger ist.

23. August 72

Sonntag. Habe Lust zum Kochen, wälze Rezepte; um halb sieben kommt er rein und sagt, ich solle mir nicht soviel Arbeit machen. Ich koche 2 Stunden, Avocado-Krabbenvorspeise, Fischallerlei aus der Folie, Crèpes mit Calvados-Äpfeln, alles vorzüglich. Er schimpft rum „eine ganze Flasche Calvados für 25 DM" und ich hätte sie gar nicht gebraucht - natürlich nur 3 Teelöffel auf anderthalb Äpfel! Er geht in die Küche und macht einen Espresso und ich höre ihn vor sich hin schimpfen, sowas wie ...Wirtschaft ... unglaublich ... Kein Wort, daß ihm etwas geschmeckt hat.

Vor drei Wochen: Er will einkaufen, ich gebe ihm eine Liste mit 2 Rezepten zur alternativen Auswahl. Kaum unten, kommt er wutentbrannt wieder hoch: so einen teuren Fisch würde er nicht kaufen, dreht sich um und geht. Dann koch doch selber, habe ich ihm hinterher gerufen, bin dann aber doch runter an sein Auto und hab auf die Alternative gezeigt. Da sagt er mir: Halt den Mund. Halt die Schnauze, hat er auch schon mal gesagt.

Seit wann haben wir finanzielle Probleme? Lächerlich, seine vorgezeigte Knauserigkeit! Und die bei den Erbschaften von seinem Vater und der Tante Mia, die er bei der Steuer „vergessen" hat. Er nimmt alles nur zum Anlass, an mir herum zu meckern.

Noch eine Essens-Geschichte: Terrassengrill mit Freunden, erster Gang: Für jeden eine Rotbarbe, eingedenk seiner Meckerei wegen des teuren Fischs nur eine! Er will noch eine. Gibt' s nicht, sage ich, beim Fleisch hast du mehr Auswahl. Darauf er: Das ist schlecht geplant, und zu den Freunden: Sie wollte ja partout selber einkaufen.

Die gebackenen Kartoffel kommentiert er so: Das ist wahrscheinlich zu wenig, wo bleibt dein Überblick. (Zwei sind übrig geblieben).

Es war noch mehr an diesem Abend, hab nicht alles behalten.

5. Sept. 72

Letztes Jahr war ich mit Elisabeth (sie wollte partout mit) zur Fotoausstellung von Holger Rüdel in Paris, C. interessiert sich nicht für sowas.

Er wollte mich am Bahnhof abholen und am Hinterausgang im Auto warten. Der Zug hat 10 Minuten Verpätung, wir steigen aus und begeben uns schnurstracks – E. zum Umsteigen, ich zum Hinterausgang. Sein Auto steht abgeschlossen an einer Ecke, es regnet, ich warte. Gehe zurück zum Hinterausgang, ob er da wartet. Fehlanzeige. Gehe zurück zum Auto. Warte.

Plötzlich taucht er hinter der Imbißbude auf und schimpft gleich los: Wo warst du, ich war auf dem Bahnsteig. – Ich warte hier wie vereinbart, seit zehn Minuten. ER: Das stimmt nicht, wo hast du dich bloß rumgetrieben? Keine Begrüßung, kein Wie-war-eure-Reise. Wir fahren schweigend nach Hause, bin unfähig, irgendwas zu ererzählen, gehe gleich zu Bett.

Am nächsten Morgen: Frau Krampe kommt um neun zum Fensterputzen und fragt gleich: Wie war' s in Paris? Ich erzähle. Da ruft er aus dem Wohnzimmer: ICH kriege ja so etwas nicht zu hören.

Er hat es auch schon fertig gebracht, mich am Flughafen abzuholen, ohne mich dabei anzusehen: Kommt erst, nachdem alle schon weg sind, steuert auf mich zu, schnappt sich den Koffer, dreht sich um und geht los.

Wie blöd bin ich hinterher gedackelt, anstatt mir ein Taxi zu nehmen.

Seit einem Jahr könnte ich Seiten füllen mit all dem Scheiß!

28. Sept.72

Zwischendurch mal was Erfreuliches. Gunnar hat mal wieder geschrieben (tut er viel zu selten), er hatte diverse Ausstellungen, u. a. in der renommierten Leo Castelli Gallery, hat gut verkauft. Ich freue mich für ihn, aber es macht mir wieder schmerzhaft bewußt, was mir fehlt: Er und das Malen.

Ich denke an ihn und könnte heulen.

18. Okt. 72

Anfang des Jahres rief Curt von unterwegs an, ich möchte nach der Tel.-Nr. eines Käufers suchen, auf seinem Schreibtisch oder in seiner kleinen Schublade. Ein paar Tage danach sucht er in eben dieser Schublade und bezichtigt mich, darin herum geschnüffelt und alles durcheinander gebracht zu haben.

Den Namen unseres Nachbarn kann er nicht mehr aussprechen, ohne hinzuzufügen: Herr Harges, dieser Trottel, oder: Herr Harges, der Taper – aber du unterhältst dich ja so gern mit ihm. Das alles, weil ich mal geäußert habe, er sei leider der einzige in der Nachbarschaftsrunde, mit dem man über Kunst reden kann.

1. Nov. 72

Ich kriege einen Rüffel, weil ausnahmsweise ICH einmal Rechnungen abgeheftet habe – sein Ressort! – und die Heftklammern beim Zuordnen zu den Kontoauszügen nicht genau in die Mitte gesetzt habe. Er löst sie und tackert neu. Es folgt ein weiterer Rüffel für die falsche Reihenfolge.

6. Nov. 72

Nicht mehr anzuhören: Mit dem Messer schiebt er kratzend die Marmeladenreste im Glas nach unten. Das dauert. Ich biete ihm einen Löffel an, er stößt meine Hand weg und kratzt weiter.

3. Dez. 72

Ich presse Orangen und Pampelmusen für einen Saft und frage ihn, ob er auch einen möchte. Er: Ich bin nicht so anspruchsvoll wie Du! – Ein paar Tage später hab ich ihn nicht mehr gefragt. Er: Und für mich machst du keinen?!

Wie soll man das aushalten!

Der Mann ist krank und weiß es nicht.

7. Jan. 1973

Vorgestern: Ich will ein neu gerahmtes Bild zu einem Kunden bringen und nehme auf dem Weg einen Anzug für die Reinigung mit, den er lange nicht getragen hat. Sehe vorher die Taschen durch und finde eine Quittung v. 7. 12. 71 über 8.900 DM für ein Litho von Paul Wunderlich, „Salomo VII, deine Lenden". In unserer Wohnung hängt es nicht. Wie passend für einen Liebhaber: „Salomo, deine Lenden"! Ein Aufruf zum Durchhalten!!

Habe ihm die Quittung auf den Schreibtisch gelegt.

8. Jan. 73

Sein Kommentar: Schnüffelst du wieder?

Meine Antwort: Ich hoffe, die Investition hat sich gelohnt, und ich hoffe in doppelter Hinsicht.

27. Jan. 73

Das Maß ist voll! Seit einem Jahr schreibe ich vom Niedergang unserer Ehe. Und jetzt werde ich einen Strich darunter ziehen, alle Versuche, mit ihm zu reden – was ihn am mir stört und mich an ihm – einfach mal reden über uns, sind gescheitert, er kapselt sich ab, sagt aber gleichzeitig, dass er Gespräche vermisst. Letztendlich wird unsere Ehe am Schweigen scheitern.

Habe ich geglaubt.

Aber gestern ist es noch schlimmer gekommen.

Am Vormittag bin ich im Büro und will meine Kohlezeichnungen aus dem Zeichenkurs bei Gittler entweder umhängen oder austauschen. Er sitzt an seinem Schreibtisch und sortiert Kontoauszüge. Mir fällt ein, daß ich gestern per Zufall einen Fehler in einer Überweisung entdeckt habe, eine falsche Bankleitzahl. Und sage es ihm. Er steht auf, langsam, dreht sich zu mir um, kleine kalte Augen, verkniffener Mund, dann holt er tief Luft und brüllt mich an, ob ich nun auch schon die Richtigkeit seiner Überweisungen kontrolliere. Ich will antworten, er läßt mich nicht zu Wort kommen, schreit mich nieder, reißt mir das Bild weg, das ich gerade in der Hand halte und schlägt es mir über den Kopf. Glas splittert, der Rahmen fällt auseinander, ich halte die Hände über meinen Kopf und denke, er wird zuschlagen. Hat er nicht, aber ich habe eine Schnittwunde auf der Stirn. Die Tür ist offen, Frau Krampe steht auf einmal da, wegen des Lärms, er, vor Wut zitternd, brüllt: Raus hier!, ich gehe weg. Vor dem Spiegel im Bad mache ich ein Foto von meinem Gesicht.

Mir reicht' s, werde die Scheidung einreichen.

14. Febr. 73

Hab' s mit reiflich überlegt und bin zum Anwalt. Er meint, ich hätte gute Aussichten: tätlicher Angriff, Beweise, eine Zeugin, ich zur Hälfte Besitzerin der Galerie, die vor allem MEIN Arbeitsplatz ist. Er meint, angesichts der Sachlage sollten wir uns gütlich einigen. Geht schneller und ist billiger.

17. Febr. 73

Hab Elisabeth auf der KÖ getroffen, große Überraschung nach all den Jahren. Einkaufsbummel auf der Suche nach einem Geburtstagsgeschenk für ihre Mutter, sie hätte gern den Tortenheber von Jensen (!). Das Familienbesteck, gehütetes Erbstück! Es wurde nur zu Festtagen aufgelegt, zur Kommunionsfeier hab ich es sehen dürfen! Bei Franzen ist sie fündig geworden.

Danach waren wir bei Heinemann, hab mal wieder Neuigkeiten aus Mönchengladbach gehört: Brunhilde hat sich inzwischen als Mutter installiert, hat eine dreijährige Barbara und einen Thomas, sieben Jahre alt: Deo gratias für die ganze Familie!

Von meiner Misere hab ich nicht gesprochen, die Kommentare meiner Eltern wollte ich nicht herausfordern, selbst, wenn ich sie nicht zu hören kriege.

2. März 73

Bin guter Hoffnung, daß es klappt, im Beziehungsschlamm herumwühlen wollen wir beide nicht. Und der Bestand der Galerie liegt ihm am Herzen, er hat sie nach dem Krieg aufgebaut und will Störgeräusche in der Öffentlichkeit vermeiden.

Überdies hat er meine Andeutungen bzgl. der Erbschaften verstanden.

29. März 73

Das vermaledeite Trennungsjahr!

Es wird also noch etwas dauern. Die Option, daß jeder von uns einen räumlich getrennten Bereich in der Wohnung bezieht, kommt nicht in Frage, es würde nicht funktionieren.

Die Galerie werde ich allein weiter führen, Curt zieht aus. Er will mit seiner „Dunja" (eine Modetante, ich kenne sie nicht und will sie auch nicht kennen lernen) – nach Hamburg gehen. Vielleicht versucht er sich in der Modebranche und kauft ihr ein Geschäft?? Geschmack hat er ja.

8. Aug. 73

Seit die Fronten geklärt sind, geht' s besser. Im Mai ist er ausgezogen, wohnt jetzt in Oberbilk zur Miete, vorübergehend. Ruhe im Karton! Was die Galerie betrifft: Es rappelt im Karton. Ich habe Escher ausgestellt, wie schon vor vier Jahren angeleiert, kurz vor seinem Tod, jetzt hat es endlich geklappt. Große Sachen sind noch in der Mache, Magritte hätte ich gern – wenn ich nur an die Documenta denke! Vor 14 Jahren war das …

Habe G. geschrieben, daß C. mir die Galerie überschrieben hat und mit seiner Partnerin nach Hamburg ist, irgendwas Neues auf die Beine zu stellen. Hoffe, dass er nicht Genaueres wissen will, konnte es all die Jahre nicht über mich bringen, ihm die Heirat zu gestehen, hätte mich wie eine Verräterin gefühlt.

27. Mai 74

Geschafft, bin geschieden. Ging alles geräuschlos, bin jetzt alleinige Besitzerin der Galerie und des Hauses Nr. 45 in der Hohe Straße. Auf Unterhalt habe ich im Gegenzug verzichtet, will keinen Kontakt mehr mit ihm.

5. Juni 74

Seit einem Jahr solo. Stelle fest, dass mir das Alleinleben nicht bekommt.

Die Galerie läuft gut, habe seit vier Wochen einen Mitarbeiter. René ist zuverlässig und engagiert. Vielleicht zu engagiert … ? Lädt mich ein, nach Ladenschluß einen trinken zu gehen, nachdem ich mich hab hinreißen lassen, etwas über langweilige Abende allein mit dem Fernseher verlauten zu lassen.

Jetzt brauche ich erstmal Urlaub, werde acht Tage nach Bad Scuol fahren, Anfang August dann die Ausstellung mit Polke. Wenn ich bedenke: Sigmar, Kommilitone Anfang der Sechziger und dann vor zwei Jahren Aussteller auf der Documenta – was für ne Karriere! Und jetzt hab ich ihn in meiner Galerie!

29. Juni 74

Katastrophe!

Bei einer Wanderung ausgerutscht und das rechte Bein gebrochen, Schienbein und Wadenbein. Hubschrauberaktion, sehr dramatisch, sofort OP, Plattenverschraubung. Habe René angerufen, er hat die Galerie für zwei Tage geschlossen und mich nach vier Tagen Klinikaufenthalt abgeholt. Hoffentlich interpretiert er das nicht als persönliches Interesse. Blöderweise hatte ich gerade keinen Lover, den ich hätte bitten können.

Kopf hoch! Tempera mutantur!

8. Aug. 74

War schon ne harte Nuss, Polke als Krücken-Behinderte aufzubauen. Hab noch eine Mitarbeiterin eingestellt, Karin hat Sinn für Kunst und Geschäft und arbeitet gut mit René, der mir ne echte Hilfe war.

Gestern hat er mich nun zum dritten Mal eingeladen und ich habe angenommen. Er ist ja nett und ansehnlich, und reden kann man auch mit ihm. Er wollte in die Eckkneipe, holzgetäfelt mit Bouletten und Bier am Tresen. Ist sein Gehalt so schlecht? Wir sind dann ins Münstermann Kontor gegangen und ICH habe IHN eingeladen. Wir haben sehr gut gespeist und zuviel getrunken, jedenfalls ich. Sonst wäre mir das nicht passiert, nachdem er mich unbedingt nach Hause hatte begleiten wollen. Und bis nach oben. Hab ihn nicht ermutigt und leider wohl auch nicht entmutigt, hab' s irgendwie nicht richtig mitgekriegt, hab mich einfach gehen lassen. Wird nicht wieder vorkommen.

15. Sept. 74

Polke erfolgreich abgeschlossen, Ausstellung abgebaut, bin seit drei Wochen krückenfrei.

9. Okt. 74

Das geht so nicht weiter! Er folgt mir auf Tritt und Schritt, obwohl ich ihm gesagt habe, dass ich das „Vorkommnis" bedaure. Er kennt meinen Terminkalender, jedenfalls den beruflichen, taucht unerwartet auf, wenn ich ihn nicht gebrauchen kann; ich lasse ihn auch nicht mehr für mich einkaufen, weil er danach die Einkäufe immer nach oben bringt. Ich will Distanz, er hält sich nicht dran. Es ist absolut lästig, einen Mitarbeiter zu haben, der nicht sachlich nur seine Arbeit macht und den man ständig zurückweisen muss. Soll ich ihm kündigen?

3. Dez. 74

Ich habe mich entschlossen: Werde die Galerie und das Haus verkaufen und in Köln eine neue eröffnen: Galerie

VIENNA, ein klangvoller und eleganter Name! Zwei schöne große Räume mit großen Fenstern in der Apernstraße und einer kleinen Wohnung im ersten Stock, Leerstand, hab sie entdeckt bei einer Verabredung mit Elisabeth schon im September, sie arbeitet jetzt in der Filiale am Neumarkt, quasi nebenan. Notartermin ist am 18. Dezember, im Januar wird renoviert, ein Interessent für die Galerie Crimmer ist auch schon da. Wenn der nicht auch das Haus haben will, werde ich es vermieten.

Damit ist auch das Problem mit meinem Stalker erledigt. Uff!

7. Febr. 75

Bin total erledigt und glücklich! Heute war die Eröffnung der Galerie Vienna und Vernissage mit neuen Werken von Richter, unserem ehemaligen Mitstudenten Gerhard. Ein voller Erfolg, es gibt schon einige rote Punkte, auch auf den Bildern des Crimmer-Bestandes. Jetzt kann ich nicht mehr, muß ins Bett.

15. Febr. 75

Gute Kritiken in der Presse, noch getopt durch Gunnars Brief: Er kommt zurück! Weiß noch nicht, für wie lange, erst mal nur zu einer Photoausstellung in der Galerie Jöllenbeck. Wie er sich wohl entwickelt hat? Mein Gott, zehn Jahre!

4. Apr. 75

Ein Erlebnis! G. wieder zu sehen, seine Photos, die Atmosphäre bei der Vernissage! Wären nicht so viele fremde Gesichter da gewesen, ich hätte mich gefühlt wie bei unserer ersten gemeinsamen Ausstellung, jeder in der Erwartung und der Vorfreude auf den Erfolg des anderen. Jetzt ging es nur um ihn, und ich hab mich im Hintergrund gehalten und nach der Lobeshymne von

Immendorf zu Beginn noch mal seine neuen Arbeiten angeguckt. Auffallend: die riesigen Formate, Landschaften, Architektur, Innenräume, auch Porträts, darunter auch Promis wie Warhol. Ich stehe davor, trete einen Schritt nach hinten, und wer steht da wie bei unserem ersten Kennenlernen vor sechzehn Jahren und sagt: Willst du mir nicht deinen Ellenbogen in den Bauch rammen? Diese Augen! Ich hatte sie fast vergessen, sie haben mich wieder aus dem Tritt gebracht.

Zur obligaten Feier in kleinem Rahmen hat er mich mitgenommen („eine alte Freundin"), und danach sind wir rüber zu mir, kurzer Rundgang durch die Galerie, dann nach oben und … Seligkeit …

6. Mai 78

Wie soll ich anknüpfen an meinen letzten Eintrag vor drei Jahren?

Die Seligkeiten wiederholen sich – gelegentlich. Sozusagen als Interim, wenn er mal gerade wieder in Köln oder in der Nähe ist. Er ist gefragt, Krefeld, Bonn, Hamburg, Basel, Berlin, Amsterdam und sonstwo. In der Zwischenzeit hungere ich. Tröste mich mit T. oder M. oder mit jemandem, der sich dann doch nur als One-Night-Stand herausstellt, Seligkeit nicht vorstellbar. Beim letzten Mal hab ich G. gefragt, ob er je daran gedacht hat, zu heiraten und eine Familie zu gründen. Er guckt skeptisch und runzelt fragend die Stirn, ich lächle ihn ganz locker an: Grundsätzlich nur, meine ich. Grundsätzlich nein, sagt er. Knapp und klar. Dann hab ihn gefragt, ob er nächstes Jahr bei mir ausstellen will. Im Herbst vielleicht, meint er.

Ich kann einfach nicht allein leben. Muss ich mich mit Brosamen zufrieden geben?

31. Okt.79

Nach anderthalb Jahren ist er wieder da! Seine Photos – großer Erfolg für die Galerie, ich bin glücklich. In manchen Augenblicken ist es wie früher in unserem Eigenbau-Bett, und ich fühle mich geborgen. Er hat ein Atelier gemietet, in dem er arbeiten kann, wenn er in Köln oder Umgebung ist. Leider viel zu selten.

Elisabeth war da und hat sich Gunnars Arbeiten angeguckt, zu den meisten Arbeiten findet sie keinen Zugang. Meine Eltern wissen inzwischen von meiner Galerie, sagt sie. Und rühren sich nicht. Sollte ich mich rühren? Habe alles abgelegt.

Gefühlte Überlegenheit?

5. Dez. 79

Und schon wieder vorbei, für unbestimmte Zeit geht er wieder nach New York. Hab ihn zum Abschied meine Bild „Metamorphose" geschenkt und eine Widmung hinzugefügt. Damit du nicht vergißt, wie ich aussehe, hab ich gesagt. Wie könnte ich!, wie könnte Romeo seine Julia vergessen, sagt er und zwinkert. Das Zwinkern relativiert die Glaubwürdigkeit, er will lustig sein und verkennt, wie ernst es mir damit ist.

Jan. 84

Wieder eine lange Pause. Und mein 46. Geburtstag. Zeit, Bilanz zu ziehen? Beruflich ist sie okay, die Umsätze auf der Art Cologne und Art Basel steigen kontinuierlich, habe inzwischen drei tüchtige Mitarbeiter und neue verkaufsstarke Künstler aufgetan, die Crimmer-Bestände sind verkauft. Bin seit 1980 Mitglied im Bundesverband Deutscher Galerien und Kunsthändler. Neue Kontakte, neue Perspektiven.

Privat sieht' s eher trübe aus. Gelegentliche Liebschaften, über ein halbes Jahr kommen sie nicht hinaus. Vermisse Gunnar. Vor drei Wochen war er wieder mal da, ist jetzt berühmt, kommt und geht und lässt mich wieder allein. Ich klage, und er sagt: Du bist immer noch schön, wie machst du das?

Blöde Frage. Er weicht aus.

Gut, da meine Arbeit mich ausfüllt.

5. Mai 85

Wieder mal etwas beendet. Es gibt nur einen „Richtigen", bloß will der es nicht wissen.

Um mich zu trösten, hab ich mir ein schönes Essen in der Hanse Stube gegönnt. Champagner und Tralala. Am Nebentisch ein Solo-Mann, ein Herr, gut aussehend, distingierte graue Schläfen. Zeigt auf den zweiten Dom Pérignon, den der Ober mir kredenzt und meint:

Was feiern Sie so allein?

Ich tröste mich.

So so, sagt er.

Ich: Und was feiern SIE so allein?

Er: Einen sehr zufriedenstellenden Abschluß.

Es geht hin und her und ich erfahre, daß er Gesellschafter im Kunsthaus Lempertz ist. Berufsverwandt, gewissermaßen. Fachsimpelei über Kunst, Künstler und Kunstpreise. Er kannte meine Galerie nur vom Namen her, nun freut er sich, die Inhaberin kennengelernt zu haben. Sein Name: Räbenkramp, Dr. Räbenkramp. Mein Gott, was für´n Name! Passt nicht zu ihm.

13. Mai 85

Räbenkramp hat mich und meine momentane Ausstellung besucht: Punk und Anarchie – Kunst und Design, Objekte und Bilder, erworben auf der Art Int. Zürich. Er ist überzeugt, meine fünf Keith Harings werden enorm im Preis steigen. Fand meine Idee, großformatige Fotos von Westwood und ihrer Mode mit einzubeziehen, bemerkenswert, Zeitgeist total. Hat mir seine Karte da gelassen, sein Vorname ist Viktor. Klingt schon besser.

9. Juni 85

War auf einer Auktion bei Lempertz, sollte mir das mal ansehen, hat er gemeint. Anschließend ein Besuch in der hauseigenen Galerie Contempora, zeitgenössische Kunst. Danach im Café Riese.

Und dann hat er mich eingeladen, seine eigene zeitgenössische Kunst in seinem Haus zu begutachten, am kommenden Sonntagvormittag in Woltersheim, kleiner Empfang für Kollegen mit Gattinnen. Ob er eine hat, hab ich gefragt, obwohl ich mir gedacht habe, dass er solo ist. Solist oder Solitär?, habe ich hinzugefügt. Beides, hat er gesagt und gelacht.

Sympathisch.

14. Juni 85

Interessant, interessant. Der Mann und sein Haus mit großem Garten am Von-Eichendorff-Weg in Woltersheim! Großes Landhaus oben am Berg mit Atelier, in dem seine Ex tätig war (Installationen und Malerei). Kunst an den Wänden, hochkarätig, u.a. zweimal Klee, ein Beckmann, drei Lithos von Max Ernst. Interessante Leute, u.a. Alexander Krecht, Kollege bei Van Ham, sein bester Freund, sagt er.

Ich war die letzte, die ging, gegen 17 Uhr. Vorher hat er gemeint, ob wir uns nicht duzen wollen. Er ist neunundfünfzig. Mein Bauch sagt mir, daß da was auf mich zuzukommt.

Woltersheim – hat Vater dort nicht seine Kindheit verbracht?

2. Juli 85

Gunnar war hier, hat Station gemacht auf der Durchreise nach Tokio. Drei Tage auf einer Insel verlorener Zeit und Abschied vom Wunschdenken. Hab von Viktor gesprochen. Und davon, daß ich nicht allein leben kann, je älter ich werde, desto weniger. Er hat verstanden, daß ich ihn gemeint habe und ist nicht drauf eingegangen. Stattdessen hat er mir gut zugeredet. Sinngemäß: Nimm, was du kriegen kannst, wenn er dir gefällt, umso besser. Sympathie und gleiche Interessen, das zählt. Und ein beträchtliches Vermögen, hab ich gedacht.

Gemischte Gefühle. Dann war G. wieder weg, inzwi--schen bin ich abschiedsgeübt.

Ob ich ihn je wiedersehe?

1. Weihnachtstag 1985

Mein Bauchgefühl hat nicht getrogen, am 20. Dezember haben wir geheiratet! Trage einen Wellington-Brilliant am Ringfinger und bin jetzt eine verheiratete Räbenkramp, doch meinen Nachnamen Vienna trage ich weiterhin, sozusagen als Markenzeichen. RÄBENKRAMP!!! Viktor ist einverstanden (bleibt ihm auch nichts anderes übrig). Ich glaube, ich bin glücklich. Aber anders als mit G. Keine Seligkeiten. Aber stille Zufriedenheit.

Habe eine Anzeige nach Mönchengladbach geschickt, neue Adresse etc.

Keine Reaktion bisher.

12. März 1986

Überraschung! Ein Lebenszeichen von meiner Familie! Steht ein junger Mann in der Galerie, schaut sich alles an, wirkt interessiert, ich spreche ihn an. Tag, Tante Julia, sagt er, ich bin Thomas Glüsen und soll dich von meiner Mutter grüßen. Mir bleibt die Spucke weg. Und ich realisiere, daß dieser gut aussehende Junge der Sohn meiner Schwester ist. In dem Moment muß ich so was wie Bedauern empfunden haben, zu alt zu sein für so einen, und zum ersten Mal nach langer Zeit kommt mir Shorty wieder in den Sinn. Ich muß ziemlich von der Rolle gewirkt haben, denn Thomas meinte: Ist was? Hab mich gleich wieder gefangen und die interessierte Tante gegeben, was er so macht, wie es zuhause geht, ob die Großeltern gesund sind usw. Die Großeltern wohnen seit drei Jahren in einer Seniorenresidenz in Bad Godesberg, erfahre ich. Nach ner halbe Stunde war er wieder draußen und hat gemeint, er schaut mal wieder rein. Floskel? Oder will er was von mir?

Am letzten Sonntag war Elisabeth bei uns in Woltersheim, ich hab gedacht, ich sollte den Kontakt halten, zumal sie ja auch was mitkriegt von Mönchengladbach. Wir haben auf der Terrasse gesessen, Kaffee und Kuchen zu dritt. Hab zwischendurch an einen anderen Gartennachmittag bei Elisabeth zuhause gedacht, wie lang ist das her? – an die vierzig Jahre, und wie sie mir im Nacken gesessen hat mit ihrer erzieherischen Tour. Sie fängt an, vertrocknet auszusehen.

Viktor meinte später, sie hätte ihren Gesichtsaudruck nicht im Griff, man sehe ihre Gedanken und Gefühle, und die seien wenig herzlich.

Über Tom weiß sie, daß ihm die Mädchen nachlaufen, seine Schwester Barbara ist ein dürrer Teenager, meine Schwester Brunhilde ein Heimchen am Herd. Weiß sie alles vom Hörensagen.

25. März

Gestern war er tatsächlich wieder da. Kannst mich Tom nennen, sagt er und erzählt was von Problemen zuhause, steht kurz vorm Abi, danach will er studieren, Architektur in Berlin, weit weg von zuhause. Kann ich verstehen. Er wird Geld brauchen für Studium und Wohnen. Sagt er. Wink mit dem Zaunpfahl?

20. April 86

Schon wieder eine Überraschung. Die Eltern wollen mich/uns besuchen! Am Sonntag auf dem Rückweg von Köln nach Godesberg (Besuch der Messe im Dom!) Nach so langer Zeit Interesse an ihrer „abtrünnigen“ Tochter? Oder Neugierde? Oder will Vater Kindheitserinnerungen auffrischen, jetzt, wo dieses Woltersheim aktuell neue Bedeutung hat?

Bin nicht freudig bewegt. Abwarten.

24. April 86

Das war alles etwas verklemmt. Hab sie ja siebenundzwanzig Jahre nicht gesehen. Na klar, sie sind alt geworden, Mutter an einem neumodischen Rollator, Vater am Stock, aber immer noch dominant (ist im Vorstand der Residenz!), wenn auch altersgemildert. Mutter: Echo, wie immer, angesichts meines Erfolgs und des Ambientes, in dem ich jetzt lebe, etwas verunsichert. Gespräche über ihr Leben im Heim und Krankheiten und Familie. Über Thomas, einmal hängen geblieben und jetzt vor dem Abi, und dann Architekt werden und in Berlin studieren, viel zu teuer, sein Vater mit schmalem Lehrergehalt, was die Jugend sich so denkt. Mir kommt die alte Wut wieder hoch, warum tut er nicht was für seinen Enkel? Und dann rückt Vater mit seinem Anliegen raus: Er wolle Vorsorge treffen für sein und Mutters Ableben und auf dem

Friedhof in Woltersheim beerdigt werden, hier habe er seine Kindheit verbracht und hierhin wolle er nach seinem Tod zurück. Und hatte tatsächlich schon vor ein paar Tagen bei einem Rundgang über den Friedhof eine freie Grabstelle gefunden: hinter der Kirche, erster Gang rechts, zweites Grab links neben Familie Hauenstein. Allerdings sei das ein Platz für ein Vierergrab und er habe sich gedacht, das wäre eine Grabstelle für Hambacher und Räbenkramp. Ob ich die Formalitäten übernehmen könnte, also den Kauf für ihn abwickeln und die Rechnung erstmal an seine Adresse in Godesberg schicken lassen.

Ich war baff! Von jetzt auf gleich mit unserem Ableben konfrontiert! Konnte aber letztendlich nicht ablehnen, Viktor fühlte sic sichtlich überrumpelt, war dann jedoch einverstanden.

Vater beim Verabschieden: Wir könnten ihm dann später unseren Anteil zurückzahlen. Überweisen oder lieber bar, hab ich gefragt. Wie du willst, hat er gesagt. Gemeint hat er: lieber bar.

14. Mai 86

Tom hat angerufen, Abi bestanden, großes Trara zuhause, weil er an der TU in Berlin studieren will, hat schon die Zulassung. Klang ziemlich verzweifelt, der Junge, bin erinnert an meine Nöte damals und an Gunnars großzügigen Vater. Hab ihm gesagt, daß ich die Studiengebühren übernehme, sobald er eine WG gefunden hat. Warum tut sein Großvater nichts für seinen Enkel!

28. Mai 86

Nicht zu glauben: Curt erhebt Anspruch auf die Erlöse aus seiner Bestandssammlung! Ich lehne ab, er will vor

Gericht, weil eine mündliche Verabredung ungültig sei. Soll er doch! Sollte ich nun meinen Unterhalt einklagen, nach zwölf Jahren? Er: Hast du nicht genug mit deinem steinreichen Ehemann? Du stehst finanziell hervorragend da, nach deiner Heirat etc etc, ich breche das Gespräch ab.

30. Juli 86

Tom hat eine WG gefunden, berichtet mir von Aushilfsjobs. Ich richte einen Dauerauftrag für die Überweisung ein.

Vater mahnt unsere Zahlung für die Grabstelle an. Soll er warten. Frage ihn, ob er er seinem einzigen Enkel nicht die Wohnungsmiete finanzieren will.

6. Aug. 86

Keine Hochs, keine Tiefs. Der Sommer geht dahin, Grillabende auf der Terrasse mit Freunden, Gegeneinladungen zum Gartenfest, Ausstellungen wechseln sich ab, es läuft gut, kann auch schon mal meinen Mitarbeitern die Arbeit überlassen und unseren Garten genießen. Vielleicht besuchen wir im September Viktors Freunde in der Provence. Er ist ein guter Ehemann. Liebevoll, aufmerksam, kann gut zuhören. Habe einen Hafen gefunden.

Elisabeth ist immer noch solo; wenn ich meine Kontoauszüge bei der Kasse abhole, geh ich kurz rein zu ihr und wir haben ein „Geschäftsgespräch“. So gestern.

18. Aug. 86

Und nun doch ein großes Hoch!

Gunnar macht Station in Köln! In vierzehn Tagen startet seine Ausstellung in der neu eröffneten Galerie

Buchholz. Freue mich. Gut, dass ich die kleine Wohnung über meiner Galerie nicht aufgegeben habe …

5. Sept. 86

Es musste so kommen, ich konnte nicht widerstehen. Gestern habe ich mein Gewissen zum Schweigen gebracht. Es hatte auch nichts mit Viktor zu tun. Natürlich war er mit zu Gunnars Vernissage – mein Kollege aus Studienzeiten, habe ich Gunnar vorgestellt. Erkennbar wechselseitige Sympathie. Meine beiden Männer!

15. Nov. 86

Unser erster Hochzeitstag! Frühstück im Bett und Victor überrascht mich mit einem dreireihigen Collier, einem Choker aus Südseeperlen in weißrosé, creme und silbergrau, dein langer Hals braucht einfach so was, sagt er. Er legt es mir um, und wir nehmen einen langen Nachtisch in Liebe.

Der Nachmittag dieses schönen Tages trübt sich ein: Curt läßt nicht locker, hat mir eine letzte Frist bis zum Jahresende eingeräumt. Zigtausende soll ich ihm in den Rachen schmeißen!? Die habe ich erarbeitet als Wiedergutmachung für den Krieg, den er angezettelt hat. Er kann mich mal! Lieber würde ich sie Tom geben, hab ja selbst keine Kinder. Mit wem denn auch? Gunnar – geht nicht und ging nie. Curt – bloß nicht! Viktor – ja, wenn ich ihn früher kennen gelernt hätte, jetzt bin ich zu alt.

17. Dez 87

Und wieder Vater: Er hakt nach und fragt, warum wir ihm noch nicht die 2000 DM erstattet haben. Ich will ihn einfach noch zappeln lassen, mich hat er hängen lassen, als es um mein Leben ging. Im Januar geht's erst mal nach Boston, große Ausstellung im Museum of Fine Arts:

Contemporary Painting & Sculpture. Danach sehen wir weiter, vielleicht erinnert Vater sich, wie er mich damals behandelt hat.

5. Febr. 87

Zurück! Tolle Reise, zum zweiten Mal Boston, und jetzt mit Viktor. Es ist wunderbar, mit ihm zu reisen! Er nimmt mir alles ab, organisiert und macht und tut, tagsüber die Kunst und Shopping (habe einen Borsalino gekauft, Viktor meint, er stehe in schönem Kontrast zu meiner Weiblichkeit), am Abend die besten Lokale, Konzert, Theater. Im Museum of Fine Arts waren wir mehrmals, die Fülle der Bilder und Skulpturen hat mich schier erschlagen.

Waren auch noch mal in der Galerie d'Orsay. Max Riebenstein ist inzwischen in der Verwaltung und Organisation an maßgeblicher Stelle tätig. Freute sich, mich zu sehen und meinte, so eine kompetente Galeristin könnten sie gut im Team gebrauchen. Sollte ich je daran denken … Habe mich artig bedankt, aber was soll ich in Boston?

10. März 87

Tom hat einen langen Brief geschrieben, er scheint sich wohl zu fühlen mit seinem Studium und hat sich mit drei Kommilitonen für ein Projekt zusammen getan. Es gibt einen Wettbewerb innerhalb des Studiums, Thema: „Der zeitgemäße Wiederaufbau eines alten Gebäudes". Sie wollen das Ziel, einen Preis zu gewinnen, mit einem wirtschaftlichen Gewinn verbinden und eine renovierungsbedürftige Wassermühle im Nordosten von Berlin kaufen und in mehrere kleine Mietwohnungen umwandeln. Ein Projekt, das auf Dauer gesehen, Gewinn abwirft. Die anderen drei haben finanzstarke Eltern. Er nicht – klar – und klar: er fragt mich. Wieviel hat er noch nicht gesagt, ich soll erstmal grundsätzlich nachdenken.

20. März 87

Heute sagt er mir am Telefon, daß er 20.000 DM braucht, die anderen schießen zwar mehr ein, aber mit diesem Betrag kann er mitmachen. Soll ich?

22. März 87

Hab ihm gestern das Geld überwiesen und einen Vertrag geschickt mit der Maßgabe, es mir später zurückzuzahlen, wenn er im Beruf ist. Einen kleineren Betrag als der, den Curt beansprucht. Den er nicht kriegt, und er wird sich hüten zu klagen, denn ich hab ihm noch mal und jetzt sehr deutlich seine Steuerhinterziehung unter die Nase gerieben.

18. April 87

Eine Einladung von Viktors Eltern für den 12. Mai: Sie feiern ihre diamantene Hochzeit. Wir werden nach München fahren und ein paar Tage Urlaub am Tegernsee einplanen. Ausatmen nach dem Stress mit Curt.

22. Mai

Vielleicht sollte ich endlich das verwaiste Atelier von Viktors Ex wieder beleben, habe Bilder im Kopf, die auf die Leinwand drängen. Spaziergang am See entlang, in der Nacht, zurück zum Bachmair nach einem Essen in der Überfahrt. Der See im Dunkel so anders als tags, das Wasser, dunkel und bewegungslos wie schwarzes Glas, ein Spiegel, in dem die Hotelfassaden glühen. Am Ufer gegenüber die Straße blass schimmernd hinter dem schwarzen Scherenschnitt der Bäume, und über allem der Mond am höchsten Punkt der schwarzblauen Kuppel. Der See unter einem Gewölbe aus Licht. Ein friedliches Bild, auch das so ganz anders als meine übrigen. Habe ich mich verändert? Oder sollte ich ihm etwas Unheimliches geben? Vielleicht, indem ich den Mond und das Licht in einem kalten Rot mit Blaustich male? Muß drüber nachdenken.

27. Mai 87

Seit gestern sind wir zurück, die schönen Tage in Süddeutschland über der neuen Realität vergessen. In der Post eine Todesanzeige der Eltern, tödlicher Autounfall; auf dem AB Tom, mehrfach, warum wir nicht auf der Beerdigung waren. Bin sofort auf dem Friedhof gewesen und hab mir das Grab angesehen, werde einen Stein bei Kribben aussuchen. Tom hab ich zurück gerufen und Näheres erfahren: Massenkarambolage am 23. Mai auf der A6, sie waren unterwegs zu einem Besuch bei Freunden in München. Bedrückend der Gedanke, daß wir zu diesem Zeitpunkt nicht weit weg waren. Hab Tom gesagt, daß ich mich um die Grabpflege kümmern werde. Eine etwas andere „Erstattung" unseres Anteils.

So plötzlich, das alles.

Mein Kopf registriert die schreckliche Nachricht mit Bedauern. In meinem Herzen kommt es nicht an.

1. Nov. 87

Allerseelen, Friedhofstag, Blumen bringen, Lichter aufstellen. War schon früh da, wollte keinesfalls Brunhilde und Familie begegnen, falls sie überhaupt die weite Fahrt machen. Dann zurück nach Hause, Viktor fühlt sich seit ein paar Tagen nicht gut.

5. Jan. 88

Bin wie gelähmt, konnte seit Wochen nicht mehr schreiben. Jetzt muß ich. Diagnose nach Arztbesuchen, Ultraschall und CT : Pankreaskarzinom. Das Weiße seiner

Augen hatte sich gelb verfärbt, und er ist endlich zum Arzt gegangen. Alles zu spät, inoperabel, Lebenserwartung zwischen drei und sechs Monaten. Wie soll ich das aushalten … wie kann ER das aushalten.

3. April 88

Hoffnung keimt, nach drei Monaten: Zwei Chemotherapien hat er gehabt, das Tumorwachstum ist gestoppt, hoffentlich dauerhaft.

Viktors Konstitution ist erstaunlich, er hat wieder mit dem Joggen angefangen, oben in seinem geliebten Wald, wenn' s wärmer wird, will er wieder seine Runden im Bergweiher ziehen. Wir fangen wieder an zu leben!

17. Mai 88

Zurück aus Vauvenargues, von unserer nachgeholten Septemberreise. Das provencalische Klima hat uns beiden gut getan. Eine wunderbare Zeit mit Irmtrud und Hannes in ihrem dörflichen schmalen Haus; auf der Dachterrasse zwischen Blumenkübeln sitzen mit Blick auf Picassos Chateau, in einer halben Stunde in Aix en Provence, dann weiter ans Meer, an einen einsamen Strand mit unendlich vielen Muscheln.

Victor hat beim Schwimmen nicht verstecken können, daß es ihn anstrengt.

2. Juli 88

Die dritte Chemo ist durchgestanden, der Tumor war nun doch wieder gewachsen.

Viktor ist schmal geworden, läßt sich nichts anmerken, geht zur Arbeit wie immer. Er hat keine Schmerzen, sagt er.

Wie lange noch?

23. Juli 88

Nun doch Schmerzen. Morphium, er bleibt zuhause. Ich auch, mag ihn nicht sich und seinen Gedanken allein überlassen. Die Terrasse ist sonnig, wir verbringen irgendwie den Tag. Gespräche, ich mit vagen Plänen für eine Reise im Herbst, er sieht mich an, lächelt, schüttelt den Kopf. Es zerreißt mich.

15. Aug. 88

Heute, 13 Uhr an Mariä Himmelfahrt, ist Viktor gestorben, ich war bei ihm und habe ihn in meinen Armen gehalten. Jetzt nur noch Leere, in meinen Armen, in meinem Kopf, ein Loch im Herzen.

Katholisch war ich einmal.

29. Aug. 88

Vor einer Woche Beerdigung in unserem Vierergrab, vom Katholischsein sind mir die Riten geblieben, Gottesdienst, Gesänge, Gebete. „Er weidet seine Herde", eine Sängerin auf der Orgelempore, die Rede unseres Nachbarn auf ihn, Erlebnisse, auch amüsanter Art mit Viktor, für einen Moment war er sehr lebendig. Danach endlose Beileidsbezeugungen am offenen Grab. Die übliche Totenfeier im „Hanni' s Kochtopf" mit Müh und Not durchgestanden.

27. Sept.88

Die Rechnung für die zusätzliche Beschriftung des Grabsteins ist da. Gehe hin, schau mir Viktors Daten an – nicht zu fassen: die Buchstaben sind total schief gesetzt! Ich bestelle Kribben zur Ortsbesichtigung, er schickt einen Mitarbeiter, und den frage ich, ob er betrunken war und sage ihm, das müsse korrigiert werden, aber presto! Was sagt dieser Mensch: Können wir damit nicht warten, bis der letzte auch da drin liegt?

Tja, das bin dann ich, hab ich gesagt – so trocken wie möglich. Da hat er sich gewunden.

8. Okt. 88

Muß mich aufraffen und weitermachen. Bin nach der Testamentseröffnung Alleinerbin und eine reiche Frau. Habe neue Ausstellungen angedacht. Vielleicht krieg ich Gunnar noch mal? Ablenkung von meinem Verlust?

22. Nov. 88

Hab mit G. telefoniert, er ist momentan in Edinburgh. Vielleicht im Januar, hat er gesagt, und nicht länger als drei Wochen. Die Todesanzeige hat er nicht bekommen. Versucht, mich zu trösten …, ach Gunnar …

2. Dez. 88

Große Überraschung: Ein Anruf von Shorty. Nach 22 Jahren ist er zurück in Düsseldorf. Ohne Kathi, momentan solo. Hat ein Atelier mit zwei Zimmern gemietet, malt und macht Ausstellungen. Wo? Er: Mal da, mal dort, im Januar in der Galerie Artroom. Hatte den Eindruck, es läuft nicht so richtig bei ihm. Er will mich in Köln besuchen.

2. Jan. 89

War über die Feiertage allein, Zeit zum Nachdenken. Kann nicht ohne Viktor so weiter machen wie bisher, ich brauche eine neue Aufgabe in einer anderen Umgebung. Mein schönes Zuhause hier oben ist nichts ohne ihn, keiner da, mit dem ich es teile. Denke über Boston nach.

8. Jan. 89

Habe Max Riebenstein angerufen, er erinnert sich an unseren Besuch vor zwei Jahren und war erkennbar erfreut. Zum 1. September gehe der Chefkurator in den

Ruhestand, die Stelle sei noch nicht neu besetzt, ob ich nicht ....usw.

Sehr interessant. Die Zelte komplett abbrechen hier? Weg von allem, was mich an Viktor erinnert? Richtig neu anfangen, das täte gut. Neue Ziele, neue Menschen, neue Erkenntnisse.

10. Jan. 88

Warum noch lange nachdenken? Hab mich kurz entschlossen und gestern meine Bewerbungsunterlagen hingeschickt; könnte klappen.

12. Jan. 88

Mit Gunnar wird' s leider vorerst nichts, er vertröstet mich auf den Mai.

Gestern, kurz vor Ladenschluß, stand Shorty tatsächlich da. Seltsam, dieses Wiedersehen. Mit Fünfzig sieht er besser aus als damals, graue Haare, schulterlang, schwarzer Dreitagebart, schmaler Blick, leicht verwegen. Hat mir einen Katalog seiner neuesten Arbeiten mitgebracht. Sein Malstil ist wild geworden, knallbunte Figurationen, keine Ecken und Kanten mehr, große Formate. Ob er sich zu den jungen Wilden zählt, frage ich, die sind doch schon fast wieder passé. Bad painting, sagt er, es gibt keine Konventionen. War noch auf ein Kölsch mit ihm im Interconti nebenan. Natürlich hat er mich eingeladen, seine Ausstellung anzusehen, werd ich machen.

Ich stelle fest: Er beunruhigt mich immer noch.

18. Jan. 88

Ich war in der Artroom-Galerie, er hat mich rumgeführt. Ganz interessant, sein Malduktus, heftig und schnell, aber einen wiedererkennbaren Stil hat er nicht, viele malen ähnlich. Interessiere mich für sein Bild „Gefunden mein

Herz“, wenn es nicht verkauft wird, möchte ich es haben: Blaugrüner Hintergrund, im Vordergrund eine stilisierte menschliche Figur in Übergröße, rot und dunkelviolett, sie läuft mit langen Schritten und sieht den Betrachter von der Seite her an und ist weder Mann noch Frau, mit beiden Händen drückt sie ein Herz aus beschriftetem Papier an ihr eigenes Herz.

Vielleicht ist der Titel das Beste an diesem Bild. Er macht das Bild.

30. Jan. 89

Ich muß hier weg. Auch wegen Shorty.

Vor drei Tagen hat er mir sein Bild in die Galerie gebracht, und wir haben oben in meiner Wohnung einen Platz dafür ausgesucht, zu Hause wollte ich es nicht aufhängen.

Wieder hat er es fertig gebracht, mich zu überrumpeln. Stehe auf der kleinen Trittleiter und probiere einen Hängeplatz aus, er meint, er müsse mich festhalten, und seine Hände probieren rum, wie am besten und wo und wie weit sie sich trauen können…

Danach hat er mich angesehen mit seinem schmalen, glitzernden Blick, wortlos. Sein Blick hat gesagt: Du willst mich immer noch, das weiß ich. Leider hat er recht, er macht mich willenlos und stürzt mich in etwas, das mich um und um dreht.

Andererseits … why not?

2. Febr. 89

Das ging schnell! Habe eine Zusage aus Boston! Vertrag lag bei, geht über fünf Jahre ab 1. September. Hochstimmung mit gemischten Gefühlen, hab nur wenige Monate, hier alles zu verkaufen, könnte knapp werden.

Gunnar hat zugesagt für den 20. Mai, es wird die letzte Ausstellung sein in der Galerie Vienna. Seine Gratulation zum Wechsel nach Boston: Super! Du machst das!

10. März 89

Und immer noch Shorty. Er legt seine Hand auf meine Hüfte und es durchzuckt mich und alles ist wie früher, zuerst Hilflosigkeit, dann Besessenheit, bis wir explodieren.

15. März 89

Bei Tom nachgefragt, wie weit sie sind mit ihrem Projekt, wird ja allmählich Zeit nach einem Jahr. Kurz vorm Kaufabschluß, sagt er, es gab Probleme mit dem momentanen Pächter. Na ja.

21. März 89

Ich konnte es ihm nicht abschlagen. Hast du nicht ein Haus auf dem Land?, hat S. gefragt, willst du es mir nicht zeigen? Also hab ich, gestern Abend. Und ihm ist klar geworden, daß ich vermögend bin. Nach Käse und Rotwein ist er nachhause gefahren, eine Besessenheit gibts hier nicht, nicht in Viktors Haus.

Danach Viktors Lieblings-CD, Schumanns Dichterliebe *Ich hab die Nacht geträumet*, hab mich in seinen Sessel gekuschelt, geheult und mich in meinen Schmerz gekniet.

2. April 89

Die Sorgen um den Verkauf bin ich wahrscheinlich los: Alexander Krecht interessiert sich für Galerie und Haus, scheint vermögend zu sein, wenn er sich beides leisten kann. Wenn es ohne Makler klappt, werde ich ihm entgegen kommen.

7. April 89

Alles überschlägt sich jetzt: Krecht hat zugesagt unter der Bedingung, daß er zum 1. Juni übernehmen kann. Das ist äußerst knapp, aber ich muß das machen und bin ins kalte Wasser gesprungen, Notartermin in zwei Wochen.

Shorty hat mich angepumpt. Unsere früheren Atelierräume in der Linienstraße sind zum Kauf angeboten, er will zuschlagen und von mindestens drei weiteren Künstlern Mieteinahmen generieren. Er braucht 43.000 DM Eigenkapital für den Bankkredit, die hat er nicht. Hat mir seine Kalkulation vorgelegt, ob sie so aufgehen kann, weiß ich nicht. Hab ihm erklärt, daß ich kurz vor dem Umzug nach Boston stehe, und mir die Zeit fehlt, alles gründlich zu studieren. Wir haben einen Vertrag gemacht über monatliche Rückzahlungen von 600 DM ab dem 1. Juni 1990.

Post von Curts Anwalt. Das jetzt auch noch! Hab Curt angerufen und ihm gesagt, daß ich hier alles auflöse und in die USA gehe, und daß er sich zum Teufel scheren soll!

28. April 89

Das wirklich Wichtige drängt:

Riebenstein will eine kleine Wohnung in Boston ab Mitte August für mich anmieten, danach kümmere ich mich selbst. Sobald ich was Passendes gefunden habe, wird Krecht den Transport meiner Möbel und Bilder aus dem Haus veranlassen, hab schon Kontakt mit der Spedition Emons aufgenommen.

Die Zeit bis zu meinem Antritt in Boston: Ich auf Weltreise! Starte am 29. Mai. Südafrika, Kreuzfahrt über Südostasien nach Sydney, Flug nach Rio, danach Mexico, New York, Boston. Zweieinhalb Monate! Schade nur, daß ich sie allein machen muss.

22. Mai 89

Und nun Gunnar zum Abschied! Ich staune über seine neuen Arbeiten, wandsprengende Formate, die ins Museum gehören. Gehöriger Andrang bei der Vernissage, Presse etc. Die Ausstellung bleibt bis Mitte Juli. Krecht ist angetan, zum Zeitpunkt der Übernahme einen so hochkarätigen Künstler zeigen zu können.

Shorty und Gunnar haben sich nach all den Jahren ja auch wieder gesehen, und irgendwann stand eine junge Frau bei ihnen, alarmierend jung! Als ich dazu kam, ging sie weg. Was mich total verstört hat: Sie sah aus wie ich in früheren Jahren, Größe, Figur, Locken zum Verwechseln ähnlich, nur die Haarfarbe war anders. Zu wem gehörte sie? An Ort und Stelle wollte ich nicht fragen, und später hab ich sie nicht mehr gesehen. Werde Gunnar fragen, er besucht mich zum Wochenende in Woltersheim. Bei der Gelegenheit: Gunnar bitten, gelegentlich die Grabpflege zu kontrollieren. Morgen nicht vergessen: Bei Kribben einen Marmor für die Abdeckplatte aussuchen.

24. Mai 89

Habe angefangen zu packen, zwei große Koffer, Frau Seibeling ist ne echte Hilfe, werde ihr zum Abschied ein Bild schenken.

Handelnde Personen

Lutz Grübert	Hauptkommissar
Benno Krassinger	Polizeianwärter
Heilmann	leitender Hauptkommissar
Stadlhuber	Hauptkommissar
Gangel	Kommissar
Klopp	Kommissar
Gunnar Greven	Fotokünstler
Barbara Glüsen	Julias Nichte
Tom Glüsen	Julias Neffe
Brunhilde Glüsen	Julias Schwester
Kribben	Steinmetz
René	Julias Mitarbeiter
Alexander Krecht	Galerist
Elisabeth Granderath	Julias Freundin
Frau Seibeling	Zugehfrau
Isabel Rebers	Hauptkommissarin

Personen des Tagebuchs

Julia Vienna	Malerin, Galeristin
Viktor Räbenkramp	Julias 2. Mann
Shorty	Maler
Katharina	Musikstudentin
Curt Crimmer	Galerist

Rohna Buehler

Geb. in Köln, Studium und Schuldienst bis 1982 (Kunst), seither selbstständige Designerin und Textilkünstlerin
2006 Beginn der Schreibtätigkeit
Lyrik und Prosa in zahlreichen Anthologien
Romane *Und jag die Asche in den Wind*
Der Vorhang
Und dann kam Leon
Wo gehobelt wird, fallen Späne - Böse Geschichten
Sachbuch *KleiderKunst-KunstKleider*
2007 Verlagspreis für Lyrik
2014 Anerkennungspreis für den Roman *Der Vorhang*
2015 Preisträgerin des 5. Bad Godesberger Literaturwettbewerbs
Mitgliedschaften: Freier Deutscher Autorenverband FDA, GEDOK Bonn, Die Gruppe 48

www.kunstarena.de